AF373177

Eugen Hermann von Dedenroth

Die Bescholtenen
(Kriminalroman)

e-artnow 2018

Edgar Wallace
Der Doppelgänger (Eine spannende Kriminalkomödie)

Jenny Hirsch
Ein seltsamer Fall (Mystery-Krimi)

Karl Pauli
Das Tuch (Krimi-Klassiker)Ein Detektivroman

Edgar Wallace
Louba der Spieler

Edmund Edel
Der Skandal im Viktoria-Klub (Krimi aus der Spielerwelt)

Eugen Hermann von Dedenroth

Die Bescholtenen (Kriminalroman)

e-artnow, 2018
Kontakt: info@e-artnow.org

ISBN 978-80-273-1200-9

Inhaltsverzeichnis

1.

»Ich habe Dir eine sehr ernste Mittheilung zu machen,« sagte der Major a. D. v. Trotten zu seinem Sohne, den er in sein Arbeitskabinet gerufen, »setze Dich und höre mich mit Ruhe an – es handelt sich um eine wichtige Lebensfrage für Dich.«

Auf dein sonst so freundlichen Antlitz des alten Herrn lagerte die Sorge, ihre Schatten machten den Blick des sonst so heiter schauenden Auges fast düster.

Eduard war erschrocken, sein Vater gehörte nicht zu den Naturen, welche sich leicht der Unruhe und Angst hingeben, er hatte zahlreichen Stürmen des Lebens Trotz geboten und erzählte gern davon, wie ihn niemals das Vertrauen auf Gott und die eigene Kraft verlassen habe. Der alte Herr war mit einer sehr geringen Pension als Invalide aus der Armee geschieden, hatte in einer Civilanstellung bei der Armeeverwaltung lange gedient, sich den Titel Kriegsrath a. D., einen Orden und die Achtung aller seiner Vorgesetzten und Collegen erworben. Er hatte sich im Laufe der Zeit dann allmählig ein kleines Vermögen zusammengespart und gehörte in G. jetzt zu den angesehensten Personen des Ortes; was ihn beunruhigte, betraf also wahrscheinlich die Angelegenheiten Eduard's, und den jungen Mann beschlich eine Ahnung, als solle ihn ein Schlag da treffen, wo sein Herz am schmerzlichsten zu verwunden war.

Derartige Ahnungen täuschen selten.

»Lieber Eduard,« fuhr der alte Herr fort und blies den Dampf stärker aus seiner Tabakspfeife, ein sicheres Zeichen, daß er Unangenehmes mitzutheilen hatte, »Du weißt, daß man mich in den Verwaltungsrath der projektirten Bahn G.-R.. gewählt hat?«

»Gewiß, mein Vater, das ist ja schon mehrere Wochen her.«

»Ich wollte, es wäre nicht geschehen.«

Eduard schaute überrascht, aber mit steigender Unruhe auf. »Wie?« sagte er, »das solltest Du wünschen? Du freutest Dich ja, eine neue Beschäftigung zu haben, Dich interessiren ja die Arbeiten so sehr, daß Du selbst Deine alten Freunde und Deine Whistparthie darüber vernachlässigst. Ebeling sprach erst neulich darüber –«

Die Stirne des alten Herrn zog sich finsterer in Falten. »Als man mich wählte,« erwiederte er und der Ton seiner Stimme war von Bitterkeit getränkt, »da freute ich mich über das Vertrauen, welches meine Mitbürger mir schenkten, ich ahnte aber nicht, daß ich mir Feinde machen könne, wenn ich mich bestrebte, dies Vertrauen zu rechtfertigen, daß es Leute gäbe, welche mich nur in der Erwartung zu dem Amte vorgeschlagen, daß ich den Titel führen werde, ohne zu arbeiten, daß ich unterschreibe, ohne zu prüfen. Mit einem Worte, ich sollte eine Puppe, vielleicht Schlimmeres sein, sollte meinen ehrlichen Namen verkaufen und prostituiren, bei einem Betruge, bei einer Schurkerei helfen!«

»Unmöglich, Vater!« rief Eduard bestürzt. »Das konnte Niemand von Dir erwarten, ein Jeder kennt Dich als ehrenfest!«

»Ja, aber nicht Jeder wußte, daß ich nichts unternehme, was ich nicht verstehe, daß ich scharfe Augen habe, daß ich keine Arbeit scheue, wenn es heißt, eine Pflicht zu erfüllen. Um Deinetwillen, Eduard, wünschte ich, ein Anderer wäre statt meiner gewählt worden, ein Anderer hätte entdeckt, was ich leider entdecken mußte: das Unternehmen Ebeling's ist ein Schwindel, die Aktionäre sollen betrogen werden, und Ebeling hatte die Stirne, mir in's Antlitz zu sagen, ich wäre sein Feind, wenn ich nicht darüber schweigen wolle!«

Das Antlitz Eduard's war todtenbleich geworden. »Also das ist's,« murmelte er. »Darum war Ebeling in letzter Zeit so kühl gegen mich!«

»Ah, er ahnte also, was ich ihm heute sagen würde, seine Ueberraschung war Heuchelei! Eduard, der Mann ist schlimmer als ich dachte, er log, als er sagte, er sei bestürzt über meine Entdeckung, er sei selber getäuscht worden; er hat mit Bewußtsein bei dem Betruge geholfen. Das Gründungskapital, auf dessen Vorhandensein die Aktionäre bauen, für dessen Existenz meine und meiner Kollegen Ehre bürgt, ist nicht da, existirt nur in Scheinzeichnungen, die werthlos sind. Anstatt dreihunderttausend Thaler sind kaum dreißigtausend Thaler in reellen Werthen vorhanden, obwohl das Gegentheil in den Prospekten garantirt wird. Ebeling versichert, dergleichen käme bei fast allen neueren Gründungen vor, es sei offenes Geheimniß, daß man überall das Gesetz umgehe, welches ein deponirtes Grundkapital fordert, er sagt, es handle sich nur um Zeitgewinn, in einem halben Jahre spätestens werde das Grundkapital in reellen Werthen vorhanden sein. Ich bezweifle das stark, aber wenn ich es auch glaubte, so halte ich mich einfach an die Thatsache, daß ich durch mein Amt verpflichtet bin, Unregelmäßigkeiten nicht zu dulden, und daß man mir zumuthet, wissentlich meine Namensunterschrift einer unwahren Erklärung zu geben. Ich halte das für Betrug und habe daher meinen Austritt aus dem Verwaltungsrath erklärt – findest Du das richtig oder nicht?«

»Ich finde es vollständig korrekt gehandelt,« erwiederte Eduard, »und Niemand kann es Dir verargen, wenn Du lieber ein Amt aufgibst, als etwas unterschreibst, was Du mit gutem Gewissen nicht verantworten kannst.«

»Ich danke Dir, Eduard, für dieses Wort. Ich freue mich, daß Du ebenso denkst und in Ehrensachen keine andere Rücksicht kennst als die ans unser Gewissen. Ich habe, da Ebeling sich sehr erregt zeigt, die schonendste Form gewählt, ich trete aus dem Amt, anstatt im Verwaltungsrathe meine Ansichten zur Sprache zu bringen, ich habe sogar erklärt, daß ich, um Ebeling zu zeigen, wie großes Vertrauen ich ihm persönlich schenke, mein kleines Vermögen nicht zurückziehen, sondern dem Unternehmen lassen will, aber er hat darauf nicht einmal geantwortet, sondern mich in leidenschaftlicher Erregung verlassen.«

»Er wird sich beruhigen, mein Vater, und dann Deinem Charakter die verdiente Achtung zollen, es liegt einmal in seiner Natur, bei Widerspruch aufzubrausen und, wo ihm Hindernisse in den Weg treten, der Leidenschaft die Zügel schießen zu lassen, aber er muß doch schließlich einsehen, daß Du das Recht hast, in Deinen Angelegenheiten Deinem Ermessen zu folgen.«

Trotten schüttelte den Kopf, sein Auge, welches aufgeleuchtet, als der Sohn ihm Beifall gezollt, schaute wieder düster. »Eduard,« sagte er nach kurzer Pause, in der er wohl mit sich selber gekämpft, ob er seine Befürchtungen aussprechen dürfe, »Du thätest wohl, Dich auf eine schwere Prüfung vorzubereiten. Du mußt Dir vor Allem darüber klar werden, ob Dir Marie morgen ebenso viel gelten würde wie heute, wenn sie morgen die Tochter eines Mannes wäre, dessen Ehre nicht mehr rein –«

»Vater!«

»Urtheile selbst, Eduard. Ebeling umgeht das Gesetz. Wird die Sache entdeckt, so ist seine Ehre schon befleckt, gelingt es ihm aber, die Täuschung durchzuführen, das Unternehmen in's Leben zu setzen und es wird durch ein Mißgeschick die Berechnung zu Schanden gemacht, welche den Aktionären sichere Renten ihres Kapitals verspricht, und es fehlt alsdann das Stammkapital, so trifft Ebeling die entehrende Strafe für Betrug.«

»Das ist nicht möglich, Vater, Du siehst zu schwarz. Du beurtheilst die Spekulationen eines Kaufmanns mit den pedantischen Bedenken eines Beamten. Wer gewinnen will, der wagt auch Verluste, ich will zugeben, daß Ebeling dreist im Wagen ist, aber ich halte ihn für unfähig, ehrlos zu handeln.«

»Ich will mich freuen, wenn ich mich täusche,« entgegnete der alte Herr, »aber ich fürchte, daß ich die Menschen besser kenne als Du, obwohl Du Psychologie studirt hast. Der reiche Ebeling hat, glaube ich, lange geschwankt, ehe er Dir die Hand seiner Tochter zusagte, und ich argwöhne jetzt, er that es, weil ich in den Verwaltungsrath gewählt wurde.«

Eduard wechselte die Farbe. »Vater,« sagte er, »der Argwohn, den Du da andeutest, ist die schwerste Anklage, die Du gegen Ebeling erheben kannst, spräche das ein Anderer aus als Du, so wüßte ich nicht, was ich thäte –«

»Ich weiß, was ich sage, Eduard,« erwiederte Trotten mit Festigkeit, »es wäre infam, einen solchen Verdacht auszusprechen ohne Beweise. Aber Ebeling hat mich selber darauf gebracht. Es ist mir nicht leicht, Dir das Gift einzuflößen, welches Dein Vertrauen auf die Menschen zerfressen muß, aber ich kann nicht anders. Ebeling sagte zu mir, seine Tochter werde keinen Mann heirathen, dessen Vater sein Feind geworden, sie könne unter Grafensöhnen wählen; er nannte sie den Preis für meine Nachgiebigkeit. Er stieß diese Worte in der Leidenschaft aus –

wir wollen sehen, ob er sie in ruhiger Stunde zurücknimmt, dann werde ich es vergessen, daß er von dem ›Bettelgeld‹ meiner Pension gesprochen.«

Das Antlitz Eduard's verrieth, welcher Sturm in seinem Innern tobte, welche Empörung diese Beschimpfung in ihm hervorrief. Es dauerte geraume Zeit, bis er Herr der mächtig widerstreitenden Gefühle geworden, die seine Brust durchflutheten. »Vater,« sagte er endlich mit dem Ausdruck fester Entschlossenheit, aber doch mit bebender Stimme, »die Tochter trägt keine Schuld an der Denkungsweise und dem Handeln des Vaters, ich liebe Marie und vertraue auf ihr Herz.«

Trotten, der mit ängstlicher, schmerzlicher Sorge seinen Sohn beobachtet, ergriff die Hand Eduard's und drückte sie innig. »Diese Antwort ist Deiner würdig,« rief er, »ich habe nichts Anderes von Dir erwartet. Hoffen wir das Beste, machen wir uns aber auf das Schlimmste gefaßt!«

Das Schlimmste trat denn auch ein. Man brachte dem Major ein kleines Packet, welches ein Diener des Bankiers Herrn Ebeling für ihn abgegeben. Das Päckchen enthielt den Verlobungsring und eine Perlenschnur – ein Andenken von Eduard's Mutter, welches derselbe seiner Braut geschenkt. »Euer Hochwohlgeboren,« so schrieb Ebeling an den Major, »werden es begreiflich finden, daß meine Tochter Beziehungen zu Ihrem Herrn Sohne abbricht, welche ich nur in der Voraussetzung gestattet, daß die Bande, welche unsere Familien vereinen sollten, auch unsere Interessen mit einander verknüpfen müßten. Die Bedenklichkeiten, welche Sie bewogen haben, aus dem Verwaltungsrathe des G..-R..schen Bahnunternehmens auszuscheiden, haben mich gezwungen, kolossale Opfer zu bringen, um das Gelingen des Unternehmens zu retten, denn ich habe trotz Ihrer Zusage ebenso wenig Vertrauen auf Ihre Diskretion, wie Sie den Versicherungen, welche ich gegeben, vertrauen mochten. Vertrauen beruht auf Gegenseitigkeit, Sie können also in meiner Erklärung nur die Rückgabe eines kränkenden Wortes erblicken.

Unter solchen Umständen sieht meine Tochter sich genöthigt, Ihrem Herrn Sohne sein Wort zurückzugeben und betrachtet sich, ohne eine besondere desfallsige Erklärung zu wünschen oder zu erwarten, auch ihrer Zusage ledig.

Mit aller Form konventioneller Höflichkeit habe ich die Ehre zu zeichnen

Euer Hochwohlgeboren ergebener

Franz Ebeling.«

Das Antlitz des Majors färbte sich purpurn, als er das grobe Schreiben las. »Der Wisch ist keiner Antwort werth,« murmelte er, »der Mensch schießt sich ja doch nicht – sende Deinen Ring ohne ein Wort zurück, Eduard, zeige ihr, daß Du Deinem Vater ebenso gehorchst wie sie dem ihrigen.«

»Das ist infam!« rief Margareth, die Schwester Eduard's, welche dem Vater das Päckchen gebracht, als sie den Brief gelesen, während Eduard keines Wortes mächtig war, hatte doch die Rücksendung seines Ringes und der Perlen ihm Alles gesagt. »Armer Eduard!« fuhr sie fort, auf ihren Bruder mit warmer, schmerzlicher Theilnahme schauend, »arme Marie! Mache ihr keine Vorwürfe, sie hat gehorchen müssen, Ebeling soll sehr hart sein und keinen Widerspruch dulden. Sie ahnte gestern schon, daß ihr ein Unglück drohe, mit Thränen im Auge klagte sie mir, der Vater schaue so finster, wenn von Dir die Rede sei.«

»Du hast Marie gestern gesprochen?« rief Eduard auffahrend, »sie war nicht leidend? Sie hätte sich schon gestern vor mir verleugnen lassen?!«

»Ich war vor Tische einen Augenblick dort.«

»Du hast mir nichts davon gesagt, daß Du sie in Unruhe gefunden,« versetzte Eduard bitter. »Hättest Du mir das nicht verschwiegen, so hätte ich mich gestern Abend nicht abweisen lassen, ich hätte dann von ihr gehört, was uns bedrohte, hätte sie beschwören können, nur ihre Liebe zu bewahren.«

»Lieber Eduard, sie wußte nichts Bestimmtes und bat mich, Dir nichts von ihrer Unruhe zu sagen.«

»Ebeling wollte mich erst sprechen, ehe er duldete, daß Du Marie wiedersahst,« nahm Trotten das Wort, »er hatte seine Vorbereitungen getroffen, er wird sich um die Thränen seiner Tochter nicht viel kümmern. Wer keine Ehre, keine Scham besitzt, hat auch kein Herz. Mache keine Versuche, Eduard, sie zu sehen. Ebeling wird sie zu hüten wissen, Du setzest Dich nur Beschimpfungen aus und ziehst ihr strengere Behandlung zu, bekämpfe Deinen Schmerz und zeige Dich als Mann, setze gerechten Stolz diesem elenden Hochmuth entgegen.«

Eduard schüttelte den Kopf. »Sie gab mir freiwillig ihr Wort,« sagte er, »sie müßte es freiwillig zurücknehmen, soll ich sie freigeben, Gewalt erkenne ich nicht an. Mag er sie hüten, sie bleibt vor Gott meine Braut, bis sie mir sagt, daß ich nicht mehr hoffen darf.« Damit verließ er das Gemach.

»Lasse ihn gehen,« sagte der Major, als Margareth ihn zurückhalten wollte, »ihm kann der Trost keines Menschen helfen, er muß das selber durchfechten, was ihm das Schicksal sendet. Ich fürchte, er wird sich auch in Marien täuschen. Sie ist ein braves, liebes Mädchen, aber noch zu jung für solche Prüfung. Ihre Thränen werden bald trocknen, sie ist an die Genüsse des Lebens gewöhnt, sie ist eitel. Ebeling wird ihr sagen, daß Eduard ihr nur ein ärmlich Brod bieten kann, wenn er selbst ihr eine Mitgift versagt, und wenn ihr Herz auch einige Zeit blutet, die Wunde wird bald heilen und vergessen sein.«

»Nein, Vater, sie ist nicht schlecht, und das wäre sie, wenn sie ihr Wort bräche –«

»Sie ist ein Kind, Gretchen, obwohl sie so alt wie Du. Sie hat noch nichts Bitteres erfahren als höchstens eine Kränkung ihrer Launen, und ist also auch nicht daran gewöhnt, ernste Dinge ernst zu behandeln. Sie wird vielleicht über die Aufhebung der Verlobung etwas mehr weinen, als wenn ihr der Besuch eines Balles verboten worden wäre, aber sie wird sich darein finden.«

»Du urtheilst sehr hart, Vater.«

»Nein, denn ich mache ihr keinen Vorwurf deshalb. Du weißt es nicht, wie es in einem reichen Hause zugeht, wie ein reiches Mädchen denkt. Es kennt alle Freuden und Genüsse, sein Herz begehrt nach Veränderung, nach buntem Wechsel, es kennt selten die innige Freude, die ein armes Mädchen an einem Geschenke, einer Ueberraschung, einer Hoffnung haben kann, weil ihr selten eine Freude wird.«

»Dann wäre der Reichthum ja mehr als ein Unglück, Vater, dann wäre er ein Fluch.«

»Das ist er, wenn der Mensch eben nichts Anderes hat als das Gold und nach nichts Anderem trachtet, als seine Schätze zu vermehren. Ich habe, das darf ich Dir jetzt sagen, der Zukunft Eduard's mit Sorge entgegengesehen, seit ich Ebeling's näher kennen gelernt habe. In dem Hause wird Jeder nur nach dem gewürdigt, was er besitzt, man taxirt das Vermögen, den Werth eines Titels, die Konnexionen, aber fragt nicht nach der Ehrenhaftigkeit des Charakters. Alles ist auf äußeren Schein und Eitelkeit basirt, und ich wette darauf, Ebeling denkt gar nicht daran, daß er das Herz Eduard's tief verwundet hat, wohl aber glaubt er, Eduard's Hoffnung auf eine reiche Heirath vernichtet und uns ein Haus, in welchem man uns lukullische Genüsse bot, verschlossen zu haben, um uns dadurch empfindlich zu kränken.«

»Vater, Deine Bitterkeit ist entsetzlich. So erbärmlich kann Niemand von uns denken.«

»Ich bin nicht bitter, hätte Eduard weniger tiefe Empfindung, müßte ich nicht fürchten, daß ihm diese Erfahrung das Leben vergiftet, ich würde über die Auflösung der Verlobung eine ungetrübte Freude haben, denn sie war eine Thorheit, Marie war kein Weib für ihn. Die Tochter theilt mehr oder minder die Denkungsweise ihrer Eltern, ist an die Anschauungen derselben gewöhnt. Marie weiß es, daß sie reich und daß Eduard arm ist, sie überschätzt den Werth des Geldes, welches sie ihrem Gatten mitbringt, und hinter ihr stehen ein roher, gefühlloser, hochmüthiger Vater, eine eitle Mutter, da war die Gefahr nahe, daß sie bei einer Reibung Eduard einmal einen Vorwurf machte, den ein ehrenhafter, empfindsamer Charakter niemals ganz vergeben kann: den Vorwurf, daß das Weib den Mann ernährt – hat doch Eduard schon, dem Wunsch Ebeling's folgend, seinen Plan, ein praktischer Arzt zu werden, aufgegeben und sich eine andere Carrière suchen wollen, der Stand eines Arztes, welcher Honorare annimmt, war für Ebeling's nicht vornehm genug.«

Margareth schwieg, die überzeugende Kraft der Worte des Vaters besiegten die Zweifel ihres Herzens, welche mehr aus der Freundschaft zu Marien als aus einem Urtheil, welches sie sich gebildet, entquollen waren.

2.

Eduard v. Trotten hatte schon früh Neigung für Botanik und Chemie gezeigt, sein Vater hatte die für einen wenig bemittelten Mann immerhin sehr bedeutenden Opfer gebracht, den Sohn studiren zu lassen, aber auch die freudige Genugthuung gehabt, von den Professoren zu hören, daß Eduard nicht nur ein fleißiger und strebsamer, sondern auch hervorragend begabter Schüler sei.

Eduard absolvirte seine Examina mit glänzendem Erfolge, und erhielt verhältnißmäßig früh den Doktorhut. Die Stadt G., in der sein Vater lebte, war kein unbedeutender Ort, aber doch eine Provinzialstadt, in welcher die Leute der verschiedenen Gesellschaftsklassen sich unter einander kennen und je nach ihrer Neigung in mehr oder minder lebhaftem geselligen Verkehr mit einander stehen. Major von Trotten war Mitglied mehrerer Vereine, er bekleidete verschiedene Ehrenposten und Vertrauensämter, er war allgemein geachtet, man interessirte sich daher auch für seine Familie und Eduard hatte in G. den Ruf eines vortrefflichen Sohnes, eines jungen Mannes, der zu den besten Hoffnungen berechtige; so mancher Vater, der eine heranreifende Tochter hatte, mochte wünschen, daß Eduard dieselbe einmal heimführe. So oft Eduard in den Ferien zum Besuche nach G. gekommen, fand er in zahlreichen Familien freundliche Aufnahme, seine Erscheinung bestätigte die Hoffnungen des Vaters, man sah ihn überall gern.

Vor einigen Monaten hatte er seine Studien beendet und war zum Doktor promovirt, er mußte sich jetzt darüber entscheiden, ob und wo er sich als Praktischer Arzt niederlassen wollte. Eduard hatte keine Abneigung dagegen, sich durch ärztliche Praxis eine Existenz zu schaffen, aber ein innerer Drang ließ ihm ein anderes Gebiet der Thätigkeit verführerischer erscheinen. Er hatte mit besonderer Vorliebe Chirurgie getrieben und sein Geist beschäftigte sich mit Ideen, Instrumente zu konstruiren, welche den Blick des Arztes in das Innere des menschlichen Körpers erleichtern, er hatte schon auf der Universität den Versuch gemacht, durch Spiegel-Reflexe ein Bild der Halsröhre zu erhalten. Um sich jedoch diesen Bestrebungen zu widmen, bedurfte er weiterer physikalischer und mechanischer Studien, da waren Reisen nöthig, um Celebritäten in diesen Fächern der Wissenschaft zu hören, da bedurfte er vor Allem der Mittel zu einer sorgenfreien Existenz. Er wußte aber, welche Opfer sein Vater schon für ihn gebracht und daß derselbe nun darauf rechnete, er werde sich selber ernähren können, er verschwieg den Seinigen daher den innersten Wunsch seines Herzens und machte Anstalt, einen Ort zu suchen, wo er mit der Aussicht, gute Praxis zu finden, sich niederlassen könne. In G. selbst erschien ihm das nicht rathsam, da daselbst eine Ueberfülle von Aerzten war und es ihm auch widerstrebte, sich den Bekannten seines Vaters als Arzt aufzudrängen, seine Praxis auf derartige Konnexionen zu gründen.

Da lernte er Marie Ebeling kennen und lieben. Es war nicht die Tochter des reichen Mannes, die er gesucht, derartige Spekulation war seinem Denken fremd, ihn bezauberte das schöne blühende Mädchen, er hätte sie erwählt, wenn sie auch die Tochter eines armen Mannes gewesen wäre. Im Gegentheil, er sagte sich selber, daß er Marie nicht heimführen dürfe, ehe er sich eine Existenz geschaffen habe, sein Selbstgefühl stellte ihm diese Bedingung. Er faßte es nicht als Ausdruck eitlen Hochmuthes aus, als Ebeling die Ansicht aussprach, Marie passe nicht zur Frau eines praktischen Arztes, der für einige Groschen selbst in der Nacht Jedem zu Diensten stehen müsse und dem Publikum mehr angehöre als seiner Frau, er gestand, welche geheimen Wünsche er hege und der Bankier ging sehr lebhaft auf seine Gedanken ein. »Das gefällt mir,« rief er, »das ist etwas Apartes. Da macht eine Erfindung Sie zu einer Berühmtheit. Mangel an Mitteln darf Sie von Ihrer Idee nicht zurückschrecken, die Kapitalisten sind dazu da, das Genie zu unterstützen.«

Der Hausarzt Ebeling's war Spezialist für Halskrankheiten, Eduard hatte mit ihm über seine Ideen gesprochen und der Arzt war seines Lobes voll – vielleicht weil es ihm lieber war, wenn der junge begabte Doktor sich derartigen Studien widmete, als wenn er ihm in der Praxis Konkurrenz machte, vielleicht aber auch aus edleren Motiven – genug, er äußerte sich derart über die Bestrebungen und Aussichten Eduard's, daß Ebeling nicht zweifelte, Eduard's Bild noch einmal unter den Porträts berühmter Männer in einem illustrirten Journal zu sehen, die Brust mit Orden geschmückt. Er bot Eduard seine Unterstützung an. Eduard lehnte dieselbe dankend ab, aber der Beifall des Arztes, das Zureden Ebeling's verführten ihn, seinem Lieblingswunsche Gehör zu geben und mit seinem Vater darüber zu sprechen, es ward ihm das um so leichter, als der Bankier ihm versichert hatte, jetzt, wo Trotten sein Vermögen ihm zur Verwaltung anvertraut, würden die Renten des Majors sich verdoppeln und verdreifachen. Trotten machte keinen Einwand. »Ich verstehe davon nichts,« sagte er, »Du mußt selbst der Schmied Deiner Zukunft sein und ich wäre ein schlechter Rechner, wollte ich, um jetzt einige hundert Thaler zu sparen, Dich hindern, aus der theuren Erziehung, die Du erhalten hast, die lohnendsten Früchte zu ziehen.«

Eduard bemerkte es in seiner Freude über die Zustimmung des Vaters nicht, daß derselbe diese Worte mit einem eigenthümlichen Ernste sprach, als halte ihn ein Gefühl, das er nicht äußern wollte, ab, seine Bedenken auszusprechen. Er war zu selig in dem Gedanken, Alles erreicht zu haben, wonach seine Seele gedürstet – das Jawort Mariens und die Erfüllung des Wunsches, sich ganz seinen Ideen widmen zu können.

Aber der Traum des Glückes sollte bald zerfließen, wenigstens in *einer* Beziehung, der Schlag traf ihn wie ein Blitz aus heiterem Himmel, daß er auf Mariens Hand verzichten solle! Selbst gestern noch, wo man seinen Besuch im Ebeling'schen Hause mit der Entschuldigung, Marie sei nicht ganz wohl, Herr Ebeling aber sehr beschäftigt, abgewiesen, hatte er nichts Böses geahnt, obwohl ihn die Art und Weise der Abfertigung peinlich berührte. Er wußte ja nichts von den geschäftlichen Differenzen, welche zwischen seinem Vater und Ebeling entstanden waren – jetzt hatte er Kenntniß davon, und je klarer er schaute, um so furchtbarer, vernichtender traf ihn der bittere Schlag. Jetzt war es ihm erklärt, wie es gekommen, daß der reiche, hochmüthige Mann ihm so rasch das Jawort gegeben, Ebeling hatte wohl weniger auf die Bitte der Tochter gehört, als daran gedacht, daß er sich mit dem Sohne auch den Vater kaufe.

Ja, »kaufe!« So hart, so bitter das Wort klang, es malte die Wahrheit. Wie Schuppen fiel es ihm von den Augen. Aus tausend kleinen Zügen, die ihm bis dahin unverständlich gewesen, die ihn peinlich berührt, die er aber weiter nicht beachtet, leuchtete ihm jetzt der Charakter Ebeling's so entgegen, wie ihn sein Vater geschildert. Hatte der Mann kein Ehrgefühl, scheute er selbst den Betrug nicht, um Gold zu erwerben, dann waren tausend gelegentliche Bemerkungen von ihm verständlich, welche oft genug Eduard's Befremden erregt. Und der Wille dieses Mannes sollte ihm seine schönste Hoffnung rauben, ihn elend machen, sollte grausam Mariens Glück zertreten? War sie denn ihres Vaters Sklavin? Hatte dieser ein Recht, sein gegebenes Wort zurück zu nehmen, ein heiliges Band zu zerreißen? Ein solches Recht hätte ihm doch nur eine unwürdige Handlung Eduard's gegeben, nicht aber der Verdruß über eine zerstörte Spekulation. »Nein« rief Eduard, »nein. Er überschreitet das Recht väterlicher Gewalt und Du brauchst Dich nicht zu fügen, Marie darf ihm trotzen.« Er griff zur Feder und schrieb in leidenschaftlichen Zeilen diese Erklärung an Marie nieder. Er beschwor sie, ihm die Treue zu bewahren, er werde niemals seine Rechte an sie aufgeben, es sei denn, daß ihr freier Wille dies fordere, und das sei unmöglich, denn alsdann hätte sie ihn nie geliebt.

Mit brennender Ungeduld erwartete Eduard die Antwort auf sein Schreiben, welches er einem Diener Ebeling's mit der Bitte zugesteckt, dasselbe nur an das Fräulein abzugeben, wenn sie allein sei.

Er erhielt eine doppelte Antwort. In der Morgenzeitung stand die Meldung von der aufgelösten Verlobung und durch die Post erhielt er sein Schreiben uneröffnet, aber neu couvertirt zurück. Auf der Kehrseite seines Briefes standen die Worte von Mariens Hand: »Der Wille meines Vaters ist auch der meine. Ich bitte, nicht wieder an mich zu schreiben. Marie Ebeling.«

Ja, es war ihre Handschrift, sein Auge täuschte ihn nicht. Welche Künste der Vater auch gebraucht haben mochte, seine Tochter zu solcher Handlung zu bewegen, das konnte ihre Schuld mehr oder minder verringern, aber niemals die schnöde That entschuldigen, denn es gab keine Gewalt, die ein freies Wesen zwingen konnte, wider seinen Willen solche Worte zu schreiben.

Und die Handschrift verrieth nicht, daß ihre Seele erregt gewesen, die Schriftzüge waren dieselben wie sonst, keine Thräne hatte das Papier gefeuchtet. Kalt, ohne ein Wort der Klage zerriß sie das heilige Band, welches ihm in das innerste Herz gewachsen. Bitterkeit und Empörung waren in ihm fast gewaltiger als der Schmerz. – –

Eduard hatte vor einigen Tagen in einer größeren Zeitung zufällig ein Inserat gelesen. Der Magistrat von O., einer kleinen Provinzialstadt in Schlesien, forderte junge Aerzte auf, sich in O. anzusiedeln, da der kürzlich erfolgte Tod des bisher dort ansässig gewesenen Doktors N. den Mangel an Aerzten daselbst doppelt fühlbar gemacht habe. Eduard hatte, als er das Inserat gelesen, den Gedanken gehabt, daß der in romantischer Gegend gelegene Ort gewiß ein angenehmer Aufenthalt für einen Arzt sei, besonders da reiche Gutsbesitzer in der Umgegend wohnten, jetzt griff er rasch entschlossen zur Feder, der Stadtbehörde seine Dienste anzubieten. Er fühlte einerseits das Bedürfniß, G., wo er Marien täglich begegnen konnte, so bald als möglich zu verlassen und dadurch auch allen Fragen und Bezeigungen der Theilnahme von Seiten seiner Bekannten auszuweichen, mochte Ebeling die Aufhebung der Verlobung erklären, wie er wollte. Andererseits aber hielt er es für richtig, durch die Entscheidung, die er über seine Zukunft traf, einer delikaten Erörterung mit seinem Vater vorzubeugen. Er hatte neue Unterstützungen von seinem Vater annehmen können, so lange er hoffen durfte, daß das Vermögen desselben durch die Hilfe Ebeling's reichere Zinsen abwerfen werde. Der Vater hatte zwar gesagt, er wolle sein Geld nicht aus dem Unternehmen Ebeling's zurückziehen, um darzuthun, wie er persönliche Beziehungen von amtlichen zu unterscheiden wisse, und daß ein Gebot der Amtspflicht nichts mit seinem persönlichen Vertrauen zu thun habe, es schien jedoch Eduard als das Richtigste, wenn er dem Vater Gelegenheit biete, sich von den Beziehungen zu Ebeling völlig frei zu machen, und wenigstens dafür Sorge trage, daß der Vater nicht etwa seinetwegen, um ihn weiter unterstützen zu können, mit seinem Vermögen spekulire. Mochte Ebeling darüber die Achseln zucken, daß er einen Broderwerb suchte, bei welchem er freilich für wenige Groschen Jedem auch zur Nachtzeit zu Gebote stand: es lag vielleicht doch in seiner Kraft, Bedrängten Dienste zu leisten, welche selbst der reiche Mann mit Gold nicht erkaufen kann und welche der Gerettete mit Dankesthränen lohnt. Hatte seine Neigung sich auch andere Ziele gesteckt, hatte er auch gehofft, in anderer Weise der Menschheit nützen zu können, so ruhte vielleicht gerade deshalb, weil das Schicksal ihn zu anderer Thätigkeit zwang, der Segen Gottes auf dem Streben, welchem er sich hingeben wollte, um sich eine unabhängige Existenz zu gründen.

Als der Brief abgeschickt war, theilte er den Seinigen mit, was er gethan. Margareth schaute ihn mit inniger Theilnahme an, sie fühlte, wie schwer ihm das Opfer war, das er gebracht, der alte Trotten aber verbarg seine Freude nicht. »Du wirst Deinen Entschluß nie bereuen,« sagte er, »wie schwer es Dir auch geworden sein mag, eitlen Hoffnungen zu entsagen. Jede Hoffnung ist eitel, die man auf einen glücklichen Zufall begründet, und das ist eine Entdeckung, eine Erfindung stets, – nur der Glückliche findet das, woran Tausende vergebens gearbeitet. Ich verstehe von der Sache nichts, aber ich habe gehört, daß gelehrte Leute sich schon lange darüber den Kopf zerbrechen. Das Erste für den Mann ist, sich eine Existenz zu gründen, dann mag er seinen Idealen nachgehen.«

Als Eduard jetzt die Bemerkung fallen ließ, der Vater könne nun seine Beziehungen zu Ebeling ganz abbrechen, schüttelte der alte Trotten verneinend den Kopf. »Ich glaube,« sagte er, »es wäre klug, wenn ich das thäte, ich fürchte sogar, ich verletze meine Pflicht gegen meine Kinder, wenn ich Ebeling mein erspartes Vermögen lasse, aber Ihr werdet nicht wollen, daß ich gegen das Gefühl handle, welches mir die Ehre diktirt. Ich habe durch meinen Austritt aus dem Verwaltungsrath Ebeling sehr geschadet, meine früheren Kollegen haben mir das bestätigt, sie sind Alle der Ansicht, daß dadurch das ganze Unternehmen gefährdet ist. Meine Kollegen geben mir in der Sache Recht, meinen aber, ich sei zu pedantisch, Ebeling thue nur, was tausend Andere gethan, er umgehe ein Gesetz, welches lückenhaft und stellenweise zweideutig sei. Ich mag nicht gegen mein Gewissen handeln, aber gerade weil Ebeling mein Auftreten als ein gehässiges und feindseliges hinstellt, weil er an meinem Worte zweifelt, daß ich ihm nicht schaden, nur mein Gewissen nicht belasten wolle, mag ich mein Geld nicht zurückziehen. Nur wenn ich mein Geld dem Unternehmen lasse, darf ich über die Gründe meines Rücktrittes aus dem Verwaltungsrath schweigen, sonst hätte ich die Verpflichtung, auch Andere zu warnen, welche ihr Geld der Sache widmen. Vielleicht wäre das überhaupt meine Pflicht, aber ich würde damit eine Anklage gegen Ebeling und auch gegen meine bisherigen Kollegen erheben, die zu ernst ist, um ohne stichhaltige Beweise ausgesprochen werden zu können, solche habe ich aber um so weniger, als Ebeling sich heute meinen früheren Kollegen gegenüber verpflichtet hat, für den reellen Werth aller Zeichnungen zu bürgen.«

»Ich danke Dir, mein Vater,« erwiederte Eduard, »hättest Du mich befragt, so würde ich nicht anders gerathen haben. Je erbärmlicher Ebeling sich zeigt, je gehässiger er gegen uns auftritt, um so korrekter muß unsere Haltung sein. Die beste Antwort auf den Brief, den er Dir geschrieben, ist die, daß Du ihn durch Festhalten an Deinem Worte beschämst. Er mag dann auch den Leuten die Aufhebung meiner Verlobung mit Marie erklären, wie er will, ich werde zu Allem schweigen, es wird mir lieb sein, wenn er ihren Wortbruch, ihren Wankelmuth zu entschuldigen vermag, ich möchte um keinen Preis Diejenige bloßgestellt sehen, die ich geliebt habe.«

»Bravo,« sprach der alte Herr und drückte die Hand des Sohnes, »ich dachte, daß Du so denken würdest, und habe in Deinem Sinne gehandelt. Ich höre, daß Ebeling erzählt, er habe die Ueberzeugung gewonnen, daß Du nach einer *reichen* Frau getrachtet und da unser Vertrauen auf seine Spekulationen geschwunden, habe er den Bruch einer Erörterung über die Mitgift, zu der er sich verpflichtet, vorgezogen.«

Eduard erbleichte, aber Margareth fuhr auf in Empörung, ihr Antlitz flammte in edlem Zorn. »Diese Lüge mußt Du brandmarken, Vater,« rief sie, »oder ich thue es – o, das ist zu infam, das entehrt meinen Bruder!«

»Die Lüge entehrt den Verleumder, nicht mich.« versetzte Eduard mit gepreßter Stimme, aber erzwungener Ruhe. »Wer von uns derselben widerspricht, der hält sie einer Antwort werth. Nur Eine gibt es, die ihr widersprechen darf, das ist Marie. Thut sie das nicht, so mag sie darüber mit dem eigenen Herzen rechten.«

Margareth warf sich an die Brust ihres Bruders und weinte laut. Das Auge des alten Herrn ward feucht, aber unbeschreiblich selig war der Blick, der auf seinen Kindern ruhte. »Haltet Ihr zusammen,« murmelten seine Lippen leise, wie im Gebet, »der Herr wird Euch segnen!« — —

3

Sechs Monate sind verflossen, seit Eduard Abschied von den Seinigen genommen, um sich in O. eine Existenz zu gründen, und heute ist er wieder in G., man hat ihn an das Sterbebett des Vaters gerufen. Wenn die Jugendkraft sich dem erwählten Berufe mit sanguinischen Hoffnungen weiht und sich in Träumen die höchsten Ziele stellt, so denkt sie wohl der Hindernisse und Schwierigkeiten, welche zu überwinden sind, aber sie ahnt nicht, welche kleinlichen Dinge oft den Strebenden ermüden, ihn erschöpfen und mürbe machen. Man hofft auf Glück, selbst der Bescheidene baut darauf, wenigstens das zu erreichen, was Fleiß und Eifer verdienen, aber die Meisten erfahren im wirklichen Leben, daß an sich unbedeutende Dinge, ungünstige Verhältnisse, störende Zufälle u. s. w. unser Fortkommen oft mehr hemmen als besondere Unglücksfälle, die uns nur vorübergehend schädigen oder um einige Schritte auf der Bahn des Strebens zurückwerfen. »Der Arbeiter,« so sagt das Wort, »ist seines Lohnes werth,« aber er findet diesen Lohn nicht immer, oft nicht einmal Arbeit überhaupt.

Als Eduard sich entschlossen, der Nothwendigkeit nachzugeben und ein sicheres Brod zu suchen, da hatte er nicht daran gezweifelt, dieses »sichere« Brod auch finden zu müssen, wenn er pflichtgetreu arbeitete, er hatte sich nur gesagt, daß es Glückssache sei, ob dieses Brod reichlich sein werde oder nicht.

Mit den besten Empfehlungen ausgestattet, ging er nach O., es hatten außer ihm noch zwei junge Aerzte auf das Inserat des Magistrats reflektirt, der Eine derselben hatte im Orte Protektionen und erhielt die Armen-Praxis und die Bestallung als Physikus, der Andere gab daher sein Vorhaben, sich in O. niederzulassen, ohne Weiteres auf, Eduard dagegen ließ sich durch die Versicherung, er werde ebenfalls noch genügende Praxis finden, zum Bleiben bestimmen. Es herrschte in der Stadt große Furcht vor einer Seuche, welche schon wiederholt im Orte gewüthet hatte und jetzt wieder auszubrechen drohte, man versprach Eduard, falls diese traurige Sorge sich erfülle, Anstellung in einem Noth-Hospital, überdem hörte er von verschiedenen Seiten, daß der älteste und bedeutendste Arzt des Ortes, Doktor Globig, seine sehr ausgebreitete Praxis nur dem Umstande verdanke, daß in weitem Umkreise kein besserer Arzt zu finden sei. Doktor Globig, so hieß es, kurire noch mit den Mitteln, welche vor dreißig Jahren üblich gewesen, er habe sich um die Fortschritte der Wissenschaft nicht bekümmert, verachte die neueren Methoden, und der Patient, welcher die Mittel dazu besitze, einen Arzt in Breslau zu konsultiren, lasse sich in ernsten Fällen von dort einen Helfer kommen, besonders seit Doktor N. gestorben.

Eduard machte dem Doktor Globig seinen Besuch, um sich ihm als College vorzustellen, er fand bestätigt, was man ihm über diesen Arzt gesagt. Globig empfing ihn mit herablassender Freundlichkeit und machte gar keinen Hehl daraus, daß der Rival ihm höchst unwillkommen sei. »Sie werden es bereuen,« sagte er, »daß Sie hieher gekommen sind. Was der Magistrat vergeben konnte, hat Doktor Balz erhalten, er wird hier ein kümmerliches Brod finden, aber Sie, Sie werden viel Zeit haben, spazieren zu gehen. Ich meine es ehrlich, darum spreche ich die Wahrheit, wenn dieselbe auch Ihre Illusionen zerstört. Es ist hier für Aerzte gar wenig zu thun, ich bin noch sehr rüstig, brauche keine Hilfe. Sie denken natürlich, mir meine Patienten abzujagen, mit den neuen Modetheorien Wunderkuren zu verrichten, aber Sie werden sich täuschen. Mancher wird freilich zu Ihnen gehen, schon um mich zu ärgern, aber was werden Sie für Patienten haben? Entweder Unheilbare, denen Niemand mehr helfen kann, oder eingebildet Kranke, die es aus Neugierde mit Ihnen versuchen, in ernsten Fällen hat man nur zu einem älteren Arzte Vertrauen, da ruft man nicht junge Leute.«

Doktor Globig bestritt es, daß die Cholera sich im Orte gezeigt habe, und Eduard verließ ihn mit der wenig ermuthigenden Ueberzeugung, in diesem Kollegen einen Gegner zu haben, der grundsätzlich ihm entgegen arbeiten werde, hatte Globig dies doch offen und ehrlich ausgesprochen. Dennoch ließ er sich nicht irremachen. Der Mann sprach den Fortschritten der Wissenschaft Hohn, seine Eitelkeit fürchtete keinen Rivalen, es kam also nur darauf an, bei einigen glücklichen Kuren die Ueberlegenheit der neuen Methoden zu zeigen und er war besiegt.

Doktor Balz kam Eduard mit einer Freundlichkeit entgegen, welche einem argwöhnischen Charakter sehr verdächtig erschienen wäre, und es sollte sich bald zeigen, daß dieser College Eduard gefährlicher war als Globig. Doktor Balz war ein Mann der Reklame, er verstand es, seine Protektionen im Orte zu benutzen und alle die Kunden an sich zu ziehen, welche das Vertrauen zu Globig verloren hatten.

Globig hatte Recht gehabt, die Angst vor dem Ausbruch der Cholera war eine Übertriebene gewesen, es zeigte sich, daß man einige heftige Anfälle von Brechdurchfall fälschlich für diese furchtbare Krankheit gehalten, ein Umschlag des Wetters verscheuchte die Angst vor dem unheimlichen asiatischen Gaste völlig. Eduard fand unfreiwillig Muße zu seinen Lieblingsstudien, er hätte, wie Globig gesagt, viel spazieren gehen können, denn nur ab und zu fand sich ein Patient, der seine Hilfe suchte, aber vergebens wartete er auf die Gelegenheit, durch eine glückliche Kur sich einen Namen zu machen – auch in dieser Beziehung schien Globig Recht zu behalten: man rief ihn entweder zu Kranken, denen nicht mehr zu helfen war, oder zu solchen, die nicht ernstlich krank waren und von dem jungen Arzte erwarteten, er werde für seine Besuche wenig oder gar nichts nehmen, er müsse sich durch die Ehre bezahlt glauben, daß man ihm Vertrauen geschenkt und ihn zum Frühstück oder Abendessen eingeladen habe.

Eduard besaß eine nothwendige Tugend der Aerzte: die Geduld, aber dieselbe wurde auf eine harte Probe gestellt – er war bald sechs Monate in O. und hatte kaum zwanzig Thaler an Honorar eingenommen, seine ausstehenden Forderungen betrugen vielleicht dreißig Thaler, aber es war zweifelhaft, ob er das Geld je eintreiben konnte. Da endlich wurde er eines Tages auf das zwei Meilen von O. entfernte Schloß des Grafen Wildenfels, eines der reichsten Grundbesitzer der Gegend, gerufen. Der Wagen des Grafen brachte ihn hinaus, man sagte ihm, Doktor Globig habe die Gräfin seit einiger Zeit behandelt und das Leiden für unbedeutend erklärt, heute Nacht habe man ihn anrufen müssen, weil die Kranke sich plötzlich sehr schlecht gefühlt, und Globig habe gesagt, sie sei nicht mehr zu retten, ein Blutgefäß in der Brust sei gesprungen. Graf Wildenfels, so berichtete der Kutscher weiter, habe eine Depesche an einen Breslauer Arzt geschickt, bitte aber Trotten, herauszukommen, da der Breslauer Arzt frühestens am späten Abend eintreffen könne.

Eduard hatte für alle Fälle Medikamente mitgenommen, er fand die Kranke in bewußtlosem Zustande, ihren Gatten, einen alten Herrn, in trostloser Verzweiflung, ein bildschönes junges Mädchen, eine Nichte des Grafen, hatte am Bette der Kranken eine schlaflose Nacht in Unruhe und Angst zugebracht.

Der Graf bat Eduard um sein Urtheil. Seine Worte machten den Eindruck, als besorge er, Eduard könne mehr verderben als nützen, als habe er ihn nur rufen lassen, um zu hören, ob die Kranke noch leben könne, bis der Breslauer Arzt da sei, als solle Eduard das Leben der Kranken nur bis dahin fristen.

Eduard ließ sich die Rezepte zeigen, welche Globig verschrieben, dann schickte er sich an, die Kranke zu untersuchen. Seine ruhige Haltung schien der jungen Dame Vertrauen einzuflößen, während der Graf immer unruhiger dreinschaute, als bereue er es schon, den Doktor gerufen zu haben.

»Was wollen Sie thun?« rief er, als Eduard dem Oberkörper der Kranken eine Unterlage gab, denselben aufzurichten, »Globig hat die Kissen fortgenommen –«

»Herr Graf,« nahm Eduard jetzt das Wort und seine Haltung zeigte sehr ernste Entschiedenheit, »ich bitte Sie, mir Vertrauen zu schenken – oder mich nach O. zurückkehren zu lassen. Im ersteren Falle fordere ich zunächst, daß Sie das Krankenzimmer verlassen, Ihre natürliche Unruhe veranlaßt Sie zu Fragen, die mich stören, und hier muß ich absolut ungestört sein, um helfen zu können.«

»Herr Doktor –« wollte der Graf einwenden, aber die junge Dame ließ ihn nicht weiter sprechen, sie flüsterte ihm einige Worte zu und führte ihn hinaus – er hätte ihr vielleicht nicht gehorcht, wenn das entschlossene Wesen des jungen Arztes ihm weniger imponirt hätte. »Entschuldigen Sie die Besorgnisse meines Onkels,« sagte die junge Dame, als sie zurückkehrte, »aber der Doktor Globig hat über Sie ein wenig günstiges Urtheil gefällt, und mein Onkel, der zu Globig größeres Vertrauen besitzt als ich, gab nur ungern meiner Bitte, Sie rufen zu lassen, nach.«

Eduard verneigte sich dankend, ohne ein Wort zu erwiedern. Er brachte die Kranke in eine sitzende Stellung, untersuchte mit dem Hörrohr die Brust, dann wendete er sich zu der jungen Dame, welche in athemloser Spannung ihm zugeschaut. »Ich bitte Sie, für die Kranke eine sehr kräftige Bouillon kochen zu lassen. Zerschnittenes Fleisch, in einer Flasche mit kaltem Wasser beigesetzt, muß völlig auskochen, inzwischen gebe ich einige Tropfen Medicin. Haben Sie alten guten Madeira im Keller, oder vielleicht Tokayer?«

»Vortrefflichen Madeira. Aber kann denn die Kranke so kräftige Sachen genießen?« rief die junge Dame halb zweifelnd, halb frohlockend.

»Ich finde nur eine ungeheure Entkräftung, Herr Doktor Globig hat ihr, meiner Ansicht nach, zu viel Blut entzogen.«

»Und sie wird leben? Sie hoffen, die theure Tante uns zu retten?«

»Ich glaube, das versprechen zu können.«

Die junge Dame spendete Eduard einen Blick, der schwer zu beschreiben war, der ihn fühlen ließ, wie dankbar ihm das junge Mädchen für diese Hoffnung war, dann eilte sie jauchzend hinaus, die frohe Botschaft zu verkünden und das Verlangte zu besorgen.

Eduard flößte der Kranken einige Tropfen Aether ein und hatte die Genugthuung, daß dieselbe Zeichen von wiederkehrender Lebenskraft zu erkennen gab, als der Graf kopfschüttelnd hereintrat, das Wunder zu schauen, an das er nicht geglaubt. Ein Theelöffel Madeira, stärkte die Kranke sichtlich. »Herr Doktor,« rief der Graf, »nächst Gott danke ich es meiner Nichte Klara, wenn die Kranke am Leben bleibt, denn das Mädchen hatte die Idee, Sie rufen zu lassen und hat mich fast mit Gewalt dazu gebracht. Ich sehe, Globig hat Sie verleumdet, wahrscheinlich aus Neid. Klara sagte es immer, die starken Blutentziehungen müßten schädlich sein, aber ich dachte, der Arzt verstehe das besser. Sagen Sie mir die Wahrheit – Globig hat meine gute Alte auf dem Gewissen? Ist es so oder nicht?«

»Herr Graf, jeder Arzt hat seine Methode und ist Irrthümern ausgesetzt. Ich glaube, mein Herr College hat sich im Charakter des Leidens getäuscht.«

»Sie wollen von ihm nicht sagen, daß er ein Esel ist,« versetzte der Graf, »aber er soll es erfahren, was Sie können, wenn er es noch nicht weiß. Sie übernehmen die Behandlung der Kranken. Erlaubt es Ihre Zeit, hier zu bleiben, bis der Geheimrath Evers aus Breslau kommt? Ich habe ihn einmal rufen lassen und kann das nicht mehr rückgängig machen.«

Eduard war in der für einen Arzt traurigen Lage, über völlig freie Zeit disponiren zu können und hätte gewiß mit Freuden das Anerbieten des Grafen angenommen, aber wenn auch Globig keine Rücksichten auf ihn genommen, so hielt er es doch für richtig, den Gesetzen der Collegialität strenge nachzukommen. »Herr Graf,« erwiederte er, »ich bin Ihrem Rufe gefolgt und würde mit Freuden die Behandlung Ihrer Frau Gemahlin übernehmen, aber es ist feststehende Sitte unter Aerzten, daß wir nur dann in die Stelle eines Collegen treten, wenn dieselbe völlig frei geworden ist. Sie haben Herrn Doktor Globig wohl noch nicht mitgetheilt, daß Sie einen anderen Arzt engagiren wollen und ich kann Ihr schmeichelhaftes Vertrauen nicht annehmen, ehe dies geschehen ist; die augenblickliche Hilfe, die ich geleistet, war durch die Verhältnisse geboten.«

»Sie sind sehr rücksichtsvoll, Herr Doktor, aber ich werde Globig sein Honorar noch heute senden, Sie können also getrost in seine Stelle treten.«

»Herr Graf,« antwortete Eduard, »in Ihrem eigenen Interesse rathe ich Ihnen, Ihren Entschluß sich zu überlegen. Für die Kranke ist vorläufig keine Gefahr, ich bin hier überflüssig. Hören Sie also zuerst den Geheimrath Evers. Derselbe ist Homöopath, er mißbilligt vielleicht die Mittel, die ich der Kranken vorläufig hierzulassen gedenke und rathet Ihnen möglicher Weise, sich den Herrn Doktor Balz aus O. zu nehmen, der seiner Schule angehört. Es würde Sie das in die Lage versetzen, mir entweder abschreiben zu müssen oder doch Ihr Vertrauen auf mich erschüttert zu sehen.«

»Donnerw...,« fluchte der alte Herr, »Sie machen mir den Kopf warm. Ich sage Ihnen, daß ich Vertrauen zu Ihnen habe. Wenn Ihre Mittel gut sind, kann Evers doch nichts dagegen haben, und weiß er noch etwas Besseres, so werden Sie von einem alten berühmten Arzt etwas lernen. Oder halten Sie Evers nicht für einen berühmten Arzt?«

»Herr Graf, der Geheimrath Evers ist ein berühmter Arzt und fordert daher überall, wo er gerufen wird, die unbedingteste Anerkennung seiner Autorität, er hält die Meister anderer Methoden für Unwissende, während diese ganz ebenso über ihn urtheilen. Ich huldige Grundsätzen, die Evers verwirft, und so gern ich von einem älteren Arzt etwas lerne, halte ich doch an gewissen Grundsätzen fest und kann nicht das Werkzeug eines Dritten sein, der nach anderem Systeme kurirt. Ich verstehe es übrigens nicht, daß Globig Ihnen Evers empfehlen konnte.«

»Das hat er auch nicht gethan, im Gegentheil, als ich ihn fragte, was er von Evers halte, nannte er ihn einen Charlatan. Evers ist mir von vielen meiner Bekannten gerühmt worden, er hat Leute gerettet, die von anderen Aerzten schon aufgegeben waren.«

»Er ist ein gescheidter Mann,« erwiederte Eduard, »und hat Glück als Arzt gehabt, ich behaupte nur, daß er über alle Methoden anderer Aerzte sehr schroff urtheilt und von Ihnen fordern wird, daß Sie Balz rufen lassen, der wie er Homöopath ist. Ich habe, weil ich wußte, daß Sie Evers erwarten, der Kranken nur Belebendes und Stärkendes, nicht aber ein Heilmittel gegeben, welches ich unter anderen Umständen verordnet hätte.«

»Das ist eine peinliche Situation!« murmelte der Graf, »ich weiß nicht, was ich thun soll. Ich habe einmal Vertrauen zu Ihnen gefaßt und kann Evers doch nicht zum Narren haben. Wissen Sie, was mir an Ihnen so gefallen? Sie schickten mich aus dem Krankenzimmer, ich dachte, der ist seiner Sache sicher, sonst wäre er nicht so grob. Und jetzt möchte ich Ihnen grollen, daß Sie so wenig nachgiebig sind. Versuchen Sie es wenigstens, sich mit Evers zu besprechen, vielleicht einigen Sie sich doch.«

»Herr Graf, ich würde Ihren Wunsch mit Freuden erfüllen, wenn Sie einen Anderen als Evers gerufen hätten. Ich kenne Evers. Er ordnet an und hört keine andere Meinung. Wäre ich Ihr Hausarzt gewesen, so müßte er darauf Rücksicht nehmen und mich wenigstens anhören, so aber wird er fragen, wer die Kur übernehmen soll, er oder ich. Wenn ich Ihnen also rathen darf, so hören Sie ihn und warten ab, ob er Ihnen und der Kranken Vertrauen einflößt. Geschieht das, so folgen Sie seinen Anweisungen, er wird jedenfalls fordern, daß Sie meinen Collegen Balz rufen lassen, damit er demselben seine Instruktionen ertheilen kann. Können Sie und die Kranke aber kein Vertrauen zu Evers fassen und wollen Sie mich damit beehren, so werde ich Ihrem Rufe mit Freuden folgen.«

Graf Wildenfels drückte die Hand des jungen Arztes, der sich in kurzer Zeit nicht nur sein Vertrauen, sondern auch seine Achtung erworben, er mußte zugeben, daß der Vorschlag Eduard's das einzig Richtige angab, um aus diesem Dilemma herauszukommen.

Wir haben diese Episode aus dem geschäftlichen Leben Eduard's ausführlich geschildert, um dem Leser zu zeigen, wie er seinem Charakter auch da getreu blieb, wo es sich um seine wichtigsten Interessen handelte. Was leicht vorherzusehen war, geschah. Der Geheimrath Evers sprach über Globig ein sehr hartes Urtheil und gab zu, daß Trotten der gefährlichen Krisis, in welcher sich die Kranke befunden, Einhalt gethan, aber er bemerkte auch, daß von einer Wiederherstellung der Kranken nicht die Rede sein könne, wenn seine, Evers', Vorschriften nicht mit äußerster Genauigkeit befolgt würden. Er hatte einen jungen Arzt mitgebracht, welchem er die Instruktionen für die Behandlung der Patientin gab und der sich bereit erklärte, einige Tage auf Schloß Wildenfels zu bleiben, bis alle Gefahr vorüber sei. Der Graf benachrichtigte Eduard in einem sehr freundlichen Schreiben hievon und bedauerte, die Verfügungen des Geheimraths nicht ändern zu können.

Hatte auf dem Schlosse das sichere Auftreten des berühmten Arztes, der »Autorität«, alle Bedenken zum Schweigen gebracht, ob man nicht doch besser thue, Eduard zu vertrauen, so warfen Globig und Balz ihren Groll darüber, daß fremde Aerzte auf Wildenfels schalteten, auf Trotten. Globig triumphirte darüber, daß Trotten es doch nicht gelungen sei, den Patienten zu behalten, den er ihm hatte »abjagen« wollen, Balz gab Eduard die Schuld davon, daß Evers, statt ihn zu rufen, einen Hilfsarzt aus Breslau gewählt habe. Hatte es Aufsehen in der Stadt O. gemacht, daß der reiche Graf Wildenfels sich an Trotten gewendet, so hieß es jetzt, der junge Arzt müsse wohl wenig getaugt haben, da man keinen zweiten Besuch gewünscht habe, genug, der ärztliche Ruf Eduard's war eher benachtheiligt als gefördert, sein Charakter aber durch die Verleumdung bloßgestellt, er suche seinen Collegen auf wenig anständige Weise Patienten abzujagen.

Gleichzeitig verbreitete sich auch das Gerücht in O., Trotten trachte danach, eine reiche Heirath zu schließen, er habe dazu schon in G. einen mißglückten Versuch gemacht, und man war boshaft genug, diesem Gerüchte durch die Bemerkung, auf Schloß Wildenfels sei eine reiche junge Erbin, eine neue Illustration zu geben. Eduard erfuhr nichts von dem, was die Leute über ihn klatschten, aber die Wirkungen solcher Verleumdungen machten sich fühlbar, die Leute, mit denen er oberflächliche Bekanntschaft in den Lokalen, wo er speiste, geschlossen, zeigten sich kühler, zurückhaltender als früher.

Da erhielt er von seiner Schwester die Nachricht, daß der Vater lebensgefährlich erkrankt sei. Er eilte nach G. und sah, daß jede Hoffnung, den Kranken noch zu retten, vergeblich sei. Aber das sollte nicht das einzige Bittere sein, was ihm zu hören vorbehalten war. Man hatte es ihm verschwiegen, was seinen alten Vater in letzter Zeit schwer bedrückt hatte – das kleine Vermögen Trotten's war verloren, denn die Aktien des Ebeling'schen Unternehmens, in welchen dasselbe angelegt worden, waren fast auf Null gesunken.

Es war für den alten Herrn sehr hart gewesen, zu sehen, wie die Zukunft seiner Tochter dadurch eine höchst unsichere geworden, daß er, um sein Wort zu halten, Ebeling sein Vermögen gelassen; sein einziger Trost war es gewesen, daß Eduard sich eine Existenz gegründet hatte – er glaubte das, weil Eduard ihm verschwiegen, wie wenig günstig seine Aussichten standen.

Es war ein furchtbarer Gedanke für Eduard, daß Margareth bald genug werde erfahren müssen, wie schlecht es ihm ergehe, dem Vater ließ er den Trost, daß er Margareth ernähren könne, um dem Sterbenden die letzte Stunde nicht zu trüben. Am Grabe des Vaters drückten Bruder und Schwester einander die Hände, sie standen jetzt allein auf der Welt, düster genug schien der Himmel ihrer Zukunft umwölkt, aber Vertrauen auf Gott und die eigene Kraft war lebendig in ihren Herzen. »Es wird besser gehen,« sagte Eduard, als er seiner Schwester gestanden, wie wenig Erfolg er bisher gehabt, »wir werden uns durchschlagen.« Das Auge Margarethas leuchtete. Es schien, als habe das Geständniß des Bruders ihr Herz eher erleichtert, als sie mit Sorgen erfüllt. »Du glaubst nicht,« sagte sie, »wie froh mich Deine Worte, daß wir Beide arbeiten müssen, gemacht haben. Ich fürchtete, daß Dein Stolz sich dagegen sträuben würde, mich in abhängiger Lage zu sehen.«

»Wie meinst Du das,« versetzte er, sie mit Befremden anschauend. »In abhängiger Lage? Was soll das bedeuten? Willst Du mir nicht meine kleine Wirthschaft führen, wollen wir nicht mit einander Alles theilen, paßt dieses häßliche Wort für ein solches Verhältniß unter Geschwistern?«

»Lieber Eduard,« entgegnete sie, »ich habe mich seit Erkrankung unseres Vaters mit Gedanken an meine Zukunft ernstlich beschäftigt. Ich habe den Gedanken erwogen, daß Du mir die Leitung Deines Hauswesens anbieten würdest. Ich habe aber immer gehört, daß ein Arzt sich verheirathen muß, wenn er in Familien, besonders bei Frauen, Praxis finden will – verzeihe, wenn ich eine wunde Stelle in Deinem Herzen berühre, aber dieselbe wird, sie muß früher oder später vernarben, und wenn ich Dein Hauswesen leite, so könnte ich es verhindern, daß das Bedürfniß nach einer Hausfrau Dich dazu veranlaßt, Dir eine solche zu suchen.«

»Margareth –«

»Unterbrich mich nicht, Eduard, ich weiß, was Du sagen willst. Wenn ich an meine Zukunft denke, muß ich den doch immer möglichen Fall im Auge haben, daß Du Dich verheirathest, und dann würde ich mir unter allen Umständen ein anderes Asyl suchen. Wären Deine Verhältnisse nun günstig, so könnte ich vorläufig zu Dir ziehen, so aber scheint es mir richtiger, wenn ich keine Zeit verliere, mir eine Existenz durch eigene Arbeit zu verschaffen. Ich könnte durch Handarbeiten etwas verdienen, wenn Du in einem größeren Orte lebtest, und so etwas zu unserer Wirthschaft beitragen – in einer kleinen Stadt ist das schwer, ich habe aber, Dank der Erziehung, welche mir unser theurer Vater angedeihen ließ, Kenntnisse und Fähigkeiten erlangt, mit denen ich mir ein besseres Brod verschaffen kann. Lies einmal dieses Inserat.«

Sie reichte dem Bruder den Ausschnitt eines Zeitungsblattes.

»Man sucht,« so lautete das mit Rothstift angestrichene Inserat, »eine anständige, gebildete, womöglich musikalische Dame zur Repräsentantin der Hausfrau auf einer größeren herrschaftlichen Besitzung, um einem alten Herrn gleichzeitig als Gesellschafterin zur Seite zu stehen. Das durchaus Ehrenvolle der Stellung wird verbürgt. Damen von Distinktion, welche ein angenehmes, sorgenfreies Unterkommen wünschen, werden gebeten, ihre werthe Adresse vertrauensvoll sub v. S. 303 in der Expedition dieses Blattes niederzulegen.«

Eduard schüttelte den Kopf. »Was willst Du mit diesem Inserat?« sagte er. »Du denkst doch nicht etwa daran, Dich zu einem solchen Posten anzubieten?«

»Warum nicht,« erwiederte sie leicht erröthend. »Im ersten Augenblick, als ich das Inserat las, machte es auf mich auch keinen verlockenden Eindruck, aber ich mußte immer wieder daran denken, ich las es immer wieder durch und die Bedenken, die ich anfänglich gehegt, verschwanden. Es trat mir der Gedanke nahe, daß unser Vater, wenn ich ihm gefehlt, eines weiblichen Wesens in seinem Hause nicht hätte entbehren können, der Vater hatte mir oft gesagt, ich eignete mich zur Leitung eines vornehmen Haushaltes, und so schien es mir nur ein Wink des Schicksals, daß mir dieses Inserat gerade in der Zeit vor Augen kam, wo der Arzt mir sagte, ich müsse mich auf den Tod unseres theuren Vaters vorbereiten. Ich hatte Veranlassung, schon früher den Wunsch zu hegen, daß der Vater G. mit mir verlasse, jetzt, wo ich seinen Schutz entbehre, muß ich fort.«

Eduard starrte die Schwester betroffen an. »Was bedeutet das?« rief er und seine Erregung verrieth, daß er die Worte der Schwester sehr ernst auffasse, »ich dächte, daß ich Dir der Nächste wäre, wenn Du eines Beschützers bedarfst.«

»Du hast mich mißverstanden, lieber Bruder,« entgegnete Margareth erröthend. »Es gibt Nachstellungen, gegen welche ein Mädchen sich nur dadurch schützen kann, daß sie denselben ausweicht. Wenn Jemand trotz einer Abweisung die Hoffnung nicht aufgeben will, mein Jawort doch noch zu erobern, so kann ihm das kein Dritter verbieten.«

»Du hast einen Bewerber? Und ich habe davon noch kein Wort gehört? Wer ist es?«

»Gestatte mir, darüber zu schweigen, ich bitte Dich darum. Kehren wir zu unserem Thenia zurück,« versetzte Margaretha und obwohl sie es ihrem Bruder ansah, daß ihre Worte denselben befremdeten und sehr unangenehm berührten, zog sie einen Brief aus der Tasche. »Dieses ist die Antwort auf meine Meldung zu der offerirten Stellung,« sagte sie, das Billet dem Bruder darbietend.

»Du hast Dich also schon gemeldet,« rief er in gereiztem vorwurfsvollen Tone. »Du bist ja sehr rasch in Deinen Entschlüssen, wozu fragst Du mich denn überhaupt noch um Rath?«

»Lieber Eduard, eine Anfrage verpflichtet noch nicht zur Annahme der Stellung, aber eine Anmeldung konnte leicht vergebliche Mühe sein, wenn sie verspätet kam. Ich werde keine Entscheidung ohne Deine Zustimmung treffen, ich habe übrigens diesen Brief erst heute Morgen erhalten.«

»Gnädiges Fräulein,« so lautete das Schreiben, welches Eduard mit sehr mißvergnügter Miene entfaltete, »seien Sie vor Allem meiner herzlichen Theilnahme versichert; habe ich auch nicht die Ehre gehabt, Ihren Herrn Vater persönlich zu kennen, so ist mir der Name desselben doch als der eines Mannes von Ehre und Verdiensten oft genannt worden. Sollte der Himmel, wie Sie leider befürchten, Ihnen den herben Verlust nicht ersparen, so bin ich überzeugt, daß mein Oheim, der General a. D. Baron v. Sorben ans Schloß Seebach bei *** sich freuen wird, Ihnen das gewünschte Asyl bieten zu können. Mein Onkel ist seit zwanzig Jahren Wittwer und haben bis dahin Verwandte von ihm seinen Hausstand geleitet. Trotz seiner fünfundsechzig Jahre und der Leiden, welche das Alter bei einem Soldaten, der mehrfach verwundet worden, mit sich bringt, liebt er es, seinen zahlreichen Gästen ein stets offenes Haus zu bieten und bedarf daher einer Dame, welche denselben die Honneurs macht und die Oberleitung des Hausstandes führt.

Ich halte es für meine Pflicht, Ihnen nicht zu verhehlen, daß mein Onkel trotz seiner vortrefflichen Eigenschaften schwierig zu behandeln ist, daß er Eigenheiten besitzt, über welche Jemand, der in nahen Verkehr mit ihm tritt, hinwegsehen muß, um durch längeren Umgang mit ihm zu erfahren, daß Derjenige, der ihn richtig zu nehmen weiß, sich auch wohl bei ihm fühlen kann. Wer mit festem Charakter, Geduld und Hingebung ihm dient, der kann sich ihm unentbehrlich machen und seiner Dankbarkeit gewiß sein. Er hat für die Stellung, welche ich die Ehre habe, Ihnen zu offeriren, ein Nadelgeld von einhundertzwanzig Stück Friedrichsd'or ausgesetzt. Sollten Sie geneigt sein, auf das Anerbieten einzugehen, so bitte ich Sie, meinem Oheim gütigst mitzutheilen, wann Sie ihm das Vergnügen machen wollen, Sich auf Schloß Seebach ihm vorzustellen.

Mit vorzüglicher Hochachtung!
Breslau den...

Karl v. Sorben, Geheimrath.«

Die Züge Eduard's klärten sich bei der Lektüre dieses Briefes auf. »Ich glaube,« sagte er, das Billet zurückgebend, »daß eine solche Stellung für Dich viel Verlockendes haben kann, aber es scheint, als ob der General unerträgliche Launen hat, welche ihn zwingen, diese Stellung einer Fremden anzubieten, nachdem seine Verwandten bei ihm nicht ausgehalten, der Geheimrath würde sonst eine solche Warnung nicht in den Brief gesetzt haben.«

»Gerade das, was Dich bedenklich macht,« entgegnete Margareth, »verleitet mich zur Annahme der Stellung. Die Verwandten des Generals haben verzichtet, ich werde also keiner derselben im Wege stehen. Es scheint mir weniger bedenklich, eine solche Stellung bei einem Herrn mit schroffen Eigenschaften anzunehmen, als bei Jemand, der angenehm ist und wo man mir meine Stellung neidet; wo Schwierigkeiten zu überwinden sind, da verdiene ich mein Brod und nehme kein Almosen an.«

Eduard mußte die Richtigkeit dieser Ansichten zugeben und ihm erschien das Vorhaben der Schwester jetzt in ganz anderem Licht als vorher, er mußte zugeben, daß sie Glück habe, wenn sie diese Stellung erhalte und sich derselben gewachsen zeige.

4.

Das Schloß Seebach liegt vier Meilen von O., wo Eduard seinen Wohnsitz genommen, aber nur zwei Meilen von Schloß Wildenfels entfernt. Die Herrschaft auf Wildenfels stand mit der auf Seebach in geselligem Verkehr, welcher freilich in letzter Zeit durch die Krankheit der Gräfin Wildenfels unterbrochen worden war, und wenn der General Sorben sich auch ab und zu nach dem Befinden der Gräfin erkundigen ließ, so hatte er doch nicht erfahren, daß Eduard v. Trotten dort in einer entscheidenden Stunde Hilfe geleistet hatte, der Name Trotten war daher dem Baron völlig unbekannt, als sein Neffe, der Geheimrath, ihm schrieb, er hoffe in dem Fräulein v. Trotten eine für ihn passende Repräsentationsdame gefunden zu haben. Der Geheimrath erwähnte, daß nach den von ihm eingezogen Erkundigungen Fräulein v. Trotten die Tochter eines sehr ehrenwerthen und geachteten Mannes, eine vornehme und höchst ansprechende Erscheinung sei, daß ihr Ruf tadellos und ihre Erziehung eine vollendete sei, der Gerichtspräsident v. P. zu G., der sie persönlich genau kenne, empfehle sie mit Wärme. Der Geheimrath hob ferner hervor, das Fräulein besitze außer ihrem Bruder, einem vielversprechenden jungen Arzte, keine Verwandte, ihr Vater sei von den Aerzten aufgegeben, es sei ihr also ein gutes Unterkommen sehr zu wünschen.

Der General war von dem Briefe nicht sehr befriedigt. Es waren schon sechs Wochen her, seit seine letzte Gesellschafterin, eine Cousine von ihm, mit der er sich nie hatte vertragen können, ihn in Folge einer sehr heftigen Scene verlassen hatte und noch war bis heute kein Ersatz gefunden, man hatte zwar mit verschiedenen Damen Unterhandlungen angeknüpft, aber dieselben hatten sich zerschlagen. Jetzt war eine vielleicht passende Repräsentantin gefunden, aber dieselbe konnte erst kommen, wenn der Himmel ihren Vater abgerufen, sie kam dann in Trauerkleidern, wahrscheinlich vom Schmerz niedergebeugt, und dem General verlangte nach Zerstreuung, nach einer Gesellschafterin, die ihn erheiterte, denn er war gerade jetzt schwer von der Gicht geplagt. Im Schlosse ging Alles drunter und drüber, nichts hatte seine gewohnte Ordnung. Wenn Gäste kamen, fehlte es all Diesem und Jenem, der General fluchte und wetterte gegen die Dienerschaft, aber die Folge davon war nur, daß die Leute den Dienst kündigten. Er war es freilich gewöhnt, daß bei ihm die Dienstleute sehr häufig wechselten, aber er hatte mit der Beschaffung und Auswahl Anderer bisher nichts zu thun gehabt.

Die Freude, welche die ersten Zeilen des Briefes ihm verursacht, schwand daher sehr bald, seine Miene wurde immer finsterer, er sollte noch länger diesen Zustand ertragen, sich gedulden, bis das Fräulein sich melde, das vielleicht noch einige Wochen zur Ordnung ihrer Erbschaftsangelegenheiten gebrauchte.

Eigenwillige, ungeduldige Naturen von leicht erregbarem Charakter, wie solcher dem General eigen, malen sich gern, sobald ihnen Schwierigkeiten drohen, alle unangenehmen Fälle aus, die sich möglicherweise ereignen können, bringen sich dadurch selber in Hitze und entschließen sich dann in ihrer Erregung zu Handlungen, welche die ungünstigste Annahme als die wahrscheinliche voraussetzen.

»Der Junge ist närrisch geworden,« brummte der General, welcher seinen Neffen noch ebenso wie vor dreißig Jahren titulirte, »er macht es sich bequem, er ist rein von Sinnen. Ich soll warten, bis ein alter Mann stirbt, und dann alle Tage ein verheultes Gesicht um mich sehen! Und was ist das für ein Dämchen! Der Vater ein pensionirter Offizier, der Bruder Doktor – Karl ist nicht gescheidt. Was versteht die Jungfer von Repräsentation. Das hat Kaffee gekocht für die Dickbäuche einer kleinen Stadt, wo der Herr Bürgermeister das größte Thier, die weiß nur Klatschgeschichten vom Krämer und Bäcker.«

Der General entschloß sich, einer Cousine in der Residenz, die früher schon einmal bei ihm gewesen, ein gutes Wort zu geben, daß sie wiederkomme, seinem Neffen aber zu schreiben, er wolle kein Asyl für Damen, die ein Unterkommen brauchen, in Seebach anlegen, gleichzeitig aber auch Fräulein v. Trotten zu benachrichtigen, daß er ihrer nicht bedürfe; es war ja möglich, daß dieselbe, ehe Karl ihr abschrieb, Anstalten zur Abreise traf und dann vielleicht gar Schwierigkeiten machte.

Der General war niemals ein Freund des Briefschreibens gewesen und jetzt, wo ihn die Gicht marterte, wurde ihm die Arbeit doppelt sauer. Als er den Brief an seine Cousine, das Freifräulein v. Stolzenhain geschrieben, bedurfte er der Erholung, am nächsten Tage brachte er mit Mühe den zweiten Brief an seinen Neffen zu Stande, am dritten überlegte er sich, ob es nicht überflüssig sei, dem Fräulein besonders zu schreiben, und verschob die Arbeit auf den folgenden Tag, aber erst einundzwanzig Stunden später gelang es ihm, folgendes Scriptum fertig zu bringen:

»Gnädiges Fräulein!

Bemühen Sie Sich nicht. Stelle vergeben. Mein Neffe hat wohl schon geschrieben, daß er Dummheiten gemacht. Wünschte eine Dame von Tournüre, die in der großen Welt gelebt. Ihr Bruder ist Arzt. Ein sehr ehrenwerther, nützlicher Stand, hat aber nicht den Rang eines Cavaliers, würde nicht gehen, daß er Sie besucht, lade höchstens meinen Hausarzt zu Tische, wenn ich krank bin. Bedaure also aufrichtig, wenn mein Neffe Ihnen Hoffnungen gemacht.

Mit aller Achtung!
General a. D. Baron v. *Sorben*.«

Dieser, nach Ansicht des Generals überaus höfliche Brief ward am nächsten Morgen zur Post geschickt, zwei Stunden später erhielt der General ein sehr zierlich geschriebenes Billet, in welchem Margareth ihm meldete, daß sie mit dem Mittagszuge auf der Station eintreffe, sie komme, sich ihm persönlich vorzustellen und hoffe, daß seine Güte und Nachsicht es ihr erleichtern werde, seine Zufriedenheit zu erwerben.

»Schöne Geschichte das!« murmelte der General. »Kommt mir die auf den Hals und habe die Andere bestellt!«

Er überlas den Brief noch einmal. »Sehr gut gesagt, Güte und Nachsicht. Guter Styl, bescheidene Worte, die ist gewiß nicht so zänkisch wie Cousine Agathe. Aber es ist zu spät. Thut mir leid, wird umkehren müssen. Die Stolzenhain würde mir die Augen auskratzen, wenn ich sie zum Besten hielte.«

Der General schickte seinen Wagen zur Station, er mußte Margareth empfangen und wenigstens so lange bei sich aufnehmen, bis der nächste Zug, den sie zur Heimfahrt benützen konnte, die Station passirte, das war aber erst am anderen Tage der Fall, denn Kurierzüge hielten nicht an der Station und mit einem Personenzuge, der gleich nach Mitternacht dort eintraf, konnte er sie doch nicht fortschicken.

War es die peinliche Situation, in die er sich der jungen Dame gegenüber versetzt hatte, und bereute er es schon, voreilig gehandelt zu haben, so mochte auch noch eine gewisse Neugierde hinzutreten, genug, er harrte mit ungeduldiger, gespannter Erwartung der Rückkehr des Wagens und schleppte sich trotz heftiger Gichtschmerzen an's Fenster, um die äußere Erscheinung der Ankommenden prüfen zu können, ehe sie vor ihm erschien.

Der Eindruck, den er erhielt, war ein überraschender, übertraf jede Erwartung. Mit anmuthiger Leichtigkeit schwang sich die graziöse Gestalt der jungen Dame aus dem Wagen und der General gestand sich, als er Margareth zum Schloßportale schreiten sah, daß er nur wenige Damen kenne, die in vornehmer Eleganz der Erscheinung mit Fräulein v. Trotten wetteifern konnten. Sie war in tiefer Trauer, aber das Schwarz kleidete ihr vorzüglich, die Toilette war einfach, aber sie hob die schönen Linien der edlen Gestalt.

Der General hatte Befehl gegeben, Margareth in die Räume zu führen, welche ihre Vorgängerin bewohnt hatte, damit sie dort ihre Toilette ordnen könne, jetzt konnte er es kaum erwarten, daß sie vor ihm erschien. »Zum T ... mit der Stolzenhain,« brummte er vor sich hin, »der Junge ist doch kein Dummkopf, es scheint, er hat vortrefflich gewählt. Ich werde ihr sagen, daß ich einen dummen Streich gemacht, oder nein, ich werde an die Cousine telegraphiren lassen, daß sie nicht komme, dieses Mädchen schicke ich nicht fort.«

Margareth ließ den General nicht lange warten. Er wollte sich erheben, als man sie ihm gemeldet, aber sie flog auf ihn zu, als sie sah, welche Anstrengungen der alte Herr machte, und drückte mit zarter Hand ihn in den Sessel nieder. Ihr Antlitz war leicht geröthet und von wunderbarer Schöne in diesem Moment, wo bange Erwartung aus ihrem Auge sprach. »Sie dürfen vor Ihrer Pflegerin sich nicht erheben, Herr General,« sagte sie. »Wenn ich das Glück haben soll, Ihnen dienen zu dürfen, so ist es mein Recht und meine Pflicht, Ihnen die kleinste Mühe zu ersparen.«

Sie sagte das, weil er sich trotz ihrer Bitte erheben wollte. Er war von ihrem Wesen wie bezaubert, eine so angenehme Milde war ihm noch nicht begegnet, er mochte das Gefühl haben, welches einen Vater bewegt, dem nach langer Trennung eine Tochter naht.

»Gnädiges Fräulein,« sagte er mit einer Miene, die ihm sonst nicht eigen war, die er an sich selber nicht kannte, »Sie sind Schuld daran, wenn ich den Respekt verletze, den ich einer Dame schulde - aber nehmen Sie Platz. Ich bedarf in meinem Schlosse einer Dame, welche die Frau des Hauses repräsentirt und mir altem Manne Gesellschaft leistet, wenn ich einsam bin, aber obwohl ich bisher zu diesem Zwecke Verwandte bei mir gehabt, kenne ich keine andere Pflege als die von dazu besonders gemietheten Personen und die halten niemals lange bei mir aus. Wollen Sie es mit mir versuchen, so werde ich das hoch anerkennen, aber verpflichtet sind Sie nicht dazu. Ihre Aufgabe ist es, die Oberleitung meines Hauswesens zu übernehmen, meinen Gästen die Honneurs zu machen, weiter gehen Ihre Verpflichtungen nicht.«

»Herr General,« versetzte Margareth, »wenn Ihre Verwandten die Sorge für Ihre Pflege fremden Personen überlassen, so geschah das wohl, weil Sie diese Anordnung getroffen hatten, ich komme aber unter anderen Verhältnissen in Ihr Haus. Ich habe nicht die Ehre, Ihre Verwandte zu sein, mir können also keine anderen Bande hier eine dauernde Stellung geben, als die, welche mein Eifer, mich Ihnen nützlich zu machen, flechtet. Ich würde mich hier nicht sicher, nicht zu Hause fühlen können, wenn mir das schönste Recht – das Recht, Sie wie eine Tochter den Vater zu pflegen, entzogen wäre, nur wenn ich darin Ihre Zufriedenheit erwerbe, kann ich in Nebensachen die Hausfrau vertreten.«

»Mir soll das recht sein,« rief er, sie mit steigendem Wohlwollen betrachtend, »aber ich fürchte, Sie werden es bald satt bekommen. Ich bin ein launenhafter, ungeduldiger Kranker und dann oft, ohne es zu wollen, sehr grob.«

»Weil bezahlte Leute Sie pflegten!«

Der General schaute sie befreundet an, er wollte etwas sagen, aber er hielt damit zurück.

»Sie wollen sagen,« nahm Margareth, die ihn errathen, lächelnd das Wort, »daß ich ja auch für meine Dienste bezahlt werde.«

»Gnädiges Fräulein!« protestirte der General lebhaft, »ich habe keineswegs dergleichen sagen wollen.«

»Und doch ist der Gedanke ein naheliegender,« erwiederte Fräulein v. Trotten. »Ich bin Ihnen ja eine Fremde und bin arm, ich muß mir mein Brod verdienen. Aber wenn ich auch in dieser Lage bin, so würde ich doch niemals für Geld persönliche Dienste thun, ich nehme die Stellung bei Ihnen in der Hoffnung an, mir Anerkennung, Dankbarkeit, Zufriedenheit zu erwerben, hier nützlich sein zu können und würde ohne diese Hoffnung für keinen noch so hohen Preis hier bleiben. Nur erworbenes Vertrauen, verdientes Wohlwollen kann mir hier die geachtete Stellung verschaffen, welche mich von bezahlten Dienern unterscheidet, und ich werde Sie daher bitten, Herr General, von den Honorar-Bedingungen, die mir der Herr Geheimrath gestellt, nicht zu sprechen, sondern mich je nach Ihrer Zufriedenheit mit den Mitteln zu versehen, deren ich bedarf, um auch in der äußeren Erscheinung die Ansprüche, welche meine Stellung macht, erfüllen zu können. Erst später, wenn Sie Ihr Urtheil über meine Leistungen gefällt haben, werde ich bitten, ein bestimmtes Honorar festzusetzen, denn es ist nothwendig, daß ich dann auch Ihnen gegenüber eine freie, unabhängige und sichere Stellung erhalte.«

»Bei Gott,« rief Sorben, ihr die Hand reichend, »mein Neffe hat mir ein großes Glück verschafft. Sie denken wie eine echte Aristokratin. Keine Andere als Sie soll in meinem Hause walten und ich werde dankbar sein.«

Sie führte die Hand des alten Herrn an ihre Lippen, aber er duldete es nicht, daß sie die Hand küßte, er drückte ihr einen Kuß auf die Stirne. Der General schellte und befahl dem eintretenden Kammerdiener, allen Bediensteten des Schlosses mitzutheilen, daß man dem Fräulein v. Trotten zu gehorchen habe, wie ihm, daß diese Dame fortan seinem Hause vorstehen werde. Margareth begab sich auf ihr Zimmer. Sie fühlte sich unbeschreiblich glücklich. Sie hatte es in den Augen des alten Herrn gelesen, daß sie sein Wohlgefallen erworben, und fühlte in sich die Kraft, dasselbe festzuhalten. Mochte er Launen und Eigenheiten haben, die besaß ja fast jeder Kranke, so schien er doch nicht so schwer zu behandeln als der Geheimrath angedeutet, glaubte sie doch schon jetzt sagen zu können, daß er ein fühlendes Herz besaß. Froher Hoffnung voll schrieb sie für den Bruder die Eindrücke der ersten Begegnung mit dem General nieder und ging dann sogleich daran, sich in ihrem neuen Wirkungskreise zu orientiren.

Die Kammerzofe, die sie um Mehreres befragte, zog ein verdutztes Gesicht, als sie ihr verbot, über den Herrn General zu sprechen, die Zofe hatte ihr von dessen Eigenheiten erzählen wollen. Die Wirthschafterin erklärte, als sie forderte, die Wirthschaftsbücher einzusehen, sie sei es nicht gewöhnt, kontrolirt zu werden, und die Köchin machte große Augen, als das Fräulein auch die Küche besichtigte. Die Mienen der Leute sagten ihr, daß man derartiges nicht gewöhnt sei und sich nicht gefallen lassen werde, die Wirthschafterin gab schließlich dieser Unzufriedenheit Ausdruck, indem sie Margareth eröffnete, sie habe bereits gekündigt, werde aber ihre Stelle sofort aufgeben, wenn man sich in ihre Angelegenheiten einmische.

Die Wirthschafterin mochte erwartet haben, daß die junge Dame ihr gute Worte geben werde. Die Vorgängerinnen derselben hatten Wohl auch zuweilen Kontrole üben wollen, aber sie hatten sich einschüchtern lassen, denn keine der vornehmen Damen hätte sich ernsthaft mit ihren Arbeiten auch nur auf kurze Zeit befassen mögen, Margareth aber nahm die sofortige Kündigung an und sagte, sie werde nach Revision der Bücher die Entlassung vollziehen.

Dieses unerwartete energische Auftreten der jungen Dame flößte der Dienerschaft einen heilsamen Schrecken ein, der noch dadurch vermehrt wurde, daß Margareth die Bücher wirklich prüfte, bedeutende Unterschleife entdeckte und trotz aller Bitten der Betroffenen, die jetzt ihren Ton völlig änderte, die Entlassung vollzog.

General Sorben lächelte, als Margareth ihm Bericht erstattete. Er pflichtete ihr bei, als sie den Rath gab, der Wirthschafterin ihre Betrügereien nachzusehen, aber allen Bediensteten zu sagen, daß dies für die Folge nicht mehr geschehen werde. »Dachte mir,« sagte er, »daß Sie auch tüchtig sind. Wetter, Sie verstehen Alles und werden auch Ordnung in's Haus bringen.«

»Das ist auch sehr nöthig,« versetzte Margareth.

Sorben nickte ihr wohlgefällig zu. Als sie aber Nachmittags sich an's Klavier setzte und dem alten Herrn, der auf dem Sopha lag und darüber brummte, daß heute, wohl des schlechten Wetters wegen, kein Besuch gekommen, einige Lieder vortrug, die sie mit klangvoller Stimme begleitete, da hatte sie sich sein ganzes Herz erobert. Er schaute wie verklärt, als sie ihm sagte, daß sie auch eine Parthie Schach zu spielen verstehe und ihrem seligen Vater oft eine solche abgewonnen, sah er sich doch jetzt von der furchtbarsten Plage, die ihn oft genug gequält – der Langweile erlöst!

Das Wetter wurde gegen Abend derart, daß selbst der Oberförster, ein Herr v. Worchem, der sonst ein beinahe täglicher Gast des Generals war, heute ausblieb und dieser Umstand veranlaßte es, daß Sorben im Alleinsein mit Margareth daran dachte, den Brief zu entschuldigen, den er an sie geschrieben und der wahrscheinlich sehr bald von G. aus ihr nachgeschickt werden konnte. Es war das eine sehr delikate Angelegenheit, der General ging derartigen difficilen Erörterungen gern aus dem Wege und hätte vermuthlich das Thema auch heute unberührt gelassen, wenn Margareth nicht zufällig ein Ausruf entschlüpft wäre, der ihn dazu ermunterte.

Das Gespräch war auf die so oft wunderbaren Wechselfälle des Lebens gekommen und wie in Gedanken verloren sagte Margareth: »Ja, wer hätte das gedacht, daß ich mich hier so rasch heimisch fühlen könnte, da ich doch sonst noch nie das väterliche Haus verlassen.«

»Es freut mich sehr, das zu hören,« versetzte der General, »und ich hoffe, das wird so bleiben. Ich danke Gott, daß es nicht anders gekommen, ich kann es Ihnen wohl sagen, ich hatte Ihnen schon abgeschrieben.

»Ja,« fuhr er lächelnd fort, als sie befremdet, fast erschrocken aufschaute, »ich bin leider Gottes oft heftig und mache dann einen dummen Streich. Ich dachte, als ich den Brief meines Neffen erhielt, der Sie empfahl, es könne lange dauern, bis Sie kämen, Sie wären wahrscheinlich eine zimperliche Dame aus einer Provinzialstadt, ich war sehr schlechter Laune, weil ich mich langweilte und nicht meine gewohnte Ordnung hatte, kurz, ich schrieb Ihnen ab und wandte mich an eine Verwandte in der Residenz – da kam Ihr Billet, Sie kamen selbst und ich danke Gott, daß mein Brief Sie nicht erreicht und abgeschreckt hat.«

Margarethas Antlitz ward roth und blaß, ein Gefühl beschlich ihre Brust, welches die glückliche Sicherheit, in der sie sich gewähnt, zerstörte. Der Mann, bei welchem sie ein Asyl für die Zukunft gesucht, beurtheilte sie also nur nach dem äußeren Eindruck, nicht nach den Empfehlungen, welche seinen Neffen bestimmt, ihr die Stelle anzutragen, eine Laune genügte bei ihm, die Hoffnungen, die er einem armen Mädchen gemacht, zu zerstören und einer Anderen die Stelle anzubieten, die er ihr verheißen! Und ebenso wie mit ihr, verfuhr er mit seinen Verwandten. Ihr hatte der Geheimrath geschrieben, sie solle sich auf Schloß Seebach vorstellen, sie sei engagirt, und in diesem Augenblicke traf eine andere Dame auf den Brief des Generals hin Vorbereitungen, nach Schloß Seebach zu ziehen!

Hatte der Mann keine Ahnung davon, welche ernsten Erwägungen, Umstände und Kosten es einer Dame verursacht, ihr bisheriges Heim mit einem anderen zu vertauschen, ihrer Existenz andere Grundlagen zu geben, oder dachte er nur an sich selber, war es ihn: gleichgiltig, ob er Anderen Schaden und Nachtheile zufügte, wenn er nur seine augenblickliche Laune befriedigte? Konnte er mit solcher Leichtigkeit einen Vertrauensposten vergeben, so hatte er auch wenig Achtung vor Derjenigen, die ihn einnahm, dann konnte er in der Anwandlung einer Laune ihr kündigen, ohne zu berücksichtigen, daß es ihren Ruf schädigte, wenn sie plötzlich entlassen wurde.

Die ganze Art, wie der General ihr diese Eröffnung machte, hatte etwas ihr Gefühl Verletzendes, Empörendes. Er entschuldigte seine Handlungsweise nicht, er dachte gar nicht daran, daß sein Absagebrief, wenn er keine gewichtigen Gründe hatte, sie verletzen mußte, daß er sie behandelt wie eine Magd, die man allenfalls entschädigt, wenn man sie nicht annehmen mag, er sprach nur von sich selber, er freute sich darüber, daß sein Vorhaben durchkreuzt worden. Weil sie zufällig seinem Geschmack besser entsprochen, als er erwartet hatte!

»Die Dame, an welche Sie sich gewendet, Herr General,« erwiederte sie, »wird also hier eintreffen?«

»Nein – ich hoffe nein. Das gäbe eine entsetzliche Scene. Ich habe telegraphirt, daß sie nicht kommen soll. Hoffentlich hat sie die Depesche noch zur rechten Zeit erhalten.«

»Herr General, ich kann nicht glauben, daß diese Worte aufrichtig gesprochen sind. Sie können unmöglich die Absicht gehabt haben, eine Dame in Ihr Haus zu berufen, deren Kommen oder Nichtkommen Ihnen so gleichgiltig ist. Sie brauchen sich nicht zu geniren, Sie können es mir dreist sagen, daß Sie sich für den Fall sichern wollten, daß ich nicht konvenirte. Zu einer Scene wäre es nicht gekommen, denn ich trete natürlich zurück, eine Verwandte steht Ihnen näher als ich.«

Sie sprach das mit bebender Stimme, sie vermochte es nicht, ihre innere Erregung zu verbergen.

»Sie zürnen, gnädiges Fräulein,« rief der General, den ihr verändertes Wesen bestürzt machte, denn er fühlte, wie ernst sie die Sache auffaßte, »aber Sie haben mich völlig mißverstanden. Die Dame, von der ich rede, war schon einmal hier. Wir haben uns nicht mit einander vertragen können, aber Andere haben mir später noch schlimmer zugesetzt. Es sind arme Verwandte, die von mir profitiren wollen, sie denken mich zwingen zu können, daß ich der Einen oder Andern noch meinen Namen gebe, sie heirathe oder adoptire, mein Geld lockt sie an. Sie dachten Alle, ich könne nur nicht anders helfen, und ich habe ihnen zeigen wollen, daß ich sie nicht brauche, und bat meinen Neffen, mir eine fremde Dame zu suchen, die meinen Haushalt führt und mich pflegt. Das haben sie erfahren und alle meine Bekannten aufgehetzt, mir den Kopf warm zu machen. Man hat mir mit Warnungen aller Art zugesetzt, ich hielt Stand. Karl schlug Sie vor, ich acceptirte, als ich aber das entscheidende Wort gegeben, bekam ich Angst. Die Warner konnten doch Recht haben. Es trat der Umstand hinzu, daß Sie nicht bestimmt sagen konnten, wann ich Sie erwarten dürfte, daß die Gicht mich verhinderte, nach G. zu fahren und Sie persönlich zu sehen und zu sprechen. Ich gebe viel auf Aeußeres, ich kann mit Menschen nicht leben, Menschen nicht um mich haben, in deren Gesicht etwas ist, was mir nicht gefällt. Ich fordere elegante Manieren, Tournüre, Takt. Dachte, es sei besser, Ihnen abzuschreiben, als Sie unnütz herkommen zu lassen. Sie kamen und haben mir ausnehmend gefallen. Ich lasse Sie nicht wieder fort, mögen meine zärtlichen Verwandten sich schwarz ärgern.«

»Herr General,« erwiederte Margareth nach kurzer Pause, »ich werde nur unter der Bedingung bleiben, daß Sie sich meinetwegen mit Keinem der Ihrigen erzürnen oder gar Jemand verletzen. Ich muß zurücktreten, sobald die Dame erscheint, welcher Sie meine Stelle angeboten.«

»Sie wird nicht kommen, nöthigenfalls lasse ich sie nicht in's Schloß.«

»Dann würde ich auf der Stelle abreisen,« entgegnete Margareth mit Entschiedenheit. »Eher wollte ich in untergeordneter Stellung der Dame behilflich sein, Ihr Hauswesen zu leiten. Sie dürfen einer Fremden wegen Personen nicht verletzen, welche Ihnen verwandt sind, das würde Sie später gereuen und meinen Charakter in ein falsches Licht setzen. Ich mag keine Stellung einnehmen, welche inkorrekt ist und in der man meine Absichten, meinen Charakter verdächtigen kann. Ich darf hier nur bleiben, wenn Ihre Verwandten Sie wie früher besuchen und mir die Achtung bezeigen, die ich beanspruche.«

»Sehr wahr,« murmelte der General, der ihren Worten mit steigendem Wohlwollen gelauscht. »Haben den rechten Takt. Hätte mir das selber sagen können. Es soll geschehen, was Sie fordern. Ich sehe schon, Sie werden mich alten Knaben noch erziehen!«

5.

Margareth hatte sich am Abende dieses Tages mit Gefühlen auf ihr Zimmer zurückgezogen, die sehr verschieden waren von denen, welche sie nach der ersten Begegnung mit dem General gehabt. Sie wußte es jetzt, weshalb der alte Herr sich einsam fühlte und eine Fremde in sein Haus gezogen, sie konnte sich sagen, daß auf die Dauer ihre Stellung hier im Schlosse sehr leicht von dem Wechsel einer Laune abhängig werden konnte.

Der General war argwöhnisch. Da er keine eigenen Kinder hatte, war es natürlich, daß seine Verwandten ihn zu beerben hofften, er aber schien den Argwohn zu hegen, daß Jeder von ihnen, der sich ihm näherte, nur nach seinem Gelde trachte, dieser Argwohn mußte sie in gröbster Weise zurückgestoßen haben, denn wer wirklich erbschleichen wollte, hätte diese Absicht zu verbergen gesucht.

Der General hatte eine Fremde engagirt, um seine Verwandten zu ärgern, er forderte diese also zu dem Verdachte heraus, die Fremde könne seine Erbin werden, die Verwandten des Generals hatten Ursache, dies zu fürchten. Der Tag konnte aber kommen, wo Sorben, der Einflüsterungen zugänglich war, es vergaß, daß er selber diesen Verdacht angeregt, und dem Argwohn, sie trachte nach seinem Erbe, Gehör gab und dann konnte sie auf eine kurze, brutale Entlassung gefaßt sein.

Das Gefühl, eine schwierige Stellung, der jeder sichere Boden fehlte, innezuhaben, sollte sich bald vermehren. Abgesehen davon, daß eine grenzenlose Unordnung im Haushalt herrschte und Margareth sich alle Bediensteten des Schlosses, welche Vortheile aus dieser Unordnung gezogen, zu Feinden machte, entdeckte sie, daß auch Personen, mit welchen der General gesellig verkehrte, den Mangel jeder Kontrole seines Haushaltes ausbeuteten. Da schickte der Inspektor Diesem oder Jenem Butter, Hafer, Stroh, ohne daß der General etwas davon wußte, der Förster verschenkte Wild, Holz, als wäre es sein Eigenthum, und Beide erhielten dafür vermuthlich gute Douceurs. Sorben lächelte, als sie ihm dies gelegentlich mittheilte, und sagte, indem er ihren Eifer belobte, er könne von seinen Freunden doch keine Bezahlung für Bagatellen annehmen, noch weniger verlangen, daß sie ihn um dergleichen ansprächen, es seien das Herren aus dem Städtchen *** die von geringer Pension lebten, mit denen er seine Parthie spiele.

Margareth hatte einzelne dieser Herren schon kennen gelernt, sie führten vornehme Namen, trugen eine biedere, treuherzige Miene zur Schau, erzählten aber Sorben die boshaftesten Klatschgeschichten mit einer Schadenfreude, die wenig für ihren Charakter sprach. Sie hatte den Brief erhalten, den der General ihr geschrieben. Das waren also die Herren, in deren Gesellschaft ihr Bruder nicht erscheinen sollte, weil er nur ein Arzt war! Es war ein Charakterzug, der ihr Sorben sehr wenig sympathisch gemacht hatte, daß der General diesen Vorwand aufgegriffen, ihr abzuschreiben! Welche ein Dünkel lag darin, daß er einen Arzt nicht für würdig hielt, sein Schloß als Gast einer dort angestellten Dame zu betreten, und wie brutal war es, dies ihr zu schreiben!

Die Herren aus *** und auch der Oberförster kamen nie in Begleitung ihrer Frauen, wohl aber mehrere vornehme Gutsbesitzer der Nachbarschaft, deren Damen wahrscheinlich eine zu kostbare Toilette hatten, als daß die Frauen der Herren aus *** neben ihnen hätten erscheinen mögen. War nur Herrenbesuch beim General, so erschien Margareth nur bei Tische, um die Honneurs zu machen und sie leitete und beherrschte alsdann die Unterhaltung, kamen jedoch Damen, so vertrat sie die Stelle der Hausfrau, bewillkommnete dieselben, aber sie bemerkte es bald, daß der General alsdann mit ihr in einem anderen Tone sprach und sie, wenn auch mit großer Höflichkeit, doch als Untergebene erscheinen ließ, ja es schien, als handle er damit planmäßig und wolle zeigen, daß er einen Unterschied zwischen Damen von unabhängiger und einer solchen von abhängiger Stellung mache.

Es lag Margareth sehr fern, für mehr gelten zu wollen, als sie war, aber gerade, weil sie sich strenge in den Grenzen ihrer Stellung hielt und keinen Anlaß zu dem Argwohn gab, sie wolle sich überheben und ebenso viel gelten als diese vornehmen Gäste des Generals, hatte die Art und Weise, mit der Sorben sie behandelte, oft etwas Verletzendes. Es hatte sein Benehmen alsdann etwas, was den Argwohn erwecken konnte, sie lasse sich mehr bieten, als ihre Selbstachtung erlaube, unter vier Augen werde ihr wahrscheinlich noch mehr gesagt, als in Gegenwart von Fremden.

General Sorben hatte Margareth den Brief gezeigt, in welchem das Fräulein v. Stolzenhain auf seinen Antrag und die darauf folgende Depesche geantwortet hatte. In sarkastischem Tone sprach das Fräulein ihre Befriedigung darüber aus, daß er seine Bitte zurückgenommen, und bemerkte, sie hoffe, daß die Dame, welche er engagirt habe, die nöthige Geduld und Demuth besitze, um sich in die Rollen zu finden, mit denen er seine Ehrendamen beglücke.

Dieser ihr anfänglich etwas unklare Passus des Schreibens war jetzt erklärt – es entsprach ganz dem Charakter des Generals, daß er, um nicht in den Verdacht zu kommen, er stehe unter dem Pantoffel, die Gelegenheit suchte, das Gegentheil zu beweisen.

Der General war trotz seines Alters und seiner Gebrechlichkeit ein sehr galanter Courmacher, und wer ihn nicht näher kannte, mußte glauben, daß er daran denke, sich wieder zu verheirathen. Er gehörte zu den Leuten, welche glauben, einer Dame nicht anders zu gefallen, als wenn sie ihr in derbster Weise Schmeicheleien sagen und den Bezauberten, Verliebten spielen. Da der General aber stets an dem Grundsatze, der Dame, welche seinen Haushalt führte, niemals den Hof zu machen, festhielt, so erkannte Margareth ihn kaum wieder, als sie ihn zum ersten Male in Damengesellschaft sah, es war, als sei er plötzlich ein anderer Mensch geworden. Es zeigte sich jedoch bald, daß er jeder Dame in dieser scheinbar höchst interessanten Weise den Hof machte, überall dieselben süßen und überschwänglichen Redensarten gebrauchte – um so mehr fiel es dann aber auf, wenn er Margareth behandelte, als verdiene sie gar keine Beachtung.

Sie hätte sich hierüber trösten können, denn da ihr ansprechendes, bescheidenes Wesen allgemeine Anerkennung fand, wurde sie von den Damen vielleicht gerade dann, wenn der General die nöthigen Rücksichten gegen sie vergaß, am freundlichsten behandelt, aber heute sollte unter den Gästen sich Jemand befinden, vor dessen Augen eine ihr nicht gebührende Behandlung sie tief verletzte.

Margareth hatte ihrem Bruder den Namen des Mannes nicht nennen mögen, dessen Nachstellungen in G. sie entfliehen gewollt, denn derselbe war kein Anderer als der Bruder von Marie Ebeling, der zweite Sohn des Bankiers.

Während der ältere Sohn Ebeling's, Wilhelm, im Geschäfte des Vaters als Associé arbeitete, war der jüngere, Guido, Lieutenant bei der Garde-Kavallerie geworden. Guido war der Liebling seiner eitlen Mutter, welche aus dem altadeligen aber verarmten Geschlechte derer v. Pracht entsprossen, in ihm den Erben ihrer adeligen Gesinnungen sah. Dieser Sohn tröstete sie dafür, daß ihr Erstgeborener den Stand seines Vaters erwählt hatte, sie hatte ihn gründlich verzogen, aber auch Ebeling, der anfänglich nichts davon wissen gewollt, daß Guido Soldat werde, war stolz auf den Sohn, der eine so hübsche Uniform trug und mit Grafen, sogar mit einem Prinzen in demselben Regimente diente.

Guido hatte Margareth schon als Kind gekannt und sie dann auch später, wenn er auf Urlaub nach G. gekommen, häufig gesehen. Er hatte Eduard einen herzlichen Brief geschrieben, als derselbe ihm seine Verlobung mit Marien mitgetheilt, war aber längere Zeit nicht nach G. gekommen, und traf dort erst wieder ein, als die Verlobung aufgehoben und Eduard nach O. übergesiedelt war.

Das Unternehmen, in welchem auch der alte Trotten sein Vermögen angelegt, machte Bankerott, es mußten neue Anleihen aufgenommen werden, Ebeling verlor ebenfalls bedeutend, aber andere Spekulationen glückten, er blieb der reiche Mann, der täglich seine Schätze vermehrte, Marie konnte unter vornehmen Bewerbern wählen. Guido, der nur die Erklärung seines Vaters über die Aufhebung der Verlobung gehört, war damit zufrieden, denn er harmonirte wenig mit Eduard, aber als er Margareth zufällig in Gesellschaft begegnete, fühlte er sich von der jetzt in voller Blüthe stehenden Jungfrau bezaubert, und vielleicht gerade der Umstand, daß sie ihm auswich, erhöhte für ihn den Reiz, das Herz dieser Schönen zu erobern.

In dem eitlen Wahne, daß ihre Sprödigkeit nur Koketterie sei, daß er ihr unmöglich so gleich-giltig sein könne, wie sie heuchelte, belästigte er sie mit zudringlichen Artigkeiten, machte Fen-ster-Promenaden, schickte ihr Bouquets und ließ sich selbst dadurch nicht abschrecken, daß der Major Trotten ihn im Namen seiner Tochter ersuchte, Margareth unbehelligt zu lassen. Der Aerger über die Zurückweisung von Seiten eines Mädchens, das, seiner Ansicht nach, Gott dan-ken mußte, wenn ein so reicher, stattlicher Bewerber kam wie er, mischte den Zorn gekränkter Eitelkeit in das bittere Gefühl, seiner Sehnsucht entsagen zu müssen, aber er tröstete sich mit dem Gedanken, daß Margareth nur ihren Bruder rächen wolle, daß sie ihn doch wohl heimlich liebe und nur mit sich kämpfe, weil sie auch fürchte, die Eltern Guido's würden dessen Wahl nicht billigen.

Die Krankheit des Majors und der Ablauf seines Urlaubs veranlaßten ihn, seine Bemühungen vorläufig aufzugeben, aber er schrieb Margareth, daß er sie liebe und auf seine Hoffnung nicht verzichte. Margareth antwortete durch Rücksendung seines Schreibens und die Erklärung, sie werde fernere Zuschriften als absichtliche Beleidigung ansehen. Eine Dienstreise, welche mit einem Urlaub verbunden war, hatte Guido nach Breslau geführt, er folgte der Einladung ei-nes Breslauer Kameraden auf dessen väterliches Gut und erschien, ohne zu ahnen, wen er auf Seebach treffen würde, mit der Familie seines Wirthes zum Besuche beim General v. Sorben.

Herr v. Holm, so hieß der Gutsbesitzer, dessen Sohn Egbert in Breslau bei den Kürassieren stand, war längere Zeit nicht auf Schloß Seebach gewesen, seine Tochter Klara war erst kürz-lich in's Vaterhaus zurückgekehrt, sie hatte auf Schloß Wildenfels ihre Tante gepflegt und war dieselbe junge Dame, welche daselbst so großes Vertrauen zu Eduard v. Trotten gefaßt. Nur sehr ungern hatte sie es gesehen, daß ihr Onkel die Behandlung der Kranken in die Hände des Geheimen Sanitätsrathes Evers gelegt und ihre Befürchtungen hatten sich bestätigt, Gräfin Wildenfels war kurze Zeit nach dem Besuche des Breslauer Arztes in der Nacht plötzlich an einer Lungenlähmung gestorben. Klara und ihre Mutter erschienen auf Seebach in Trauerkleidern zu Wagen, Herr v. Holm folgte mit seinem Sohne und Guido zu Pferde, die Herren trafen erst später ein, da sie noch vorher einen anderen Besuch in der Nachbarschaft gemacht.

Klara war nicht wenig überrascht, als der General, der schon wieder eine neue Gesellschafts-dame hatte, ihr den Namen derselben nannte und Margareth auf ihr Befragen mit Erröthen gestand, daß der Arzt Trotten in O. ihr Bruder sei.

Margareth bemerkte, daß der General von dieser Erklärung nicht angenehm berührt schien, um so wohlthuender waren ihr die anerkennenden Worte Klara's über ihren Bruder – beide jun-gen Mädchen fühlten sich sympathisch von einander angezogen, Klara verwickelte Margareth in ein vertrauliches Gespräch, so daß diese es versäumte, die eintreffenden Herren zu empfangen und der General sie rufen mußte. Da erblickte sie Guido und die Ueberraschung machte sie auffällig verwirrt.

Der General zog die Brauen finster. Er sah aus der Ueberraschung, welche Guido nicht ver-barg, daß Beide einander kannten. Die Verlegenheit Margareth's und die sehr förmliche Ver-beugung Guido's, welche eine nähere Bekanntschaft seinerseits mit Margareth zu verleugnen schien, erweckten in dem alten Herrn einen Argwohn, der vorläufig noch unklar war, aber seine Verstimmung erhöhte. Er zog sich mit Herrn v. Holm zurück, und während sein Auge aus der Ferne Margareth beobachtete, erfuhr er von Holm auf sein Befragen, daß Guido der Sohn eines reichen und unternehmenden Bankiers sei, der in G. wohne.

General Sorben lächelte eigenthümlich, es war dieses Lächeln eine Verzerrung seiner Züge, welche den Ausdruck innerer Erregung verbergen sollte. Er lächelte auf diese Art, wenn äußere Umstände ihn verhinderten, seiner Leidenschaft freien Lauf zu lassen, wenn er genöthigt war, Rücksichten zu beobachten. Er verzog den Mund zu einem Lächeln, aber aus seinen Augen sprühte finsterer Zorn und das Lächeln war um so erkünstelter, je heftiger die Bewegung war, die er verbarg.

Er sah, daß der junge Offizier Margareth in vertraulicher Weise anredete, daß ihr Blick nach ihm, dem General, schielte, als ahne sie, daß der General sie beobachte, und Sorben zweifel-te nicht mehr daran, daß hier ein verabredetes Stelldichein stattfinde. Es schien klar auf der

Hand zu liegen, daß hier ein altes intimes Verhältniß walte, daß Guido im Einverständniß mit Margareth die Bekanntschaft Holm's gesucht, um als Gast nach Seebach zu kommen.

Der Argwohn des Generals kombinirte weiter. Margareth hatte ihn getäuscht, wenn sie gesagt, daß sie ein dauerndes Asyl bei ihm zu finden hoffe, wahrscheinlich hatte in G. ihrem Verkehr mit Guido ein Hinderniß im Wege gelegen und es erschien ihr bequemer, mit ihrem Geliebten in Seebach zu verkehren, der General konnte sich darauf gefaßt machen, eines schönen Tages plötzlich ihre Kündigung zu erhalten, weil sie heirathen wolle. Der General hatte sie nicht um ihre Herzensangelegenheiten befragt und doch erschien es ihm wie Betrug und Verrath, daß sie ihm dieselben verschwieg, die Wahl aber, die sie getroffen, erhöhte seine Bitterkeit. Der alte Aristokrat hatte schon lange über die Neuerung gegrollt, daß man Bürgerlichen, deren Väter noch dazu dem Kaufmannsstande angehörten, Offiziersstellen gab, er war überzeugt, daß dadurch der Offiziersstand die chevaleresken Gesinnungen verlieren und zu Grunde gehen müsse. Hier sah er nun den Sohn eines Bankiers, eines Spekulanten sogar in der Uniform der Garde, als Offizier eines Regiments, in welchem früher nur der höchste, älteste Adel vertreten war, und seine Ansichten über die Denkungsweise bürgerlicher Offiziere schien hier bestätigt – Lieutenant Ebeling, anstatt seine Geliebte zu entführen, wenn man ihn hinderte, sie offen zum Altar zu führen, ließ sie in fremdem Hause ein Unterkommen suchen, um dort heimlich ihr den Hof machen zu können.

Der General war so in den selbstgeschaffenen Vorurtheilen befangen und derart von seinem Argwohn geblendet, daß er eine sonst nicht mißzuverstehende Geste Margareth's, welche deren Gespräch mit Guido abbrach, für berechnete Komödie hielt, er wähnte, Margareth habe entdeckt, daß er Alles durchschaue und spiele gegen Guido die Beleidigte. Er näherte sich dem jungen Offizier, als Margareth sich von demselben abgewendet. »Sie haben wohl in Fräulein v. Trotten eine alte Bekannte wiedergefunden, Herr Lieutenant?« fragte er, das graue Auge auf den Offizier heftend. »Ja, Herr General, ich war sehr überrascht, sie hier wieder zu sehen.«

»Angenehm überrascht. Hab's gesehen.«

Guido's Blick hatte etwas Stechendes, als er antwortete, daß Fräulein v. Trotten, wie es scheine, sich der Ueberraschung nicht freue. »Sie besaß stets einen hohen Ehrgeiz,« fuhr er in sarkastisch bitterem Tone fort, »und hat sich jetzt so stolze Ziele gesetzt, daß die Erinnerung an einen Jugendbekannten ihr gleichgiltig ist.«

»Sie sprechen ja, als wäre Ihnen eine Attake abgeschlagen,« erwiederte Sorben mit Ironie, denn er zweifelte nicht daran, daß Guido im Einverständniß mit Margareth heuchle, »zu meiner Zeit attakirte die Kavallerie entweder gar nicht oder sie brach durch.«

Der Hohn im Blicke des Generals trieb Guido das Blut in die Wangen. »So ist es auch heute,« versetzte er. »aber ein Plänkeln ist kein Attake.«

»Sie kennen den Bruder meiner Gesellschaftsdame?« fragte der General, das Thema plötzlich ändernd.

»Nur oberflächlich, er wollte ein Gelehrter, ich Soldat werden, das paßte nicht recht zusammen.«

»Herr v. Trotten ist Arzt in O.?«

»Ja, so höre ich. Er wollte sich früher auf Studien zu einer Erfindung legen, aber es fehlten ihm dazu die Mittel, und eine reiche Parthie, die er zu schließen hoffte, kam nicht zu Stande.«

»Ei, davon hat mir Fräulein v. Trotten nichts erzählt.«

»Das glaube ich wohl, Herr General, und ich würde auch nicht davon sprechen, wenn ich nicht aus Andeutungen des Fräuleins schließen müßte, daß sie vielleicht bald das Gegentheil thut und dann die Sache unrichtig darstellt. Herr v. Trotten war mit meiner Schwester verlobt, nach den Auslassungen des Fräuleins v. Trotten macht ihre Familie meiner Schwester einen harten Vorwurf daraus, daß sie zurückgetreten ist; wie hoch ich aber Fräulein von Trotten auch verehre, kann ich ihrem Urtheil in dieser Sache nicht beipflichten.«

»Sie haben sich also doch mit ihr gezankt? Ich sah, daß sie sehr erregt war, aber ich erklärte mir das anders.«

»Herr General, Fräulein v. Trotten hat durch Sie eine Stellung erhalten und schmeichelt sich mit Hoffnungen, welche sie vergessen lassen, daß ihre Lage eine fast verzweifelte gewesen, und da ist ein gewisser Uebermuth erklärlich.«

Hatte Guido absichtlich das Gift des Argwohnes dem General einflößen wollen, oder sprach er in der Bitterkeit darüber, daß Margareth seine Huldigungen abermals zurückgewiesen, nur seine Ueberzeugung aus – das Gift fand guten Boden.

»Was wollen Sie mit dieser Andeutung sagen?« rief der General, die Brauen finster ziehend, »was sind das für Hoffnungen, die Fräulein v. Trotten zum Uebermuth verleiten?«

»Herr General –«

»Ich bitte um klare Antwort. Sie würden mir einen Dienst erweisen, wenn Sie mir nichts verhehlen. Sie handeln dabei auch im Interesse des Fräuleins, denn die Enttäuschung ist empfindlich, wenn sie zu spät kommt. Das Fräulein ist erst vier Wochen hier, es wäre nur sehr lieb, mein Urtheil über ihren Charakter richtig zu bilden.«

»Herr General,« antwortete Guido, »ich habe nur Vermuthungen angedeutet, ich kann mich täuschen. Aber ich denke mir, daß eine junge Dame ohne alle Mittel, deren Bruder, wie ich höre, kaum seinen Unterhalt fristen kann, die allein und hilflos in der Welt dasteht, eine gute ehrenvolle Parthie, die sich ihr darbietet, nicht schroff, ja mit Hohn zurückweisen könnte, wenn sie nicht mit Gewißheit auf das Erreichen anderer Ziele rechnete. Es scheint nur nahezu liegen, daß sie ihre Stellung hier für eine immer dauernde hält, und ich will ihr das wünschen, oder daß sie noch kühnere Pläne schmiedet.«

»Herr Lieutenant, nennen Sie diese Pläne, aus der Luft können Sie diese Anklage nicht greifen!«

»Gott behüte mich, daß ich eine Anklage erhebe,« erwiederte Guido, »aber ich habe auch keine Ursache, zu verschweigen, was nur das Fräulein gesagt hat. Sie antwortete auf Worte, in denen ein ehrerbietiger Antrag lag, den keine Dame übel nehmen darf, nur in so schroffer Weise, daß ich sie daran erinnern mußte, wie ich mit Herrn v. Holm hieher gekommen, ohne zu ahnen, daß sie hier sei, daß ich mich also als Ihren Gast, Herr General, betrachtete. Sie gab mir darauf zu verstehen, es könne Niemand der Gast des Generals v. Sorben sein, den das Fräulein v. Trotten nicht zum Bleiben einlade.«

»Das wagte sie –«

»Herr General, ich beschwöre Sie, von einer vertraulichen Mittheilung keinen Gebrauch zu machen. Das Fräulein hat ja auch in der Sache völlig Recht, Sie würden nicht dulden, daß Jemand den Respekt vor ihr verletzt, ich erwähnte ja der Sache nur, weil Sie wissen wollten, welche Pläne ich dem Fräulein zutraue. Sie ist ehrgeizig, herrschsüchtig, sie bedarf einer festen gesicherten Existenz für die Zukunft. Ich bot ihr eine solche und ward abgewiesen. Hätte sie das schonend gethan, so würde ich mich bescheiden müssen, aber der übermüthige Hohn, mit dem sie mich dabei verletzte, gab mir wohl das Recht, zu fragen, woraus dieser Uebermuth sich stützt.«

»Sie haben Recht, ich danke Ihnen,« antwortete der General. »Ich werde meine Augen offen haben und meine Maßregeln zu treffen wissen. Es sollte mir leid thun, wenn Fräulein v. Trotten, anstatt sich zu bescheiden mit dem, was ich ihr biete, sich auf Spekulationen einlassen sollte.«

Der Lakai meldete, daß die Tafel servirt sei. Der General bot Frau v. Holm seinen Arm, Herr v. Holm führte Margareth zu Tische und folgte dem ersten Paare unmittelbar, so daß Guido, der Klara führte, hinterher ging. Der General warf einen finsteren Blick auf Margaretha als mißbillige er es, daß sie vor Klara den Saal betreten, und gebe ihr die Schuld daran. »Fräulein v. Trotten,« sagte er in scharfem Tone, als Alles Platz genommen, »Sie haben wieder nicht dafür Sorge getragen, daß Malaga aufgesetzt ist. Wenn Damen mein Haus beehren, so wünsche ich das. Entschuldigen die Damen, aber es ist bei mir noch nicht Alles in gewohnter Ordnung, ich hoffe, es wird sich bessern.«

Es entstand eine verlegene Pause. Der Ton dieser Zurechtweisung war so brutal, sie kam für Alle so unerwartet, daß die Gäste davon fast ebenso erschreckt waren wie Margareth.

Margareth antwortete mit keiner Silbe, sie wußte schon, daß Widerspruch den General nur noch mehr reizte, aber das Erbleichen ihrer Züge verrieth, wie tief diese rohe Demüthigung sie verletzte.

Herr v. Holm begann ein gleichgiltiges Gespräch, um der peinlichen Scene ein Ende zu machen, Lieutenant Edgar v. Holm bot Margareth mit ausgesuchtester Höflichkeit ein Glas Wein an und Klara warf ihr einen Blick zu, der ihr sagte, welche Theilnahme sie empfinde. Dem General entging das nicht, er fühlte, wie Alle, vielleicht mit einziger Ausnahme von Guido, sein Verfahren empört hatte, das reizte ihn aber noch mehr, und als er sah, daß Margareth weder Wein noch Speisen anrührte, wandte er sich abermals zu ihr. »Gnädiges Fräulein,« sagte er, »ich sehe, daß Sie unwohl sind und Ihr Leiden bekämpfen. Die Herrschaften werden Ihnen gewiß erlauben, sich zurückzuziehen.«

Margareth erhob sich sofort. »Ja,« sagte sie, »mir ist nicht wohl,« – aber Klara erhob sich gleichfalls und erklärte, sie werde Fräulein v. Trotten auf ihr Zimmer bringen.

Der General erröthete heftig. Er sah es jetzt ein, daß er eine Brutalität begangen, das hatte er nicht gedacht, daß eine so vornehme junge Dame, wie Klara v. Holm, so rasch die Freundin Margareth's geworden sein könne, Margareth stieg dadurch gewaltig in seinen Augen. Es mochte ihm aber auch der Gedanke kommen, daß Margareth die ihr gewordene Behandlung zwar schweigend hingenommen, aber vielleicht doch mit einer sofortigen Kündigung beantworten könne, und das war das Entsetzlichste, was ihm begegnen konnte, denn dann war er wieder allein!

Er sprang auf, als habe ihn nie die Gicht geplagt. »Wenn es nöthig ist,« sagte er, »so biete ich Fräulein von Trotten meinen Arm zur Stütze. Aber ich hoffe, das Unwohlsein ist nicht bedeutend, ich müßte es sonst sehr bereuen, vorhin einen Vorwurf ausgesprochen zu haben.«

»Ich bedarf keines Geleites,« nahm Margareth das Wort. »Ich habe nur Kopfschmerz und bitte um Verzeihung, daß ich mich nicht besser zu beherrschen verstanden.« Sie dankte Klara für ihre Theilnahme und bat sie, sich nicht stören lassen, dann verließ sie den Salon, ohne die Worte des Generals zu beachten oder ihn eines Blickes zu würdigen. Auf ihrem Zimmer angelangt, da verließen sie ihre Kräfte, sie sank in einen Sessel und ein Strom von Thränen brach aus ihren Augen. Sie wußte es, daß die Brutalität des Generals keine zufällige gewesen. Als sie Guido erklärt, er handle nicht wie ein Cavalier, wenn er ihrer entschiedenen Bitte, sie mit Huldigungen nicht zu behelligen, trotze, sie stehe unter dem Schutze des Generals und werde nöthigenfalls denselben ansprechen, da hatte er drohend geäußert, sie solle nicht zu fest auf die Dauer ihrer Stellung im Schlosse bauen, nicht zu stolz auf ein Brod sein, welches die Laune nehmen könne, wie sie es gegeben, sie sei arm, aber sie kenne noch nicht die Armuth, sonst würde sie seinen Antrag nicht zurückweisen. Auf solche Worte hatte sie freilich erwiedert, sie dulde keine Beleidigungen in dem Hause, wo sie wohne, aber es war ihr nicht entgangen, daß Guido darauf ein langes Gespräch mit dem General geführt, und sie kannte den Letzteren genug, um aus dessen Mienenspiel zu errathen, daß seine Leidenschaft erregt sei.

Sie hatte keine Gelegenheit gefunden, den General zu sprechen, ehe man zu Tische ging, aber einen so rohen Ausbruch der Brutalität hatte sie nicht erwartet.

Was geschehen war, das war nicht mehr zu ändern. Der General hatte sie vor Fremden und noch dazu vor einem Manne, der sie beleidigt, wie eine Dienerin behandelt, ja, sie von der Tafel gewiesen; nicht aus Rücksicht für sie, sondern für seine Gäste hatte er nachher der Sache einen mildernden Anstrich gegeben.

Der General hatte mit Ueberlegung gehandelt, einer Verdächtigung nachgegeben, ohne sie vorher zu hören. Es ist für die Stellung zweier Personen zu einander entscheidend, welchen Verlauf die erste Reibung zwischen ihnen nimmt, und wenn die Eine sich in abhängiger Lage befindet, so vergibt sie sich Alles, wenn sie eine Verletzung der schuldigen Achtung vor ihrer Person durchgehen läßt.

Margareth sah sich in der Lage, dem General zu kündigen, und nach ihrer innersten Ueberzeugung hatte sie keine Hoffnung, daß eine etwaige Versöhnung – wenn der General sich entschuldigte – sie für die Zukunft vor ähnlicher Behandlung sicher stelle, denn sie kannte ihn genug, um zu wissen, daß er Anderen nichts bitterer nachtrug als eine Beschämung, die er verdienter Weise erlitten. Gebot es ihr Selbstgefühl, daß sie ihm erklärte, eine derartige Behandlung nicht zu dulden, und mußte sie daher ihre Entlassung fordern, so wußte sie vorher, daß, wenn der General sich zu einer Entschuldigung verstand, er ihr diese Demüthigung nicht verzeihen werde, das Richtigste war also, ihre Stellung in Seebach aufzugeben, mochte der General sich entschuldigen oder nicht.

Es war ihr nicht leicht, einen solchen Entschluß zu fassen, es war ein sehr bitterer Gedanke für sie, daß ihre erste Stellung in einem fremden Hause von so kurzer Dauer sein solle, aber es war besser, heute zu gehen, wo das noch unter leidlich guten Formen geschehen konnte, als damit zu warten, bis der General ihr vielleicht eine noch schlimmere Scene bereitete.

6.

Im Salon war nach der Entfernung Margarethas die Stimmung eine peinliche, gedrückte geblieben, wenn man sich auch bemühte, dies zu verbergen. Es wußte Jeder, daß schon Viele Damen den Haushalt des Generals geführt, daß keine es lange Zeit bei ihm ausgehalten, und daß es ihm schon schwer geworden, die Stelle neu zu besetzen. Margareth hatte auf alle Gäste des Generals einen höchst angenehmen Eindruck gemacht, und da man errathen konnte, daß Armuth sie veranlaßt, diese Stelle anzunehmen, so war die Theilnahme für sie um so größer – ein Jeder fühlte aus der Art, wie sie sich benommen, daß sie ihre Stellung im Hause und damit eine gesicherte Existenz aufgeben werde. Frau v. Holm wußte aber auch ebenso gut wie ihr Gatte, daß der General eine Einmischung in seine häuslichen Angelegenheiten nicht dulde, daß eine Vorstellung zu Gunsten Margarethas denselben leicht noch gereizter gegen dieselbe machen könne – sie kürzten daher ihren Besuch ab, und als Klara gegen ihre Mutter die Absicht äußerte, sie wolle Fräulein v. Trotten vorher noch aufsuchen, gab diese ihr einen Wink, dies lieber im Interesse Margarethas zu unterlassen.

Das Anspannen des Wagens wurde trotz der Bitten des Generals bestellt, während man auf der Schloßterrasse den Kaffee nahm.

»Können Sie sich die Rohheit des Generals erklären?« fragte Edgar, Guido bei Seite ziehend, denselben.

»Ich finde die Sache sehr natürlich,« versetzte dieser, »aber freilich, ich bin nicht ganz unparteiisch. Ich finde, daß eine Dame, welche nicht zu stolz ist, eine abhängige Stellung anzunehmen, sich auch in die Konsequenzen derselben fügen muß und nicht allzu große Empfindlichkeit zeigen darf.«

»Die Stellung Fräulein v. Trotten's,« entgegnete Edgar, »ist kaum eine abhängige zu nennen, sie hat die Rechte einer Hausfrau, zwingen ihre Verhältnisse sie, ein Honorar anzunehmen, so kann sie das nicht herabsetzen.«

»Lieber Holm, Sie kennen die Dame nicht, Sie lassen sich durch den Schein täuschen. Ihre Bescheidenheit ist eine Maske. Sie ist ebenso stolz und ehrgeizig wie schön und begehrenswerth. Mit einem Worte – sie hat einen Heirathsantrag von mir sehr schnöde abgewiesen, weil sie hofft, durch den General eine ihrem Geschmack passendere Stellung in der Welt zu erhalten, sei es, daß er sie zu seiner Erbin macht oder gar heirathet. Da hat ihr nun Sorben einen kleinen Dämpfer gegeben, den ich ihr von Herzen gönne.«

Der Ton, in welchem Guido diese Worte sprach, verwischte den Eindruck, den dieselben hätten machen können, beinahe völlig, er klang zu schadenfroh, gehässig, als daß die Verdächtigung hätte bei Edgar Glauben finden können.

»Ich kenne Fräulein v. Trotten zu wenig,« versetzte er und sein Ton war kühl, »um Ihnen direkt widersprechen zu können, aber selbst wenn der General Ursache hätte, ihr Illusionen zu nehmen, so konnte er das in delikaterer Weise und unter vier Augen mit ihr thun, wußte er aber, in welchen Beziehungen Sie zu ihr stehen, so ist seine Handlungsweise doppelt brutal.«

Guido erröthete. »Die Ansichten darüber,« sagte er, »können verschieden sein, je nachdem man hiebei angreift. Der General wird auch seine Gründe für die gewählte Handlungsweise haben.«

Edgar antwortete nicht, aber aus der Art, wie er das Gespräch abbrach, konnte Guido entnehmen, daß die Bekanntschaft, welche er mit demselben gemacht, schwerlich zu dauernden intimen Beziehungen führen werde.

Die Gesellschaft verließ Schloß Seebach und es machte auf den General keinen geringen Eindruck, daß man von allen Seiten ihn bat, dem Fräulein v. Trotten gute Wünsche zur baldigen Genesung und Empfehlungen zu übermachen, daß die Frau v. Holm besonders äußerte, man ersehe aus Allem, welche vortreffliche und sorgsame Hand auf Seebach walte. Er ließ bei Margareth anfragen, ob sie in der Lage sei, sich zu ihm bemühen zu können, oder ob sie erlaube, daß er zu ihr komme, nach ihrem Befinden zu fragen. Die Zofe brachte ihm als Antwort folgendes Billet, welches Margareth ihn soeben hatte zufertigen wollen.

»Herr General!

Die Rüge, welche Sie mir heute in Gegenwart von Fremden ertheilten, beweist mir einerseits, daß ich wohl nicht den Anforderungen genügen kann, welche Sie an mich stellen, dann aber auch, daß ich die Stellung, welche ich auf Schloß Seebach bekleiden soll, falsch aufgefaßt habe, denn ich hätte nie einen Posten angenommen, in welchem ich genöthigt bin, Zurechtweisungen dieser Art hinnehmen zu müssen. Sie gestatten also wohl, daß ich mit aufrichtigem Danke für das mir sonst erwiesene Wohlwollen Schloß Seebach verlasse. Ich bin jedoch, wenn Sie das wünschen sollten, bereit, die Leitung der Wirthschaft bis zur Neubesetzung meines Postens fortzuführen, sobald Sie mich davon entbinden, in Ihren Salons zu erscheinen.

Mit größter Hochachtung
M. v. *Trotten*.«

Der General war wie vom Donner gerührt. Hatte er auch eine Scene gefürchtet, so hatte er doch nicht daran geglaubt, daß dieselbe zu einem Bruch führen könne, so schroff war noch keine Dame gleich bei der ersten Reibung gegen ihn aufgetreten, und diese war doch ohne Mittel; es konnte ihr nicht gleichgiltig sein, ob sie die Stelle verliere oder nicht. Ihm kündigen, weil er einmal heftig gewesen? Unmöglich. Das konnte Margarethen nicht ernst sein, sie hatte ja kaum ein Obdach, wenn sie das Schloß verließ.

Er hing diesem Gedanken nach und es war ihm, als werde seine Annahme, daß sie nur Komödie spiele, dadurch bestätigt, daß sie sich erbot, die Wirthschaft weiterzuführen. Sie dachte, er müsse das annehmen und sie werde ihn dadurch, daß er aus Langeweile nach ihr verlange, mürbe machen können? »Ja, ja, so ist's,« rief er, »sie wagt Alles, um viel zu gewinnen, sie denkt, mir dann ihre Forderungen zu stellen.«

So ungern er schrieb, setzte er sich doch an den Tisch, die Antwort aufzusetzen, er wollte ihr zeigen, daß sie sich in ihm verrechne.

»Bedaure,« so schrieb er, »wenn Sie Entschuldigung von mir nicht wollen. Haben wohl andere Gründe, Seebach zu verlassen, und kann da nicht im Wege stehen. Handeln Sie ganz nach Belieben, kann nicht mehr thun, als Hand zur Versöhnung bieten.«

Sorben hatte kaum das Billet zur Beförderung fortgegeben, so kamen die Bedenken. Wenn sie wirklich Ernst machte! Er fühlte, daß sie ihm so werth geworden, wie keine Andere bisher, daß er keinen besseren Ersatz finden werde. Er sagte sich aber auch, daß er unritterlich handle, darauf zu bauen, daß sie arm sei, mit wachsender Unruhe harrte er eines Bescheides, aber es kam keiner. Er ließ die Zofe rufen, welche Margareth bediente. »Warum schickt mir das Fräulein keine Antwort,« forschte er, »warum kommt sie nicht?«

»Das Fräulein,« erwiederte die Zofe, »hat ihre Sachen schon gepackt und einen Wagen nach der Station bestellt.«

Das Antlitz des Generals ward roth und blaß. Er griff zum Krückstock und begab sich nach Margarethas Zimmer, er öffnete die Thüre, ohne anzupochen, als er vor derselben auf dem Flure einen gepackten Koffer stehen sah.

Margareth saß am Fenster, das Haupt auf die Hand gestützt, ihr Antlitz war thränenfeucht. Sie schrak zusammen, als die Thüre sich plötzlich öffnete, Unmuth und Befremden malten sich in ihren Zügen, als sie den General vor sich sah.

»Verzeihung,« stotterte er, von ihrem Anblick erschüttert, »aber ich höre, Sie wollen wirklich fort.«

Sie hatte sich erhoben. Mit erzwungener Fassung trat sie ihm entgegen. »Kann ich denn anders?« fragte sie. »Würden Sie, würde ein Anderer mich noch achten können, wenn ich bliebe? Dort liegt Ihr Billet. Konnten Sie erwarten, daß ich nach solchen Worten auch nur noch eine Nacht unter Ihrem Dache bleibe?«

»Ich war verrückt,« antwortete er in seiner derben Weise, »beachten Sie nicht, was ein alter Narr geschrieben. Man hat mir erzählt, daß Sie eine gute Parthie machen können, das ging mir im Kopfe herum, ich dachte, wenn Sie heute auch nein sagen, so sprechen Sie morgen anders. Ich ärgerte mich, daß Sie mir nichts von der Geschichte mit dem eitlen Burschen gesagt. Dachte, er ist reich und wenn auch nicht von Adel, so doch Garde-Offizier – heute geht ja das Alles.«

»Ich bitte, nichts mehr davon,« unterbrach ihn Margareth, vor Empörung zitternd. »Wenn Herr Ebeling so taktlos war, Ihnen diese Angelegenheit zu erzählen, so hätte er Ihnen auch sagen müssen, daß ich oft genug und sehr deutlich ihm erklärt habe, meine Weigerung sei unabänderlich. Von mir wäre es eine sehr taktlose Indelikatesse und Prahlerei gewesen, Ihnen ein Geheimniß mitzutheilen, welches einen Dritten bloßstellt. Meine Privatbeziehungen haben für Sie nur soweit Interesse, als daß mein Ruf tadellos ist; was Sie aber berechtigt, aus denselben Veranlassung zu nehmen, sich über mich zu ärgern und diesem Unmuth in einem Tadel über meine Aufmerksamkeit Ausdruck zu geben, verstehe ich nicht. Ich bin Ihnen eine Fremde gewesen und werde es morgen wieder sein.«

»Gewiß nicht. Ich lasse Sie nicht fort. Jetzt, wo ich Sie verlieren soll, weiß ich erst, was Sie mir sind. Wo wollten Sie auch hin! Seien Sie nicht thöricht.«

»Herr General, diese Mahnung ist wenig zart. Die Sorge für meine Zukunft wird mich nie bestimmen, einen Schritt zu unterlassen, zu dem mich die Selbstachtung zwingt, und Sie dürfen mich wohl nicht daran erinnern, daß ich arm bin, ich müßte sonst glauben, daß Sie gedacht, einer Unbemittelten mehr bieten zu können als einer Anderen.«

»Sie haben Recht,« erwiederte er, immer tiefer erschüttert von der Haltung dieses Weibes, »aber der Sache werde ich ein Ende machen. Ja,« rief er, als ob der Gedanke, der ihm gekommen, ihn begeistere, »ich kann das und ich werde es. Sie sind nicht mehr arm. Ich schenke Ihnen eine Summe, von der Sie bequem leben können, und lasse durch einen Notar die Sache fest machen. Ich hoffe, Sie werden trotzdem freiwillig bei mir bleiben, und für diesen Fall beerben Sie mich –«

»Genug,« unterbrach ihn Margareth, sich stolz aufrichtend, »ich will glauben, daß Sie in edler Absicht sprechen und mich nicht beteiligen und demüthigen wollen. Ich bin arm, aber ich nehme kein Almosen an, ich acceptire ein Honorar für meine Dienste, aber ich verkaufe dieselben nicht.«

Der General starrte Margareth an, als begreife er nicht sogleich die Bedeutung ihrer Worte, als schwanke er, an solche Uneigennützigkeit, an so edlen Stolz zu glauben. »Ist das wahr?« murmelte er. »Denken Sie wirklich so stolz? Sie verschmähen mein Geld, mein Erbe?«

»Herr General, es scheint, daß Sie wenig Leute von Selbstgefühl kennen gelernt haben, wenn Sie nicht fühlen, daß Ihr Anerbieten demüthigt und beleidigt, daß Sie staunen, wenn ich es abweise. Halten Sie die Menschen, welche nicht reich geboren sind, für so erbärmlich, um zu glauben, Sie könnten sich mit Geld nur irgend etwas von dem erkaufen, was das Herz freiwillig darbringt – Treue, Ergebenheit, Freundschaft? Ahnen Sie nicht, daß Sie mit solchem Anerbieten Jeden von sich zurückstoßen, der Ehrgefühl und Selbstachtung besitzt, daß Sie mir trotz Ihres Goldes arm, sehr arm, ärmer als ich es bin, erscheinen?«

Der General antwortete nicht sogleich, es ging etwas in ihm vor, das ihn mächtig erregte. Plötzlich ergriff er Margarethas Hand. »Werden Sie meine Gemahlin,« sagte er, »dann kann ich Ihre Existenz sicher stellen, ohne Sie zu beleidigen. Ich werde nicht lange mehr leben, aber Sie in der Zeit auf Händen tragen, Sie lehrten mich ein Weib achten. Meine selige Frau verstand es nicht, mir das beizubringen, und ich habe ihr wohl oft schwere Tage bereitet. Sie machen aus mir noch in meinen alten Tagen einen anderen Menschen.«

»Herr General,« erwiederte Margareth, die jetzt über die originelle Art und Weise des alten Herrn trotz ihrer vorherigen Entrüstung doch unwillkürlich lächeln mußte, »Sie gefallen sich in Extremen. Ihr Antrag zwingt mich, die Kränkung zu vergessen, die ich erlitten, vergessen Sie nun, was Sie in momentaner Erregung gesagt und was Sie morgen bereuen würden, wenn ich darauf Gewicht legte. Ich verkaufe meine Freiheit auch nicht in dieser Weise, ich nehme Ihren Antrag als eine Art Ehrenerklärung an, eine andere Bedeutung soll und darf er nie haben. Kommen Sie nie darauf zurück und vergessen Sie das eben Gesprochene durchaus, um nie wieder darauf zurück zu kommen – nur unter dieser Bedingung will auch ich Alles Vorgefallene vergessen und in dem von uns verabredeten Verhältniß auf Seebach bleiben.«

Auch diese Weigerung Margarethas strafte die Charakteristik, welche Guido von ihr gegeben, Lügen, und machte das Mädchen dem General in dessen erregter weicher Stimmung nur noch begehrenswerther. Er wollte das aussprechen, aber sie fiel ihm mit so ernster Entschiedenheit in's Wort und drohte so bestimmt, Seebach verlassen zu müssen, wenn er fortfahre, ihrem Verhältniß einen intimeren Charakter geben zu wollen, daß er sich fügte. Ebenso leicht aber, wie der General das Spielzeug eines plötzlichen Argwohns oder eines raschen Vertrauens werden konnte, ebenso leidenschaftlich gab er sich den Gefühlen hin, welche ihn dann bestürmten. Er verließ Margareth in einer Erregung, wie er sie selten gehabt, da er öfter den schlechteren als den besseren Neigungen folgte; das Weib erschien ihm so heldenmüthig in stolzer Entsagung, so edel, so würdig einer glücklichen Lage, daß er alle möglichen Pläne schuf, wie er sie wider ihren Willen reich machen könne.

Sein Blut wallte heftig von den Erregungen des Tages, und hatte er schon oft einen Schlaganfall gefürchtet, so zitterte er jetzt, daß ihn ein plötzlicher Tod ereilen könne, ehe er für Margareth gesorgt.

Er gab seinem Kammerdiener Befehl, den Arzt und den Notar aus *** noch heute, obwohl es schon Abend geworden, zu holen, aber Niemand etwas davon zu sagen, er bedrohte ihn mit Entlassung, wenn Fräulein v. Trotten von dem Besuche etwas erfahre; Kleber, so hieß der Kammerdiener, sollte beide Herren durch die Gartenpforte des Schlosses in das Arbeitszimmer des Generals führen und dem Kutscher Schweigen anbefehlen.

Es geschah Alles, wie der General angeordnet hatte. Während Jeder im Schlosse glaubte, der General pflege längst der Ruhe, machte dieser ein Testament, welches der Arzt und Kleber als Zeugen unterschrieben. Es war Mitternacht, als die Herren sich ebenso still entfernten, wie sie gekommen waren.

Trotz aller Vorsicht Kleber's hatte es doch nicht geheim bleiben können, daß ein Wagen vom Schlosse noch späten Besuch aus *** her- und zurückgebracht habe. Der General erklärte Margareth anderen Tages denselben mit dem Bemerken, er habe den Arzt holen lassen, da er sich leidend gefühlt, aber Niemand deshalb beunruhigen wollen. Der General sprach das leicht hin, um zu zeigen, wie wenig Bedeutung er der Sache beilege, und Margareth von weiteren Fragen abzuhalten, aber er erreichte gerade das Gegentheil von dem, was er beabsichtigte, Margareth mußte annehmen, daß er ihr die Wahrheit verschweige.

Der General war gestern in Folge der Reibung mit ihr in großer Aufregung gewesen, und der Gedanke lag sehr nahe, daß die Erregung dem alten Herrn geschadet habe, derselbe ihr aber dies verschweige, damit sie sich keine Vorwürfe mache.

Wer selber edel denkt, ist auch geneigt, von Anderen das Beste zu glauben, und so erschien Margareth dieser Charakterzug rührend. »Sie thaten sehr Unrecht,« sagte sie, »und ich sollte mich eigentlich gekränkt fühlen. Es ist mir nicht angenehm, wenn Sie mich verhindern, meine Pflicht zu erfüllen oder vielleicht gar annehmen, ich könne Ihnen dafür dankbar sein, daß Sie mir eine Beunruhigung dieser Art ersparen. Im Gegentheil, meine Besorgnisse werden um so größer, wenn Sie mir die Wahrheit verschweigen. Ich habe die Pflicht, Sie zu pflegen, und betrachte dieselbe als mein Recht, ich fordere es, den Arzt über Ihr Leiden zu hören, damit ich weiß, wie ich helfen oder doch wenigstens Diätfehler verhindern kann.«

Der General warf ihr einen freundlich dankenden Blick zu. »Ihre Besorgnisse sind diesmal wirklich unbegründet,« versetzte er, »aber ich werde Sie beim Worte halten, wenn ich der Pflege bedarf. Der Arzt ist ein Esel, der kann mir nicht helfen, ich kann seine Redensarten schon auswendig. Ich habe eine Zeit hindurch seine Diätvorschriften befolgt und wie ein Karthäuser gelebt, aber die Gicht kam doch wieder. Da hilft nichts, da heißt es aushalten und Geduld haben. Vielleicht habe ich Geduld, wenn Sie mir dann Alles reichen und mir zur Zerstreuung eines Ihrer schönen Lieder vortragen.«

»Herr General, Sie täuschen mich,« antwortete Margareth, an ihrem Vorhaben zähe festhaltend, »Sie hatten gestern so wenig Gichtschmerzen wie heute, Sie ließen den Arzt aus anderer

Ursache holen. Wenn Sie nicht offen sein wollen, werde ich es sein. Die Erregung am gestrigen Tage hat Ihnen geschadet. Sie sind keine so ängstliche Natur, um ohne ernsten Grund zum Doktor zu schicken.«

»Alle Wetter, gnädiges Fräulein, Sie treiben mich in die Enge. Meinetwegen sollen Sie Recht behalten. Ja, das Blut war mir zu Kopfe gestiegen, mein Puls jagte wie besessen, ich hatte eine innere Angst, eine Unruhe, der Arzt gab nur ein Paar Tropfen und Alles war gut.«

»Hoffen wir es, daß Alles gut ist und bleibt, aber Sie dürfen sich nicht wieder so erregen.«

»Es war meine Schuld –«

»Auch meine, ich hätte berücksichtigen müssen, daß Sie heftig sind – doch lassen wir das. Darf ich meine Bitte wiederholen, Ihren Arzt sprechen zu dürfen?«

»Ich sage Ihnen, Manders ist ein Esel. Sollte ich einmal ernsthaft krank werden, so lasse ich mir Jemand aus Breslau kommen. Aber da fällt mir ein, Sie haben ja einen Bruder, der Arzt ist.«

Das Antlitz Margarethas färbte sich purpurn. Sie hatte den ersten Brief nicht vergessen, den ihr der General geschrieben, es war ihr höchst peinlich, daß Sorben gerade jetzt dieses Thema anregte.

»Herr General,« antwortete sie ausweichend, »Sie müssen einen älteren Arzt konsultiren, zu dem Sie Vertrauen haben können. Ich bitte Sie, einen solchen aus Breslau zu berufen, mich beängstigt der Vorfall dieser Nacht.«

»Ein junger Arzt versteht oft mehr als ein alter,« versetzte der General, der absichtlich das Thema festhielt, »und Fräulein v. Holm lobte Ihren Bruder sehr. O. ist nur vier Meilen von hier. Ich werde ihn zu mir bitten.«

Margareth hatte nichts sehnlicher gewünscht, als daß ihr Bruder einen reichen Patienten erhielt, aber Alles in ihr sträubte sich dagegen, dem Vorhaben des Generals beizustimmen. Aller Wahrscheinlichkeit nach hatte der General nur die Absicht, ihr eine angenehme Ueberraschung zu bereiten, er dachte nicht daran, Eduard als Arzt Vertrauen zu schenken. Was er aber heute bei guter Laune that, konnte er morgen bereuen und machte ihr vielleicht dann den Vorwurf, daß sie ein aus Höflichkeit gemachtes Anerbieten angenommen habe. Er hielt einen Arzt für zu gering, um ihn als Gast zu empfangen, wenn er ihretwegen heute seine Grundsätze verleugnete, so machte er ihr gewiß morgen den Vorwurf, sie ziehe ihre Verwandtschaft in sein Haus, oder er behandelte Eduard wie Jemand, den er bezahlte, und das paßte nicht zu der Stellung, die sie im Hause einnahm.

»Herr General,« erwiederte sie, »mein Bruder hat den Stolz, Konnexionen zu verschmähen und würde es mir nicht danken, wenn ich es versuchte, ihn zu empfehlen. Er müßte das aber glauben, wenn Sie ihn, ohne gerade augenblicklicher Hilfe zu bedürfen, rufen lassen, und vielleicht nicht kommen, denn O. liegt von hier auch zu weit entfernt, als daß er Ihr Hausarzt werden könnte. Als solcher würde er auch nicht für Sie passen, denn er fordert von seinen Patienten strenge Befolgung seiner Anordnungen –«

Der General hörte sie lächelnd an, er durchschaute ihre Absicht und mochte die Gründe ihrer Weigerung ahnen. »Alles, was Sie da sagen,« rief er, sie unterbrechend, »erweckt mein Vertrauen und gefällt mir sehr. Ich werde sofort nach O. schicken und wenn er kommt, ihm sagen, daß Sie eine schlechte Schwester sind, die gar keine Sehnsucht nach dem Bruder hat. Ich werde ihm aber auch sagen, daß eine gewisse Dame sehr nachtragend ist, und weil ich einmal über Aerzte schlechtweg gesprochen, mir die Bekanntschaft mit ihrem Bruder verleiden will.«

Margareth mußte ihren Widerspruch aufgeben und sich fügen, aber obwohl die letzten Worte des Generals ihr andeuteten, daß er damals nur um einen Vorwand zur Absage zu haben, geringschätzig über den ärztlichen Stand geschrieben, so beschlich sie doch eine trübe Vorahnung, als könne es keine guten Folgen haben, wenn ihr Bruder Schloß Seebach betrete.

Der General gab wie immer seinem Entschlüsse eine rasche Folge. Er schellte seinem Kammerdiener und befahl Kleber, nach O. zu fahren und Herrn Doktor v. Trotten zu bitten, daß derselbe womöglich sofort nach Schloß Seebach komme.

Das sonst so glatte, beinahe ausdruckslose Gesicht Kleber's verrieth Ueberraschung, und es war Margareth, als ob der Blick, den er ihr zuwarf, die Frage stellte, ob sie das durchgesetzt.

Es war ganz natürlich, daß es den vertrauten Diener des Generals befremdete, seinen Herrn plötzlich alte Gewohnheiten verleugnen zu sehen, und das besonders, da kein sichtbarer Anlaß dazu da war, denn der General schickte sonst nur in den allerseltensten Fällen zum Arzt, aber Margareth hatte das Gefühl, Kleber werde von anderen Gedanken beschäftigt, ohne sich eine Erklärung dafür geben zu können, empfand sie Widerwillen und Argwohn gegen diesen Mann.

Franz Kleber war das Faktotum des Generals seit zehn Jahren. Er war der einzige Dienstbote im Schlosse, der es so lange ausgehalten, er hatte freilich oft gekündigt, war aber immer wieder – freilich gegen Lohnerhöhung – geblieben, der General konnte ihn nicht mehr entbehren.

Wir sagten, der einzige Dienstbote – Kleber hätte das nicht hören dürfen. War er auch als solcher und zwar als Diener nach Seebach gekommen, so hatte er sich doch sehr bald in eine Vertrauensstellung zu schmeicheln gewußt, in der er alle Dienstboten von seinem Wohlwollen abhängig machte, ja, man behauptete sogar, daß die Gesellschaftsdamen des Generals von dem Tage ab, wo sie es mit Herrn Kleber verdorben hatten, den Boden im Schlosse für sich selber unsicher werden fühlten.

Margareth hatte noch keine Gelegenheit zu einer Reibung mit diesem gefährlichen Kammerdiener gehabt, sie wußte es freilich auch nicht, daß Kleber prinzipiell in den ersten Wochen oder Monaten, wo eine neue Dame waltete, sich völlig neutral verhielt, derselben keinen Anlaß zur Unzufriedenheit gab, ihr die Meinung einflößte, er sei höchst unbedeutend und harmlos, bis er den Charakter der Gesellschaftsdame studirt hatte und alle ihre Fehler und Schwächen kannte. Gewöhnlich kündigte er dem General, wenn ein neues Regiment in Schloß Seebach eingeführt wurde und ließ sich dann einige Tage später wieder neu engagiren, es wurden bei dieser Gelegenheit allerlei Uebergriffe und Eigenmächtigkeiten, die er sich in seinem Interesse erlaubt, ausgeglichen und gewissermaßen ein neues Conto begonnen, die Sünden des alten verziehen.

Niemand verstand so gut den General zu betten, wenn er Gichtschmerzen hatte, wie er, Kleber wußte, wo jede Kleinigkeit lag, deren der General bedurfte, er kannte das Geheimniß, wie das Schloß des Geldschrankes geöffnet wurde, er registrirte die wichtigen Papiere des Generals, besorgte dessen Geschäfte mit dem Bankier, kurz, es hätte dem General viel Mühe gekostet, einen passenden Ersatz für Kleber zu finden und einen Menschen dazu anzulernen, wahrscheinlich aber hätte es ihm an Geduld dazu gefehlt.

»Sie haben Kleber schon sehr lange?« fragte Margareth, als der Kammerdiener das Gemach verlassen.

»Leider Gottes, ja,« brummte der General. »Er setzt mir oft böse zu und stiehlt wie ein Rabe.«

»Dann wundert es mich,« erwiederte Margareth lächelnd, »daß Sie ihn nicht gehen ließen, als er kündigte.«

»Er weiß, daß ich ihn nicht entbehren kann. Uebrigens hat der Schuft einen unglaublichen Scharfblick. Er hat es mir schon an dem Tage, wo Sie hier eintrafen, gesagt, daß Sie eine ganz andere Ordnung auf Seebach einführen und auch mir die Kandare anlegen würden –«

»Herr General –«

»Still, still, es ist so und es ist gut so. Wollt', ich hätte Sie früher kennen gelernt. Lasse mich gern von so schöner Hand leiten.«

Das Gespräch ward unterbrochen, es kam Besuch und Margareth fand heute nicht wieder Gelegenheit, über Kleber mit dem General zu sprechen. Der Kammerdiener kehrte von O. mit dem Bescheide zurück, Herr v. Trotten werde, da der Ruf des Herrn Generals kein dringender sei, erst morgen kommen, er müsse heute über Land anders wohin, wo Gefahr im Verzuge sei.

Als Margareth im Laufe des Abends allein im Salon saß – der General spielte mit seinen Gästen im Nebenzimmer eine Parthie L'hombre – näherte sich ihr plötzlich der Kammerdiener Kleber. »Gnädiges Fräulein,« sagte er mit gedämpfter Stimme und mit einer Miene, als wolle er ihr eine vertrauliche Mittheilung machen, »ich glaube, der Herr General bedarf einer ernsthaften Kur, es würde vielleicht gut sein, wenn ein Arzt sich hier dauernd aufhielte, ihn beobachtete –«

»Sie erschrecken mich,« versetzte Margareth nicht wenig bestürzt. »Hatte der Herr General einen ernsten Anfall heute Nacht?«

»Nein,« erwiederte Kleber mit eigenthümlichem Lächeln, »aber auch Herr Doktor Manders fürchtet, daß ihn einmal plötzlich der Schlag rühren kann.«

»Um Gottes willen!

»Nun, es wird so schlimm nicht sein. Aber Vorsicht ist immer gut und da ich höre, daß Ihr Herr Bruder in O. keine große Praxis hat, so dachte ich, daß vielleicht –

Er stockte. Margareth war erröthet, sie schien es instinktmäßig zu fühlen, daß der Mann einen unverschämten Vorschlag habe, sein ganzes Wesen hatte etwas Verdächtiges.

»Was dachten Sie? Was soll die Bemerkung über die Praxis meines Bruders hier?« fragte sie in erregtem Tone.

»Verzeihung, gnädiges Fräulein,« erwiederte er, »aber die Leute sagten, er habe wenig Patienten und da dachte ich, man könne ihn vielleicht bewegen, einige Zeit hier zu bleiben, den Herrn General in die Kur zu nehmen –«

Margareth schaute jetzt klar. Der Mann bot ihr seine Hilfe an, ihrem Bruder auf Seebach ein Unterkommen zu verschaffen, daher seine geheimnißvoll vertrauliches Wesen. Er glaubte unzweifelhaft, sie habe den General bestimmt, ihren Bruder rufen zu lassen, er bot sich ihr als Bundesgenosse an, wahrscheinlich um später dafür seinen Preis zu fordern.

Sie mußte Gewißheit haben, ob ihr Argwohn begründet sei und wie weit die Unverschämtheit dieses Menschen gehe.

»Ob mein Bruder große oder geringe Praxis hat,« erwiederte sie, »darauf kommt es hier nicht an, denn er geht nirgend hin, wo er überflüssig ist. Es handelt sich allein darum, ob der Herr General einer ärztlichen Behandlung bedarf und ob er sich solcher auch unterziehen will. Ist beides der Fall, so muß ein Arzt engagirt werden, ob mein Bruder oder ein anderer.«

»Der Herr General,« erwiederte Kleber mit einer Miene, als glaube er sich jetzt mit ihr verständigen zu können, »bedarf eines Arztes, dem er vertraut, denn er ist leidend, er schont sich nicht, aber auf einen Arzt, der ihn zu behandeln weiß, wird er hören. Er ist nicht so unlenkbar, wie es scheint, ich werde ihn schon dahin bringen, daß er sich einer Kur unterwirft und Ihrem Herrn Bruder vertraut.«

»Das Letztere sollte Ihnen wohl schwer werden,« versetzte Margareth, das Auge forschend auf ihn heftend, »er hält nicht viel von Aerzten.«

»Je schwerer es mir wird,« antwortete Kleber, »um so belohnter werde ich mich durch den Erfolg fühlen. Der General vertraut meinem Urtheil, ich bin ihm ja auch ergeben wie Keiner. Es liegt nur an Ihnen, Ihren Herrn Bruder darauf aufmerksam zu machen, daß dem General ärztliche Aufsicht nöthig ist, daß er sonst keine Vorschriften befolgt, ich werde dafür sorgen, daß der Herr General das Engagement veranlaßt.«

Margareth wußte genug. Ihrer Empörung nicht mehr mächtig, sprang sie auf, das Gespräch auf diese Weise abzubrechen. Sie fühlte es trotz ihrer Erregung, daß sie sich selber herabsetze, wenn sie durch ein Wort der Verachtung oder des Zornes ihn errathen lasse, daß sie seine Absicht durchschaut habe, sie zur Genossin seiner Intrigue zu machen, seine Interessen mit den ihrigen zu vereinen. Er konnte diese Absicht bestreiten, konnte sagen, daß sie ihn mißverstanden, sie war daher allein kompromittirt, sie hatte es geduldet, daß das Gespräch überhaupt so weit gediehen, um solche Wendung zu nehmen, daß er den Muth gefunden, ihrem Bruder seine Protektion anzubieten. Sie that, als ob der General sie gerufen und schritt hastig nach dem anstoßenden Salon, Kleber konnte sich ihr plötzliches Aufspringen erklären wie er wollte.

Der Kammerdiener stand betroffen da, im ersten Augenblick ahnte er wohl das Richtige, ihr Erröthen, die Heftigkeit, mit der sie das Gespräch abbrach, deuteten darauf hin, daß sein Wagniß mißlungen sei, daß sie seine Bundesgenossenschaft verachte; aber der Umstand, daß sie ohne ein Wort zu erwiedern plötzlich in den Nebensalon geeilt, ließ auch die Annahme zu, daß sie vielleicht ein Geräusch am Spieltisch gehört und in dem Glauben, der General habe sich erhoben, das Gespräch hastig abgebrochen habe.

Diese Annahme erhielt dadurch, daß der General gleich darauf in der Thüre sichtbar wurde, ihre Bestätigung, Kleber hatte mit dem Rücken nach der Thüre gestanden und sich erst jetzt umgewandt.

Kleber hatte das Anerbieten, welches er Margareth gemacht, nur in der gewissen Voraussetzung wagen können, daß dasselbe angenommen werde, er glaubte die Beweise davon zu haben, daß Margareth eine geschickte Intrigantin sei. Die Koffer derselben waren gestern schon gepackt gewesen, sie hatte also dem General die Bedingungen für ihr Verbleiben diktirt, Kleber zweifelte nicht daran, daß er in Folge privater Abmachungen mit ihr sein Testament noch an demselben Tage geändert und sich ebenso dazu verpflichtet habe, ihren Bruder als Arzt anzunehmen – er hatte daher den Entschluß gefaßt, ihr seine Bundesgenossenschaft anzubieten. Nahm sie dieselbe an, so konnte er sie später zwingen, ihm einen Theil der Beute abzutreten, lehnte sie ab, so meldete er morgen, wie er sich vorgenommen hatte, den Verwandten des Generals, welche Ziele Margareth verfolgte, welche Gefahr ihnen als Erbberechtigte drohe und er half denselben, Margareth's Einfluß auf den General zu bekämpfen.

Es schien Kleber, als könne er einen günstigen Erfolg annehmen, aber er hatte keine klare Antwort und möglicher Weise hatte Margareth derselben ausweichen wollen. Vorsicht schien jedenfalls geboten. Er beobachtete Margareth während des ganzen Abends, es entging ihm nicht, daß sie zerstreut blieb, daß ihre unbefangene Heiterkeit, welche sie zur Schau trug, etwas Erzwungenes hatte.

Als die Gäste das Schloß verlassen hatten und er wie gewöhnlich erschien, dem General auf dessen Wege zum Schlafkabinet das Licht voranzutragen, sah er, daß Margareth den General in eine Fensternische geführt hatte, wo Niemand das Gespräch, welches sie flüsternd mit ihm führte, belauschen konnte. Der General war einsilbig und wie es schien, verstimmt, als er endlich Margareth gute Nacht geboten und Kleber folgte, er gab auf die Fragen des Kammerdieners kurze Antworten.

»Ich wollte,« begann Kleber plötzlich, »der Herr Doktor v. Trotten wäre heute gekommen oder der Herr General hätten mir befohlen, gleich einen Anderen mitzubringen. Das geht so nicht länger.«

»Sind Sie närrisch? Bin ich denn krank?«

»Ja, Herr General.«

»Dann wissen Sie mehr davon als ich.«

»Das ist auch so, denn der Herr General geben sich nicht die Mühe, sich selber zu beobachten, ich aber gebe auf den Herrn General Acht.«

»So, und was haben der überweise Herr Kleber bemerkt?«

»Ich habe beobachtet, daß jedesmal, wenn der Herr General großen Aerger gehabt haben und Sie dann vor dem Schlafengehen Ihre Tropfen nehmen, Alles vorüber ist, wenn Sie am anderen Tage heiter sind; daß aber jedesmal, wenn Sie dann am folgenden Abend verdrießlich sind und ein so rothes Gesicht haben, wie heute wieder, eine sehr böse Nacht folgt.«

Die Worte Kleber's mußten auf Wahrheit beruhen und für den General etwas Beunruhigendes haben, denn obwohl Sorben erwiederte, er sei nicht verdrießlich, trat er doch vor den Spiegel.

»Albernheit,« sagte er, »ich sehe roth aus, weil ich Burgunder getrunken habe. Ich hätte das lieber lassen sollen.«

»Besser wäre es gewesen, aber der Herr General wollen ja nicht auf den Arzt hören.«

»Weil es doch nichts hilft. Wo sind meine Tropfen?«

»Herr General, die gebe ich Ihnen nicht. Sie wissen, daß dieselben Sie nicht beruhigen, sondern erregen, wenn Sie sich eben geärgert haben.«

»Zum Donnerw....., wer sagt Ihnen, daß ich mich geärgert habe!«

»Ich sehe es Ihnen an. Das Fräulein hat Ihnen wohl etwas gesagt –«

»Was der Kleber gern wissen möchte?« versetzte Sorben spöttisch. »Na, es ist kein Geheimniß. Die gute Seele fürchtet, daß ihr Bruder zu wenig Erfahrung hat und quält mich, daß ich noch einen berühmten Arzt konsultire. Ich habe es ihr versprechen müssen.«

Kleber antwortete nicht sogleich. Er ersah aus diesen Worten des Generals, daß Margareth seine Hilfe bei ihrer Intrigue verschmähte, andererseits aber auch ihn bei dem General nicht verdächtigt habe, denn sonst würde Sorben nicht so freundlich mit ihm gesprochen haben.

»Man muß sagen,« bemerkte er endlich, »das Fräulein hält entweder sehr wenig von ihrem Bruder oder sie gönnt ihm keinen Verdienst, obwohl er solchen gewiß brauchen kann.«

»Sie meinen?!«

»Ich weiß es, Herr General. In dem Gasthofe, wo ich die Pferde füttern ließ, wunderte man sich, daß ich mit leerem Wagen heimfahren solle, man glaubte es nicht, daß Herr v. Trotten beschäftigt sei. ›Der hat Sprechstunde und Nachtklingel nur zum Staat,‹ sagten die Leute, ›nach dem ruft ja Keiner.‹ Der arme Herr soll Noth leiden und nicht einmal die Miethe bezahlen können.«

»Die Leute schwatzen viel, was nicht wahr ist,« brummte der General und brach das Gespräch ab, Kleber aber wußte, daß er seinen Zweck erreicht habe, Sorben gehörte zu den Leuten, welche nach äußeren Dingen urtheilen und auf jedes Gerede etwas geben. Es mußte dem General jedes Vertrauen zu der Kunst eines Arztes schwinden, der in seinem Wohnort keine Patienten fand, es mußte aber auch Margareth in seinen Augen herabsetzen, daß ihr Bruder von Gläubigern bedrängt wurde und kein ordentliches Brod hatte.

Die böse Nacht, welche Kleber prophezeit hatte, blieb nicht aus. Die Tropfen, welche der General gestern Abend genommen und die Kleber ihm heute nicht hatte reichen wollen, bestanden aus dem bekannten Opiate Morphium, welches zwar einschläfert, aber sehr erschlaffend auf die Nerven wirkt, besonders wenn man es in großen Dosen nehmen muß, um trotz innerer Erregung eine Wirkung zu erzielen. Gelingt es dem Mittel nicht, Schlaf zu erzwingen, so bewirkt dieses Gift bei dem Patienten einen schrecklichen Zustand nervöser Aufregung, der Arzt hatte daher ausdrücklich davor gewarnt, dem General dieses Mittel zu reichen, wenn sein leidenschaftlicher Charakter eine Erregung gehabt, welche befürchten lasse, daß das Morphium zu schwach sei, die Nerven zur Ruhe zu zwingen.

Kleber reichte dem General die Tropfen, er that als traue er der Versicherung desselben, ganz guter Laune zu sein, oder er nahm dies wirklich an, genug, die Medicin regte auf, statt zu beruhigen, und schlummerlos brachte der General die Nacht hin, wüste Bilder erregter Phantasie, welche die Gedanken hervorgerufen, die Kleber angeregt, schwebten ihm vor Augen. Margareth unterstützte ihren Bruder nicht, obwohl sie schon eine hübsche Summe vom General zu fordern hatte. Der Bruder der Dame, welche seinem Haushalt vorstand und die in seidenen Roben einherschritt, erschien morgen vielleicht in schlechter Kleidung, in dürftigem Aufzuge auf Seebach, Margareth hatte sich zwar dagegen gesträubt, daß er gerufen wurde, aber sie hatte Sorben die wahre Ursache ihres Sträubens verschwiegen. Sie wollte ihm also verbergen, daß ihr Bruder Mangel litt, sie schämte sich vielleicht dieses Bruders, weil sie wußte, daß der General eine Dame mit armer Verwandtschaft nicht engagiren gewollt. Er hatte ihr seine Hand angeboten, sie hatte abgelehnt, aber hatte sie das nicht vielleicht nur deshalb gethan, weil sie dem Ernst des Antrages noch nicht recht getraut, weil sie warten gewollt, bis sie ihm noch unentbehrlicher geworden?

Er hatte sein Testament zu ihren Gunsten geändert – hatte er sich dabei nicht übereilt, handelte er gerecht, seine Verwandten eines Weibes willen zu schädigen, welches vielleicht nur eine schlaue Intriguantin war und des alten Herren spottete, der ihr vertraute?

Als der General sich am anderen Morgen erhob, war ihm der Kopf dumpf und schwer – der Morphium-Rausch ist härter als jeder andere, das dicke Blut wallte ihm stoßweise durch die Adern zum Gehirn – wer ihn kannte, wußte, daß er heute in furchtbar reizbarer Laune sei, der wich ihm aus, denn seine Heftigkeit loderte an solchen Tagen oft als finsterer Jähzorn bei den geringsten Anlässen auf.

Margareth erschrak, als sie wie gewöhnlich eine Stunde nach dem Frühstück des Generals, welches derselbe stets allein einnahm, im Salon erschien, so unheimlich loderte ein Feuer aus den Blicken des Generals, so geröthet war sein Antlitz, so scharf und erregt der Ton seiner Stimme.

»Fühle mich vortrefflich,« war die Antwort, die er auf ihre besorgte Frage nach seinem Befinden gab, dabei schaute er sie an wie gierig auf einen Widerspruch, auf einen Vorwand, seiner im Innern gährenden Erregung Luft zu machen.

Instinktmäßig ahnte sie die Gefahr, die ihr drohte. »Das ist ja schön,« antwortete sie und nahm ihre Stickarbeit in die Hand.

»Wollte, ich hätte Ihren Bruder nicht bestellt,« murmelte der General, wie zu sich selber redend. »Was soll er hier?«

Margareth antwortete nicht und das reizte ihn. »Sind wohl heute nicht aufgelegt, mit mir zu plaudern?« fragte er.

Sie legte ihre Arbeit fort. »Ich bin zu Allem bereit, was Sie wünschen,« versetzte sie.

Ihr Wesen schien den General zu besänftigen. »Ich wollte,« sagte er in ruhigerem Tone, »ich könnte Ihren Bruder noch abbestellen. Es ist mir fatal, daß ich ihn unnütz belästige. Aber es ist zu spät dazu, der Wagen, der ihn holt, ist lange fort.«

»Sie brauchen ihn ja nicht zu empfangen, Herr General.«

»Das wäre ungezogen von mir. Ich bin aber niemals unhöflich.«

»Ich könnte es so arrangiren, Herr General, als hätten Sie ihn meinetwegen holen lassen, dann brauchen Sie ihn nicht zu empfangen.«

»Sehr gütig. Sehr entgegenkommend. Sie wissen doch für Alles Rath.«

Es lag in dem Tone des Generals etwas Spöttisches und Margareth hielt es für gut, keine Antwort zu geben, denn sie fühlte, daß auch ihre Geduld schwand und daß sie kaum im Stande gewesen wäre, in ruhigem Tone zu sprechen.

»Ich könnte ihm dann freilich auch kein Honorar anbieten,« fuhr der General fort, »und vielleicht rechnet er darauf –«

Der General stockte, er sah, daß Margareth das Antlitz abwendete. Sie drückte ihr Taschentuch vor das Antlitz, um die Thräne zu verbergen, welche sich ihr in's Auge drängte. Sie hatte jetzt die Erklärung dafür, daß er in gereizter Stimmung einen Streit mit ihr suchte: er wußte, daß ihr Bruder in bedrängter Lage war, und deshalb bereute er es, daß er nach demselben geschickt, er war so unzart, zu ihr davon zu sprechen, daß er den Besuch Eduard's bezahlen möchte, weil derselbe sich wohl schon auf das Honorar freue!

Empörung über den General, Schmerz darüber, daß es unmöglich schien, mit diesem Manne in ein richtiges Einvernehmen zu kommen, Bitterkeit über ihr Schicksal und Theilnahme für den Bruder, der arglos heraus kam, um vielleicht verletzende Bemerkungen zu hören – Alles das vereinigte sich, ihr den letzten Muth zu rauben.

Sie wollte ihre Bewegung verbergen, aber dieselbe war zu mächtig – sie schluchzte laut.

»Donnerw.....,« fluchte der General, halb bestürzt, halb ärgerlich. »Sie weinen schon wieder? Habe ich Ihnen etwas gethan?«

»Verzeihung, Herr General,« versetzte sie, sich erhebend und zeigte ihm ihr bleiches in Thränen gebadetes Antlitz, »ich wollte keine Empfindlichkeit zeigen, aber mir fehlt die Kraft, Ihrer üblen Stimmung Trotz zu bieten. Ich weiß, daß Sie mich absichtlich nicht kränken wollen, aber diese Erwägungen sind mir peinlich.«

Die üble Laune des Generals war sofort geschwunden, als er, statt auf Widerspruch zu stoßen oder doch eine gereizte Antwort zu erhalten, solche Fügsamkeit sah.

»Ich habe Unrecht,« rief er, »der verwünschte Kleber hat daran Schuld, er schwatzte mir gestern Allerlei vor, als könne Ihr Bruder keine Patienten finden, lasse mich nur warten, um mit viel Arbeit zu prahlen, der Schuft wird alle Tage frecher.«

»Da Sie das selbst sagen.« erwiederte Margareth, »ist es meine Pflicht, Ihre Ansicht zu bestätigen. Er verdient das Vertrauen nicht, welches Sie ihm schenken.«

»Sie haben leider Recht, aber woher wissen *Sie* das? Hat er neuerdings Ursache zur Beschwerde gegeben, so soll er fort, auf der Stelle fort. Reden Sie, was hat er gethan?«

»Nehmen Sie an, Herr General, er hätte die Beweise großer Untreue geliefert und seien Sie im Vertrauen zu ihm vorsichtig, geben Sie Einflüsterungen seinerseits kein Gehör. Entlassen Sie ihn nicht auf der Stelle oder wenigstens nicht im Zorn, er hat vielleicht nur einen unverschämten Versuch bei mir gewagt, weil er weiß, daß ich arm und Ihnen eine Fremde bin, weil er Andere nach seinen Neigungen beurtheilt. Genug – entlassen Sie ihn gelegentlich, aber seien Sie vorsichtig.«

»Einen Versuch bei Ihnen? Was heißt das?« rief der General in ungeheurer Erregung. »Ich fordere Alles Zu wissen, ich bitte darum. Ich werde keine Ruhe haben, bis ich Alles weiß.«

»Kleber scheint zu glauben,« antwortete Margareth erröthend, »daß ich meinem Bruder hier eine Art von Unterkommen verschaffen möchte, und war so dreist, mir seine Unterstützung dazu anzubieten. Er scheint sich in Folge meiner Haltung bei seinem Anerbieten anders besonnen zu haben, oder sprach er zu Ihnen davon, daß es vortheilhaft wäre, wenn Sie einen Arzt aufforderten, einige Zeit hier zu bleiben und Sie in Behandlung zu nehmen?«

»Der Schlingel! Das sieht ihm ähnlich!« rief Sorben, eher heiter als empört. »Er hat sich immer gern meiner Gesellschaftsdamen Liebkind machen wollen und ist bei Ihnen einmal an die Unrechte gekommen. Wenn der Schuft nur nicht so brauchbar wäre und nicht so tief in meine Familienangelegenheiten geschaut hätte! Aber es hilft nichts, er muß fort.«

Das Gespräch wurde durch den Eintritt Kleber's, der Eduard v. Trotten anmeldete, unterbrochen. Kleber hatte jedenfalls die letzten Worte des Generals gehört, denn er warf Margareth einen Blick giftigen Hasses zu.

7.

Wie schon erwähnt, hatte Eduard v. Trotten, als er sich in O. niederließ, dort leider einen Collegen vorgefunden, der nicht nur als älterer Arzt sein natürlicher Rival war, sondern auch zu jenen alten Aerzten gehörte, welche sich um die Fortschritte der Wissenschaft nicht bekümmern und die neuen Methoden und Mittel, die sie nicht kennen, verdammen.

Er hatte ferner das Unglück gehabt, daß er in den wenigen Fällen, wo man bei ernster Gefahr seine Hilfe suchte, ihn zu spät rief, so daß er den Kranken nicht mehr retten konnte. Es hatte seinem Rufe geschadet, daß man ihn nach Schloß Wildenfels beschieden, denn dem ersten Rufe folgte kein zweiter und man glaubte natürlich, daß Geheimrath Evers aus Breslau die Gräfin gerettet hätte, wenn Trotten dort nicht Alles verdorben.

Es hatte sich aber auch auf unerklärliche Weise, und ohne daß Eduard eine Ahnung davon hatte, in O. und Umgegend das Gerücht, er trachte eine Geldheirath zu schließen, in einer seinen Charakter kompromittirenden Weise verbreitet, denn man erzählte, daß er die harmlose Unerfahrenheit eines kaum erwachsenen jungen Mädchens in G. benutzt, sich heimlich mit ihr zu verloben, in der Hoffnung, die Eltern würden lieber Ja sagen, als ihr Kind kompromittirt sehen.

Die Lage Eduard's ward mit jedem Tage verzweifelter. Das geringe Erbtheil, das ihm sein Vater hinterlassen, war trotz äußerster Sparsamkeit aufgezehrt, was er durch seine Praxis einnahm, kaum erwähnenswerth. Das Schlimmste war, daß, wenn er einmal wirklich zu einem Kranken gerufen wurde, der bemittelt war, man ihm gewöhnlich sehr bald für seinen Dienst dankte und selbst wo er glückliche Erfolge erzielt, man ihn nicht als Hausarzt engagirte. Es konnte ihm unheimlich zu Muthe werden, wenn er sah, daß trotz aller Mühe, die er sich gab, er selbst da, wo er Kranke gerettet, nicht festen Fuß als Arzt im Hause fassen konnte, daß man bei nächster Gelegenheit einen anderen Arzt rief. Die Noth zwang ihn, eine Behandlung zu erdulden, die sonst jeder andere Arzt grundsätzlich zurückweist: er folgte dem Rufe von Patienten, welche er früher behandelt, die alsdann einen anderen Arzt genommen und heute nur deshalb zu ihm schickten, weil kein anderer Arzt zu Hause zu treffen war. Ein solcher Fall lag auch in dem Augenblicke vor, wo Kleber in O. erschien, Eduard zu rufen. Trotten war vor etwa drei Monaten nach dem Gute eines Barons v. Storchfeld geholt worden, der Sohn des Barons war vom Pferde gestürzt und hatte sich das Bein gebrochen. Der Bote des Barons hatte weder Globig noch Balz zu Hause getroffen. Beide waren über Land gefahren, er rief daher Trotten, denn er sollte nicht ohne einen Arzt zurückkehren.

Eduard legte dem Knaben den nöthigen Verband an, am anderen Tage ging er zu Fuß nach dem nur eine Meile entfernten Gute, man empfing ihn mit sichtbarer Verlegenheit und als er sich seinem Patienten näherte, bemerkte er sogleich, daß ein anderer Arzt den Verband erneuert hatte, aber in sehr wenig geschickter Weise. Der Baron entschuldigte sich, daß er Trotten nicht abgeschrieben habe, Globig sei gekommen, derselbe wäre sein Hausarzt, genug, er sagte Eduard mit anderen Worten, daß er überflüssig sei. »Ich ziehe mich natürlich zurück,« versetzte Eduard, »aber um Eines bitte ich. Sollte, wie ich befürchte, das Bein des Knaben nicht regelrecht heilen, schief oder gar steif werden, so legen Sie das nicht mir zur Last. Dieser Verband ist schlecht.«

Der Baron lächelte eigenthümlich und sagte, daß Trotten natürlich nichts zu verantworten habe.

Eduard erfuhr nachher bald, daß Globig niemals der Hausarzt der Familie gewesen, aber hinausgefahren sei, als er gehört, daß man ihn verfehlt und Eduard gerufen habe. Er hatte den Verband Eduard's hart getadelt, aber ihn so mangelhaft verbessert, daß eine Entzündung eintrat und nur die Hilfe eines aus Breslau gerufenen Chirurgen den Knaben vor dem Verlust des Beines rettete. Herr von Storchfeld nahm darauf an Stelle Globig's Balz als Arzt an, er wollte also von Eduard nichts wissen, obwohl dieser ihm vorher gesagt, daß Globig's Verband nichts tauge.

Heute kam wieder ein Bote vom Baron v. Storchfeld zu Trotten und sagte, es sei rasche Hilfe nöthig, der Knabe sei gefallen und habe sich das kaum wieder hergestellte Bein wahrscheinlich abermals gebrochen.

Jeder andere Arzt hätte nach der Behandlung, welche Eduard erfahren, geantwortet, Herr v. Storchfeld möge sich an seinen Hausarzt wenden, oder erklärt, er komme nur unter der Bedingung, daß man ihm auch die ganze Kur übergebe, besonders, da der Bote sagte, er wäre soeben beim Doktor Balz gewesen, derselbe aber sei nach *** gerufen.

Die bittere Noth zwang Eduard, dem Rufe des Barons auf die Gefahr hin zu folgen, daß er sich neuer Demüthigung aussetze, der Tag, wo er seine Miethe für seine Wohnung bezahlen sollte, war schon lange vorüber und er hatte kein Geld dazu, die Schuld zu tilgen.

Da kam ein zweiter völlig unerwarteter und höchst überraschender Ruf, der nach Seebach. Eduard versprach Kleber, als er hörte, daß der General ihn nur konsultiren wolle und nicht rascher Hilfe bedürfe, anderen Tages zu kommen, und fuhr nach dem Gute Storchfeld's, wo sein Erscheinen eine sehr peinliche Scene hervorrief. Storchfeld hatte, als er zu Balz geschickt, gleichzeitig auch an den Chirurgen telegraphirt, der früher seinen Sohn behandelt – jetzt brachte sein Bote an Stelle des Hausarztes einen Mann, vor dem er, Storchfeld, zu erröthen hatte. Es war jedoch Hilfe nöthig und daher willkommen. Eduard besichtigte den Knaben, der vor Schmerzen furchtbar schrie, und da er sah, daß die Eltern unfähig waren, ihm Hilfe zu leisten, daß auch die Angst und Unentschlossenheit derselben ihm hinderlich sein würden, nach seinem Ermessen zu verfahren, so ließ er den Barbier des Dorfes holen, damit ihm derselbe hilfreiche Hand leiste, die Eltern des Knaben bat er, das Krankenzimmer zu verlassen, da ihre Gegenwart ihn störe.

Der Baron gehorchte, er wagte nichts davon zu sagen, daß er einen berühmten Chirurgen erwarte, aus Furcht, Trotten könne die Anlegung eines Verbandes dann verweigern und sich entfernen – wie erschrak er aber, als Eduard aus dem Krankenzimmer trat und ihm sagte, er habe eine Operation vollzogen, und hoffe, dieses neue Unglück werde dem Knaben zum Glücke werden, denn er habe jetzt das Bein, welches damals schief zugeheilt, in die richtige Lage zurückgebracht.

Storchfeld stürzte in das Zimmer seines Sohnes, der Knabe lag ruhig da, seine Schmerzen schienen geschwunden, aber der Barbier entfernte blutige Tücher.

»Hätten Sie nur gewartet,« rief der ängstliche Vater, der nicht wußte, ob er hoffen oder verzweifeln sollte, »ich habe an Woldmann telegraphirt.«

»Um so besser,« versetzte Eduard ruhig, »der wird nachhelfen, wenn es noch nöthig ist. Hätten Sie mir gesagt, daß Sie ihn erwarten, so würde ich die Operation nicht vollzogen haben, denn er ist darin Meister. Aber sie ist gelungen, Woldmann wird zufrieden sein.«

Die Sicherheit Eduard's beruhigte Storchfeld, als aber schon nach Verlauf einer Stunde der Chirurg mit dem Bahnzuge eintraf und nach Besichtigung des Patienten dem Baron erklärte, er hätte die Sache nicht besser machen können, wo ein Arzt wie Herr v. Trotten sei, brauche man ihn nicht zu rufen, das Bein des Knaben werde jetzt wieder normal werden, da rief der Baron, Eduard die Hand schüttelnd: Sie haben böse Feinde in O.; ich erfahre es zu meinem Schaden erst heute, wie man Sie verleumdet, aber es soll bekannt werden, was Sie hier geleistet haben, dafür stehe ich Ihnen.«

Der erste Sonnenstrahl die Glückes schien endlich in das Dasein Eduard's fallen zu wollen, frohe Hoffnung zog in die Brust des schon Verzweifelten ein und gab ihm wieder Lebensmuth.

Ein glücklicher Erfolg war da, vielleicht sollte ein anderer folgen. Es erschien Eduard schon wie eine glückliche Vorbedeutung kommender besserer Zeiten, daß General Sorben ihn rufen ließ, war es doch zu hoffen, daß auch das Vorurtheil Anderer gegen ihn schwinden werde, wenn dieser Mann das seinige aufgegeben.

Eduard kannte seine Schwester zu genau, als daß er nur einen Augenblick geglaubt hätte, ihre Empfehlung oder Verwendung verschaffe ihm den Ruf nach Seebach, er wußte, daß sie zu stolz auf ihn war und seinen Stolz zu genau kannte, um eine Gunst für ihn zu erbitten bei Jemand, der verächtlich oder doch geringschätzend von dem Stande eines Arztes gesprochen. Irgend Jemand anders mußte ihn empfohlen haben, daß der General gerade ihn rufen ließ, obwohl er damals an Margareth geschrieben, die Schwester eines Arztes passe nicht in sein Haus.

Herr Kleber empfing den jungen Arzt in einer Weise, die wenig den Illusionen, welche Eduard sich gemacht, entsprach. »Ich werde Sie dem Herrn General melden,« sagte er, »und ich will wünschen, daß der Herr General heute noch so denkt, wie gestern, wo er mich zu Ihnen schickte. Aber vielleicht sprächen Sie erst lieber mit dem gnädigen Fräulein. Wenn Sie es wünschen, gebe ich derselben einen Wink.«

»Ich bin zum Herrn General gerufen,« versetzte Eduard, dem die zudringlichen Rathschläge des Dieners nicht behagten, »und bitte Sie, mich demselben zu melden.«

»Wie Sie wollen, Herr Doktor – aber der Herr General hat oft seltsame Launen und ist gerade heute nicht rosig gestimmt. Das gnädige Fräulein –«

»Sie verschwenden meine und Ihre Zeit,« unterbrach Eduard den Diener. »Wo finde ich den Herrn General?«

Kleber erröthete vor Aerger, aber er eilte, den Arzt anzumelden, da dieser Miene machte, sich den General selber zu suchen.

General v. Sorben musterte den Eintretenden mit forschendem Blick und es schien ihm zu gefallen, daß Trotten seiner Schwester nur einen flüchtigen und zwar eher einen höflichen, der Dame des Hauses gebührenden, als vertraulichen Gruß zuwarf und dann sofort Miene machte, die ärztliche Unterredung mit seinem Patienten zu beginnen.

»Reichen Sie nur zuerst Ihrer Schwester die Hand,« sagte er, »geniren Sie sich meinetwegen nicht, Sie haben Ihre Schwester ja lange nicht gesehen.«

Eduard machte von der Erlaubniß Gebrauch, umarmte seine Schwester herzlich, dann aber bat er den General, ihm seine Klagen mitzutheilen.

»Fragen Sie deshalb Ihre Schwester,« antwortete Sorben, dem es zu gefallen schien, Margareth in's Gespräch zu ziehen, dieselbe verschuldet es allein, wenn ich Sie herbemüht habe.«

»Ich spreche die Wahrheit,« fuhr er fort, als Margareth Einspruch erheben wollte, »Ihre Schwester drang darauf, daß ich einen Arzt konsultire, aber ich muß verrathen, daß Sie von Ihnen nicht viel zu halten scheint, denn Sie forderte, ich sollte einen Arzt aus Breslau rufen lassen.«

»Herr General,« antwortete Eduard, auf den scherzhaften Ton Sorben's nicht eingehend, »Sie hätten diesen Rath befolgen sollen, denn abgesehen davon, daß Sie dort erfahrenere und berühmte Aerzte finden, können dieselben rascher als ich Ihrem Rufe folgen, denn der Bahnzug führt sie in der Hälfte der Zeit her, die ich zu Wagen gebrauche. Da ich aber einmal hier bin, bitte ich Sie, mir Ihren Zustand zu schildern und meinen Rath zu hören – ich bin deshalb herausgekommen.«

»Haben Recht, aber ich fürchte, Sie werden mir nicht helfen können. Gegen die Gicht ist kein Kraut gewachsen.«

»Nein, aber es gibt lindernde Mittel, und wenn Sie Diät halten wollen, kann die Wiederkehr des Leidens seltener gemacht werden –«

»Kenne die Redensarten,« unterbrach ihn der General, »aber ich will lieber einmal Schmerzen aushalten, als immer wie ein Hund leben. Ich kann das Wasser nicht im Magen vertragen, es ist mir zu nüchtern.«

»Dann sparen Sie die Kosten für Arzt und Apotheke,« versetzte Eduard ruhig, »denn alsdann könnte nur ein Charlatan Ihnen Hilfe versprechen.«

»Sie gefallen mir,« rief Sorben, Eduard die Hand reichend, »Sie sprechen die Wahrheit kurz und derb. Ihnen will ich Vertrauen schenken. In einer Sache können Sie mir vielleicht helfen, ich –«

»Nein,« unterbrach Eduard jetzt den General, »ich kann und will nicht helfen. Da Sie ein gerades derbes Wort zu lieben scheinen, sollen Sie es hören. Ich nehme keinen Patienten an, der dem Arzte Vorschriften macht und wissen will, was derselbe kann oder nicht. Sie irren sich, wenn Sie glauben, man könne ein Uebel kuriren, das andere ignoriren, ein Leiden ist die Konsequenz des anderen oder hängt doch mit demselben zusammen. Sie wollen der Gicht halber sich nicht zu strenger Diät verurtheilen lassen, weil dieselbe, da sie nur ab und zu kommt, sich ertragen läßt. Aber die Blutwallungen, an denen Sie leiden, beängstigen Sie.«

»Woher wissen Sie das? Wer hat Ihnen das ausgeplaudert?«

»Niemand, das ist leicht zu errathen. Die Gicht hindert Sie an der nöthigen Bewegung, Sie lieben die Tafelfreuden, trinken schwere Weine und haben naturgemäß davon doppelte Beschwerden. Sie haben Ursache, Schlaganfälle zu fürchten. Es gibt ein Mittel, welches gerade jetzt, wo die Einwirkung des Wetters solchen Naturen doppelt gefährlich werden kann, sehr nützlich und erleichternd wirkt, aber dasselbe erfordert Vorsicht und eine gewisse Diät, die unerläßlich ist.«

»Herr Doktor, Sie haben eine Art, sich Vertrauen zu erzwingen, der ich nicht widerstehe, ich bin übrigens kein so störrischer Patient, als Sie denken. Wo ich Vertrauen habe, kann ich mich auch fügen und meine Gelüste beherrschen. Eine gewisse Zeit hindurch will ich Diät halten, und wenn ich dann guten Erfolg sehe, gewöhne ich mich auch wohl an eine gewisse Enthaltsamkeit.«

»Dieses Versprechen genügt mir und werde ich Ihren Gewohnheiten Rechnung tragen, so gut es geht. Ich werde Ihnen Tropfen verschreiben, von denen Sie täglich eine sehr geringe Dosis nehmen, die Kur dauert drei Wochen. Während dieser Zeit dürfen Sie unbedingt nichts genießen, worin Essig enthalten ist, denn die Tropfen bestehen aus entsäuertem Arsenik, sobald Sie also Essig in Speisen genießen, tritt Arsenik-Vergiftung ein.«

»Solche Diät ist zu ertragen,« rief Sorben. »Und wozu soll das helfen?«

»Die Tropfen wirken auf's Blut, machen den Kopf frei, befördern den Blutumlauf im Gehirn. Wenn ich aber Ihnen jede Speise, die keinen Essig enthält, und auch Wein gestatte, ist ein Maßhalten nöthig, schwere Weine und Bier dürfen Sie gar nicht genießen.«

»Abgemacht,« rief der General befriedigt, »das läßt sich aushalten, da liegt Vernunft darin. Sie besuchen mich täglich und kontroliren meine Diät.«

»Meine Besuche,« versetzte Eduard, »wären völlig überflüssig, wenn Sie es wünschen, komme ich einmal nach beendeter Kur.«

Er hatte sich erhoben.

»Was soll das?« fragte der General. »Sie bleiben doch zu Tische, da reden wir über Ihr Wiederkommen. Ich bitte darum.«

»Sie entschuldigen mich, Herr General,« entgegnete Eduard mit Festigkeit, »ich werde in D. erwartet.«

Sorben zog die Brauen finster, er warf Margareth einen Blick zu, als argwöhne er, sie verschulde es, wenn ihr Bruder seine Einladung verschmähe. »Das sieht ja wie eine Verschwörung aus,« sagte er. »Sie wollen nicht einmal zum Essen hier bleiben! Ihre Schwester hat Ihnen wohl ein schönes Bild von mir gemacht?«

Margareth erröthete. »Bleibe,« sagte sie zu ihrem Bruder, »der Herr General ladet Niemand ein, den er nicht auch gerne bei sich sieht.«

»Dennoch muß ich danken,« erwiederte Eduard, aber er fühlte, daß er seine Ablehnung begründen müsse, wollte er den General nicht verletzen. »Ich hätte Wochen lang nichts versäumt,« sagte er, »ich will nicht mit Ueberbürdung von Geschäften prahlen, ich gestehe sogar ein, daß ich mich nach Patienten sehne. Aber der Zufall will es, daß ich gestern einen Patienten erhalten habe, den ich heute noch besuchen muß, ich kann daher die ehrenvolle Einladung nicht annehmen.«

Der Ton der Wahrheit überzeugte den General davon, daß Eduard keinen Vorwand gesucht habe, ihm zu zeigen, wie wenig er sich daraus mache, sein Gast zu sein, Eduard mußte aber versprechen, sehr bald seinen Besuch zu wiederholen.

Der General war entzückt von dem Eindruck, den der junge Arzt auf ihn gemacht und sprach das freudig gegen Margareth aus. »Der hat etwas Soldatisches«, sagte er, »wette, er versteht seine Sache. Ihr Vater hat tüchtige Kinder erzogen, wollte, ich hätte ihn gekannt.«

8.

Die Kur, welche Eduard angeordnet, wirkte ausgezeichnet, sie hatte vielleicht deshalb besonders günstige Wirkung, weil der General nicht nur eine sehr strenge Diät hielt und auch leichte Weine nur sehr mäßig genoß, sondern auch in Folge dieser Diät seine ganze Lebensweise änderte. – Da er den schweren Weinen entsagen mußte, so gab er die L'hombre-Parthien mit seinen Zechbrüdern auf, bei denen bis spät in die Nacht hinein gespielt und Burgunder getrunken wurde, er ging früher zu Bette und da die nervöse Ueberreizung aufhörte, fand er gesunden Schlaf und brauchte kein Morphium mehr zu nehmen. Die Folge hievon war wieder, daß er auch des Morgens heiterer Laune war, sich froh und wohl fühlte. Er nannte Eduard einen Zauberer, der ihn verjüngt habe, und pries dessen Kunst überall.

Die Veränderung, welche mit dem General vorgegangen war, gefiel natürlich den Herren aus *** sehr wenig, welche ihm sonst im L'hombre täglich viele Thaler abgewonnen und bei ihm gezecht hatten; Doktor Manders, den der General als Hausarzt verabschiedet hatte, zuckte die Achseln und sagte, der Herr v. Trotten könne leicht kuriren, wenn das Fräulein von Trotten den alten Herrn zu der Diät veranlasse, die er, Manders, vergeblich gefordert habe, und die allgemeine Meinung in *** war, Fräulein v. Trotten sei eine raffinirte Intriguantin, die den General noch dahin bringen werde, sie zu heirathen und alle seine Verwandten zu enterben. Wußte man es doch von Manders, daß der General eines Abends nach einem Streite mit Margareth, wo es sich um ihr Gehen oder Bleiben gehandelt habe, sein Testament verändert hatte, sagte es doch Kleber Jedem, der es hören wollte, die Trotten arbeite dahin, den General seinen Verwandten völlig zu entfremden, alle treuen Diener von ihm zu entfernen und durch ihre Kreaturen zu ersetzen, auch ihm sei gekündigt. Der General habe ihm freilich ehedem versprochen, ihn nie zu entlassen und seine Zukunft zu sichern, aber das Fräulein habe ihn überredet, sein Wort zu brechen und sich an einen alten Kontrakt zu halten, nach welchem halbjährige Kündigung gestattet sei.

Es gab jedoch Personen in ***, welche Kleber's Vertrauen ganz besonders genossen und diesen theilte er mit, Fräulein v. Trotten werde sich doch vielleicht verrechnen, es sei etwas im Werke, was leicht ihren Intriguen ein Ende machen und dem General über ihren Charakter die Augen öffnen könne.

Es bestraft sich immer, wenn man gegen schlechte Menschen Nachsicht übt und aus falscher Gutmüthigkeit, aus Scheu, seine Macht gegen einen Feind zu mißbrauchen, Jemand schont, der es uns nie vergeben kann, daß wir ihn durchschaut und seine Wege durchkreuzt haben.

Margareth sollte das erfahren. Ihre Gutmüthigkeit hatte Kleber die sofortige Entlassung erspart, der General hatte ihm nur gekündigt, Margareth glaubte vielleicht, Kleber zeige sich jetzt bescheiden und diensteifrig, um volle Verzeihung zu erhalten, sie ahnte es nicht, welchen giftigen Haß dieser Mensch gegen sie im Herzen trug, welche Rache er ihr geschworen, welcher Heuchelei und Infamie er fähig war. Kleber verstand es, dem General durch Aufmerksamkeit und Diensteifer sich unentbehrlicher als je zu machen und, während er Margareth gegenüber den Reuigen spielte Verleumdungen aller Art über sie in den Kreisen zu verbreiten, welche den Umgang des Generals bildeten. Der Besuch von Damen aus Schloß Seebach wurde seltener, und kam solcher, so zeigten sich die Damen gegen Margareth kühl, förmlich und zurückhaltend, selbst Klara von Holm, welche sich Margareth so sympathisch genähert, zog plötzlich sich von ihr zurück.

Arglose Naturen bemerken dergleichen erst spät, sie erklären sich ein verändertes Benehmen ihres Umganges harmlos, legen demselben keine tiefere, viel weniger eine verletzende Bedeutung bei. Da trafen plötzlich auf Seebach von der Residenz das Fräulein v. Stolzenhain und von Breslau der Geheimrath Sorben ein, als hätten sie sich ein Rendez-vous daselbst verabredet, sie erschienen unangemeldet an demselben Tage auf dem Schlosse.

Der Geheimrath war Margareth schon bekannt. Anstatt ihr abzuschreiben, wie der General es damals gewollt, als er Margareth noch nicht gesehen, hatte er Margareth den Rath gegeben, trotz Allem nach Seebach zu fahren, sie werde dem alten Herrn schon gefallen. Margareth hatte dies Billet erst erhalten, als die Prophezeiung sich schon erfüllt, und mit Sorben darüber gelächelt, als er einmal nach Seebach kam. Der Geheimrath hatte sie mit Auszeichnung behandelt, er konnte nicht genug anerkennen, wie vortrefflich die Ordnung in Allem sei und welchen vortheilhaften Einfluß sie auf seinen Onkel übe. Heute trat er ihr gegenüber, als sei sie ihm eine völlig fremde Dame, kalt und gemessen höflich war sein Gruß, er wandte sich ab, ohne ein Wort mit ihr zu reden.

Das Fräulein Agathe v. Stolzenhain war eine hagere Dame in der Mitte der Vierziger, groß und von steifer Haltung, sehr elegant gekleidet und mit allen möglichen Toilettegegenständen, welche fehlende und verlorene Reize ersetzen sollen, ausgestattet. Sie erwiederte die Verbeugung Margareth's nur durch ein herablassendes Kopfnicken und musterte das Fräulein in einer Weise, die Margareth veranlaßte, unter dem Vorwande, sie sei beschäftigt, den Salon zu verlassen.

Der General, welcher seine Verwandten schon begrüßt hatte und Zeuge dieser Behandlung Margareth's war, sagte, als dieselbe den Salon verlassen, in finsterem Tone: »Es scheint, Ihr seid nur deshalb so überraschend gekommen, damit ich vorher keine Muße hätte, Euch zu sagen, wie wohl ich mich jetzt fühle und wie ich wünsche, daß meine Gäste anerkennen, wem ich das verdanke.«

»Natürlich dem Fräulein,« sagte Agathe spöttisch, »eine hübsche Person, aber —«

»Lasse mich lieber sprechen,« nahm der Geheimrath sie unterbrechend das Wort, denn er sah es seinem Onkel an, daß dieser zornig auffahren wollte, »ich bin ruhiger als Du.«

Fräulein Agathe rümpfte die Nase, der General schaute seinen Neffen ungeduldig, befremdet, mit finsterer Miene an.

»Lieber Onkel,« begann der Geheimrath, »Du hattest stets ein hohes Gefühl für Ehre, für den unbefleckten Ruf Deines Namens, für das Ansehen Deiner Familie in der Welt, und im Vertrauen hierauf soll ich im Namen aller unserer Verwandten Dir eine Vorstellung machen.«

»Das ist ja eine sehr feierliche Einleitung,« brummte der General, die Stirne kraus ziehend. »Hoffe, daß Nienland daran zweifelt, daß ich selber meine Ehre und die unseres Namens zu bewahren weiß.«

»Es zweifelt Niemand daran, aber oft täuscht man sich über den Eindruck, den unsere Handlungen auf andere Menschen machen und ahnt nicht, daß sie mit Recht Anstoß daran nehmen können. Du wirst es bemerkt haben, daß Deine Verwandten sich mehr und mehr von Dir zurückziehen, daß unsere Beziehungen zu einander kühler geworden sind, und daß auch Deine Gutsnachbarn sich auf Seebach seltener blicken lassen als sonst.«

Das Antlitz des Generals färbte sich purpurn. »Du scheinst nur einen Schimpf in's Antlitz werfen zu wollen,« sagte er mit bebender Stimme. »Du wirst vertreten, was Du wagst.«

»Keinen Schimpf, Oheim, aber eine Warnung. Ueberall erzählt man es sich als offenes Geheimniß, daß Du Deine Gesellschafterin Fräulein v. Trotten heirathen willst und ihr schon Dein Erbe verschrieben hast.«

»So! Das erzählt man sich! Wer sagt das?«

»Alle Welt. Man sagt, daß Fräulein v. Trotten schon nicht mehr wie eine Angestellte, sondern wie die Herrin auf Seebach sich geberde, daß Du Dich völlig von ihr leiten lässest, daß sie ihre Verwandten herzieht und Dich den Deinen entfremdet.«

Das Antlitz des Generals flammte, aber er unterdrückte noch die in ihm kochende Leidenschaft, ein bitter höhnisches Lächeln verzerrte seine Züge. »Wenn die Leute sich mit solchem Geschwätz amüsiren,« versetzte er, »so kann ich's nicht hindern, wer's mir aber wiedersagt, anstatt sie Lügner zu schelten, soll's vertreten. Du hast mir diese Dame engagirt. Sie ist von Adel und gut erzogen. Sie macht mir das Leben angenehm, das mir Andere zur Hölle gemacht. Wenn sie noch nicht meinen Namen trägt, so ist das ihre Schuld, ich bot ihr meine Hand an, denn ich achte und verehre sie. Es ist also eine infame Lüge, daß sie ehrgeizige Pläne verfolgt, sich überhebt, sich etwas erschleichen will. Ich bin Herr in meinem Hause und thue, was ich will. Aber Du scheinst es für eine Schande zu halten, wenn ich Fräulein v. Trotten meinen Namen gäbe, damit greifst Du ihre Ehre an. Ich fordere, daß Du mir sagst, wodurch sie der

Ehre unwürdig wäre, die Frau eines Cavaliers von meinem Range zu werden. Kannst Du das nicht, so ist Dein Angriff auf sie ein erbärmliches Bubenstück –«

»Verhandeln wir in höflicher Form!« unterbrach der Geheimrath den General, während Fräulein v. Stolzenhain vor Entsetzen über die Mittheilungen des alten Herrn ohnmächtig zu werden schien. »Ich habe Dir Fräulein von Trotten als Gesellschaftsdame empfohlen. Ich habe ihren Ruf so wenig angegriffen als ihren persönlichen Werth, und wenn sie Deinen Antrag, sie zu heirathen, abgelehnt hat, so ist sie verleumdet, aber sie erkennt dann selber an, daß sie für solche Auszeichnung nicht paßt und hätte, wenn sie richtigen Takt besäße, ihre Stellung aufgeben müssen. Es ist nicht Sitte und wird in der ganzen Welt als unverzeihliche Schwäche ausgelegt, wenn ein Cavalier eine Dame heirathet, die in abhängiger Stellung bei ihm war, er macht dadurch sein bisheriges Verhältniß zu ihr zweideutig und fordert alle Welt zu dem Argwohn heraus, die Betreffende für eine Intriguantin zu halten, welche ihren Einfluß und Deine Schwäche ausgebeutet hat, um sich in eine höhere Stellung zu bringen, in eine Stellung, die Du ihr nicht anbieten mochtest, als Du sie für einen untergeordneteren Posten engagirtest.«

»Das sind Spitzfindigkeiten!« murmelte der General, auf den die Worte doch nicht ohne Eindruck geblieben waren. »Ich kannte sie damals nicht. Die ganze Sache ist nicht der Rede werth, da sie gar nicht meine Gemahlin werden will.«

»Du täuschest Dich Oheim. Wenn Du es zugibst, daß Du in ein solches Verhältniß zu ihr getreten bist, so haben die Leute Recht, welche sagen, die Stellung der Dame wäre eine falsche geworden. Sie mußte Deinen Antrag annehmen oder Schloß Seebach verlassen.«

»Sie wollte das auch, aber sie hat meinen Bitten zu bleiben unter der Bedingung nachgegeben, daß ich nie wieder auf jenes Thema zurückkommen solle – es ist auch jetzt nur im Eifer, in den mich Deine Mittheilung versetzt hatte, geschehen, daß ich desselben Erwähnung that. Ich kann und will sie nicht mehr entbehren.«

»Dann darfst Du Dich nicht wundern, wenn Jedermann sich von Dir zurückzieht und der Argwohn auf der Dame haftet, sie entfremde Dich Deinen Blutsverwandten. Ich trachte nicht nach Deinem Erbe, denn ich bin reich genug, aber Du hast arme Verwandte, die ein Recht dazu haben, von Dir zu erwarten, daß Du das Familienvermögen, welches Du von einem Sorben geerbt hast, nicht einer Fremden zuwendest.«

Der General erröthete bei diesen Worten heftig. »Man soll abwarten, was ich thue,« erwiederte er, »und dann darüber schwatzen. Noch bin ich am Leben, und wenn ich merke, daß Jemand auf meinen Tod rechnet, so werde ich ihm gewiß nichts vermachen. Aber man haßt die Trotten, weil sie mich pflegt, weil sie mir nicht, wie Andere es versucht, durch Aerger Nägel in den Sarg schlägt.«

»Empörend!« rief Agathe. »Karl, verlassen wir dieses Haus. Du siehst es, daß diese Person es dahin gebracht hat, daß der Onkel das Schlechteste von uns glaubt.«

»Man nenne Fräulein v. Trotten mit Achtung!« herrschte der General.

»Mäßige Dich, Agathe,« nahm der Geheimrath wieder das Wort und hielt die Dame zurück, welche Miene machte, das Zimmer verlassen zu wollen. »Der Onkel bedarf einer Pflegerin und nach den Aufschlüssen, die er uns gegeben, ist Fräulein v. Trotten stark verleumdet. Denken wir uns in die Verhältnisse hinein, so finde ich es sogar erklärlich, daß sie den Wünschen des Onkels nachgegeben hat und trotz seines Antrages auf Seebach geblieben ist. Sie hat hier ihr Brod, eine angenehme Stellung und findet Anerkennung ihrer Thätigkeit. Sie kann auf den Vorwurf ehrgeiziger Intriguen durch Berufung auf eine Handlungsweise antworten, die jeden Argwohn widerlegt. Der Onkel bedarf ihrer; wenn wir vermittelnd auftreten, anstatt einen schroffen Bruch herbeizuführen, kann Alles gut werden.«

»Das ist vernünftig gesprochen,« rief der General. »Man muß das Geschwätz der Leute Lügen strafen.«

»Gewiß wäre das das beste Mittel zum Zweck,« entgegnete der Geheimrath, »unser Ziel ist doch, Friede in der Familie und Sorge dafür, daß unser alter Onkel der ihm lieb gewordenen Pflege nicht entbehrt. Ich mache den Vorschlag, daß Du, Agathe, wieder nach Seebach ziehst, nicht als Gesellschaftsdame des Onkels, sondern als Gast. Du wirst Dich mit Fräulein v. Trotten zu stellen suchen, sie wird die Cousine ihres Brodherrn respektiren und jede Verleumdung wird verstummen.«

Der General schnitt ein Gesicht, als hoffe er, nicht in den sauren Apfel beißen zu müssen, aber wenn auch Agathe sich empört über diese Zumuthung stellte, so antwortete sie doch nicht geradezu ablehnend. »Unmöglich,« rief sie. »Ich soll mich dazu hergeben, durch meine Anwesenheit das Ansehen des Fräuleins v. Trotten wieder herzustellen und dafür vielleicht Malicen von ihr hören? Sie weiß es, daß ich sie nicht verehre wie unser Onkel, er wird stets ihre Partei ergreifen – nein – so gern ich auch dem theuren Onkel beweise, daß auch seine Verwandten Liebe zu ihm haben und ihn mit Freuden pflegen, wenn er mich so höflich behandelt wie die Fremde – es wird nicht gehen.«

»Es muß gehen,« versetzte der Geheimrath, »wenn Du nur willst. Wenn Du stets daran denkst, daß Fräulein v. Trotten unserem Onkel werth ist, daß sie als Pflegerin desselben unsere Dankbarkeit und unsere Achtung verdient, so wird sie Dir die nöthige Rücksicht erweisen, oder der Onkel wird das von ihr fordern.«

Die anfänglich so stürmische, eine Katastrophe androhende Unterredung endete mit Annahme des Vorschlages, den der Geheimrath gemacht, zu allseitiger Befriedigung, wenn auch die letztere vom General und von Agathe nur zögernd zugestanden wurde. Agathe hatte vielleicht nichts Besseres gehofft, nachdem sie eingesehen, daß eine Entlassung der Trotten nicht durchzusetzen sei, der General aber hatte sich mehr und mehr den Eindrücken hingegeben, welche die Worte Karl's hervorgerufen. Es war richtig, daß die Besuche auf Seebach seltener geworden, er mochte nicht für einen Mann gelten, der sich von einem intriguanten Weibe beherrschen ließ, und er fühlte sich durch den Vorwurf getroffen, daß er unrichtig handle, wenn er das Familienvermögen der Sorben armen Verwandten entziehe.

Von diesem Gesichtspunkte aus hatte er noch nie das Verfügungsrecht über sein Vermögen betrachtet, noch nie hatte er sich gesagt, daß ebenso gut wie er ein Recht gehabt, das Erbe eines Sorben anzutreten, andere Familienglieder darauf ein Anrecht hatten, wenn er kinderlos starb. Es entsprach diese Auffassung ganz seinen aristokratischen Gefühlen, aber sie hatte in ihm erst angeregt werden müssen, da er seine Verwandten in Folge von Reibungen mit denselben kaum noch als solche betrachtet hatte, und weil er überhaupt sich durch momentane Eindrücke leicht dazu bringen ließ, seine sonstigen Grundsätze zu vergessen.

Als Margareth zur Tafel erschien, war sie sehr überrascht, daß Fräulein v. Stolzenhain, die sich vorhin verletzend hochfahrend gezeigt, eine entgegenkommende Freundlichkeit zur Schau trug, der man freilich das Erkünstelte anmerkte. Die Absicht war jedoch schon anerkennenswerth. Der Geheimrath zeigte sich ausgesucht höflich, der General dagegen war zerstreut, einsilbig und schien bei sich darbietender Gelegenheit zeigen zu wollen, daß seine Alleinherrschaft im Hause durchaus keine Beschränkung erfahren habe, so kündete er auch Margareth einfach an, daß seine Cousine, Fräulein v. Stolzenhain, ihren Besuch auf Seebach auf längere Zeit, »hoffentlich dauernd«, ausdehnen werde.

»Ohne Ihnen in Ihrem Wirkungskreise zu nahe zu treten,« bemerkte Fräulein Agathe erläuternd, »nur als Gast.«

Der General zog sich nach der Tafel zurück und verweilte länger als sonst in seinen Gemächern. Gegen Abend gab er Kleber einen Brief, der die Adresse seines Notars trug, zur Bestellung nach ***; als aber Kleber seine Freude darüber aussprach, daß das Fräulein v. Stolzenhain, wie er gehört, wieder auf Seebach wohnen wolle, fuhr er den Vorwitzigen mit einer Heftigkeit an, wie selbst Kleber sie noch nicht an ihm gekannt. »Infamer Schuft,« rief er, und seine Stimme zitterte vor Erregung, »es wird über Vorgänge in meinem Hause niederträchtig geklatscht. Ich kenne den Schurken, dem ich das verdanke. Er ist's. Werd's Ihm aber lohnen und in's Attest schreiben. Morgen scheert Er sich aus dem Hause, zahle Ihm lieber Seinen Bettellohn umsonst, als daß ich Ihn behalte. Fort!«

Der General donnerte so gewaltig, daß seine Stimme durch das halbe Schloß hallte und Kleber sich aus dem Staube machte, ohne ein Wort zu wagen. Der General bewahrte seine gereizte Laune den ganzen Abend, und als wolle er zeigen, daß eine Vorstellung, die Margareth wagte, ihm völlig gleichgiltig sei, trank er Glas auf Glas von seinem schweren Burgunder, gerade zum Trotz gegen ihre Warnung.

Der Geheimrath verließ Schloß Seebach ziemlich spät – er benutzte den Nachtzug zur Rückkehr nach Breslau, Fräulein Agathe zog sich gegen elf Uhr auf das für sie hergerichtete Zimmer zurück, Margareth wollte ein Gleiches thun, aber der General bat sie, noch zu bleiben. Sie verweilte im Salon, bis der Geheimrath sich empfahl, dem noch kurz vor Mitternacht ein kleiner Imbiß auf Verlangen des Generals vorgesetzt wurde. Der General, welcher beim Nachtmahl keinen Appetit gezeigt, langte ebenfalls zu.

Margareth geleitete den Geheimrath bis zur Treppe, während der General im Salon zurückblieb.

»Der Onkel trinkt heute sehr viel,« sagte Karl, »trotz Ihrer Warnung greift er zu dem schwersten Wein. Wüßte ich ihn nicht in Ihrer Pflege, ich würde mit Sorge abreisen.«

»Die beste Pflege,« antwortete Margareth, »hilft nichts, wenn Jemand der Warnung des Arztes spottet. Das Wesen des Herrn Generals ist heute sehr auffallend, ich bin in großer Unruhe.«

»Na,« lächelte Sorben, »ich habe ihn oft so trinken gesehen, seine Natur verträgt viel, allzu ängstlich brauchen Sie nicht zu sein.«

Damit trennten sie sich. Als Margareth in den Salon zurückkehrte, sah sie Kleber am Büffet. Er hatte den Leuchter, mit dem er den General in dessen Schlafzimmer zu geleiten pflegte, neben sich stehen. Es war ihr, als habe er bei ihrem Eintritt eine hastige Bewegung gemacht, als habe sein Wesen etwas Auffälliges, aber sie achtete nicht weiter darauf. Sie bot dem General Gute Nacht und zog sich zurück. Der General hatte kurz, aber nicht unfreundlich geantwortet.

Der Morgen dämmerte kaum, da wurde sie aus dem Schlafe geweckt. Die Kammerzofe meldete mit großer Bestürzung, der General sei schwer erkrankt, habe furchtbare Schmerzen, man habe schon einen Wagen nach *** geschickt, den Doktor Manders zu rufen, einen zweiten nach O., um Margareth's Bruder zu holen.

Margareth hatte ruhelos auf ihrem Lager gelegen. Eine innere Unruhe hatte sie gequält, ihre Gedanken hatten sich damit beschäftigt, was der heutige Besuch von dem General gewollt habe, was das Uebersiedeln Agathe's nach Seebach bedeute. Der General hatte so viel getrunken, als habe er sich böse Gedanken verscheuchen wollen, er hatte sie anders. behandelt als sonst. Da hatte ihre Phantasie sich erregt und nur ab und zu hatte sie im Halbschlummer die müden Augen schließen können, um dann wieder von gräßlichen Traumbildern aufgeschreckt zu werden: sie sah Kleber mit einem Messer in der Faust an ihr Bett schleichen – dann war es ihr wieder, als ob Agathe ihr höhnisch die Thüre weise und Kleber ihr spöttisch einen Bettelstab biete, Seebach zu verlassen.

Die Schreckenskunde verjagte die Traumbilder, sie kleidete sich rasch an und eilte zum General. Der Kranke hatte Erbrechen, brennende Schmerzen im Magen und klagte über furchtbaren Durst, obwohl Kleber ihm schon mehrere Gläser Wasser gereicht. Kalte Schauer schüttelten seine Glieder, er klagte über unbeschreibliche Angst, es sei der Tod, der ihn mit seinen Krallen gepackt.

Margareth ordnete an, daß man an einen Breslauer Arzt telegraphire. Fräulein v. Stolzenhain erschien im Krankenzimmer und ergoß sich in Wehklagen. Kleber flüsterte ihr einige Worte zu, und als Margareth dem Kranken in demselben Augenblick Milch geben wollte, verbot sie das in befremdend schroffer, auffallend heftiger Weise. »Das kann schädlich sein,« sagte sie, »der Arzt muß gleich kommen. Er wird die Heilmittel anordnen.«

Margareth stand sprachlos da, wie betäubt, so brutal war die Art der Dame.

»Milch kann nichts schaden,« stotterte sie endlich, »Milch ist besser als Wasser.«

»Ich bitte, meinen Anweisungen zu gehorchen,« versetzte Agathe. »Sorgen Sie lieber dafür, daß Alles zur Hand ist, was der Arzt brauchen kann, heißes Wasser zu Wärmflaschen, Eis, Leinen zu Umschlägen. Eilen Sie.«

Margareth entfernte sich, ohne ein Wort zu erwiedern, im Krankenzimmer mochte sie nicht antworten, wie es der Dame gebührte.

Der Doktor Manders erschien. Margareth saß im Vorzimmer der Krankenstube als er eintrat, sie hatte nicht in dasselbe zurückkehren wollen, so lange Agathe dort verweilte. Doktor Manders begrüßte sie sehr kühl, er dankte es ja ihr, daß der General einen anderen Arzt genommen. Bleich und von der Behandlung, die sie erfahren, erregt, sagte sie dem Arzt, sie fürchte die Ursache des Leidens, das den General überfallen, zu errathen. Ihr Bruder habe dem General entsäuertes Arsenik verordnet und ihm hitzige Getränke verboten. Seit bald drei Wochen nehme der General die Arznei, gestern habe er sehr stark getrunken.

Manders fragte, ob der General etwas genossen, worin Essig gewesen.

»Nein,« antwortete sie, »gewiß nicht. Es war ihm eingeschärft, wie gefährlich das sei.«

Manders begab sich in's Krankenzimmer, Margareth folgte. Der Arzt erkannte sofort, daß eine Arsenikvergiftung vorliege.

»Sagte ich es nicht?« rief Kleber zu Agathe gewendet, »ich habe den gnädigen Herrn umsonst gewarnt, so gefährliche Mittel zu benutzen, denn ich weiß, daß er unvorsichtig ist. Aber andere Leute wollen Alles besser wissen. Alles verordnen, führen Charlatane in's Haus, die nichts verstehen.

Der General war nicht im Stande, Margareth vor Beleidigungen dieser Art zu schützen, das Fräulein v. Stolzenhain fand sich nicht bewogen, den Kammerdiener in seine Schranken zu weisen, der Doktor Manders nickte Kleber zu, als spreche derselbe eine traurige Wahrheit – das Krankenzimmer war nicht der Ort, um einen Unverschämten zurechtzuweisen und so blieb Margareth nichts Anderes übrig, als sich durch ihre Entfernung einer weiteren Beschimpfung zu entziehen, und dieser Entschluß ward ihr durch die traurige Ueberzeugung erleichtert, daß man es ihr doch nicht vergönnen werde, dem Kranken ihre Pflege zu weihen. Sie verließ das Gemach, ohne Kleber einer Antwort zu würdigen, begab sich auf ihr Zimmer und sandte eine telegraphische Depesche an den Geheimrath, worin sie denselben dringend um sofortiges Erscheinen auf Seebach bat. Sie gab das Konzept der Depesche der Kammerzofe zur Weiterbeförderung, aber diese brachte ihr dasselbe sehr bald mit dem Bescheide zurück, Kleber habe das Entsenden eines Boten zur Station, auf der sich das Telegraphenamt befand, mit dem Bemerken verweigert, es seien keine Leute zur Bedienung des Fräuleins v. Trotten da und das gnädige Fräulein v. Stolzenhain habe jetzt allein im Schlosse Anordnungen zu treffen.

Es war Margareth wie ein böser Traum, der sie umfangen, so unglaublich erschien Alles, was ihr heute begegnete. War es denn möglich, daß man es plötzlich wagen durfte, sie wie eine Magd zu behandeln, scheute denn Niemand die Verantwortung für solche Brutalität, hatte denn ein Anderer, so lange der General lebte, das Recht, ihr die Befugnisse und die Autorität im Hause, welche er ihr übertragen, streitig zu machen? Zu plötzlich, zu unerklärlich war die Veränderung, zu grob der Wechsel, als daß sie sich in den Gedanken finden konnte, das Alles so hinnehmen zu müssen. Waltete ein unseliges Mißverständniß, hatte der General vielleicht in Fieberphantasien Worte ausgestoßen, auf welche ihre Feinde sich berufen konnten? –

Der Wagen, welcher Eduard von O. geholt, traf endlich ein, sie sah ihn in den Hof fahren. Mit brennender Ungeduld hatte sie diesen Augenblick erwartet. Jetzt mußte es zu einer Entscheidung kommen. Eduard war der Hausarzt des Generals, er hatte die Behandlung des Kranken anzuordnen, er mußte die Schwester vermissen, welcher der General seine Pflege anvertraut, er hatte ein Recht, jeden Unberufenen aus dem Krankenzimmer zu weisen.

Minute auf Minute verging, ohne daß Jemand kam, sie zu rufen, die erste Viertelstunde ward ihr zur Ewigkeit, aber sie sagte sich, daß wahrscheinlich Eduard mit Manders berathe, was zu thun sei. Dennoch aber fühlte sie eine unbeschreibliche Angst immer beklemmender in der Brust, als ob dem Unerhörten noch Unerhörteres folgen werde.

Da öffnete sich die Thüre und Eduard trat ein. Sie erkannte den Bruder kaum wieder. Sein Antlitz war hochgeröthet, der sonst so ruhige Mann zitterte in innerer Erregung. »Das ist ein entsetzliches Ereigniß,« sagte er, sich die heiße Stirn trocknend, »aber das Empörendste ist die Infamie dieser Menschen. Bereite Dich auf Ungeheuerliches vor, arme Schwester. Dein ganzes Gottvertrauen, Deine ganze Kraft wird nöthig sein, diesen unerhörten Schicksalsschlag zu ertragen.«

»Der General ist todt?« rief sie erbebend.

»Noch nicht, aber er ist nicht mehr zu retten, es sieht aber auch aus, als wolle man keine Rettung versuchen, denn man weist meine Hilfe zurück.«

»Das dürfen sie nicht,« rief Margareth, »das wäre ein Verbrechen.«

»Wappne Dich für Schlimmeres, Margareth, mache Dich gefaßt auf Infamie. Du weißt, daß ich dem General entsäuerten Arsenik verordnet habe, daß ich zu strengster Vorsicht ermahnt habe. Was ich bei Verletzung meiner Vorschriften als drohende Gefahr hingestellt, ist eingetreten, es liegt eine Arsenikvergiftung vor.«

»Unmöglich!« rief Margareth. »Der General war darin sehr vorsichtig, er fragte sogar, wenn in einer Speise Citronensäure war, ob die Köchin sich auch nicht versehen und Essig genommen. Er hat gestern Abend sehr viel Burgunder getrunken und antwortete auf meine Warnung, der werde nichts schaden, es sei ja kein Essig.«

»Ich glaube es, aber höre weiter. Die Arsenikvergiftung ist da, sie läßt sich nicht leugnen, die Beweise liegen nur allzu klar am Tage. Aber es war gestern der neunzehnte Tag, an dem der General Arseniktropfen nimmt, und da ich nur für einundzwanzig Tage Portionen zu je fünf Tropfen verschrieben, könnte selbst, wenn er in der Trunkenheit den ganzen vorhandenen Rest genommen und daneben eine mit Essig versetzte Speise genossen, die Vergiftung nicht von so immenser Gewalt sein als sie sich zeigt. Manders bestreitet nur das, ich verstehe nicht, wie er das als Arzt nicht einsehen will, ich muß annehmen, er streitet, um mir nicht Recht zu geben, und die Dame, welche jetzt unten das Wort führt, bestätigt meinen Verdacht durch ihr Betragen. Ich hatte für alle Fälle essigsaures Eisen mitgebracht. Dasselbe ist das beste Gegenmittel bei einer Arsenikvergiftung – sie erklärte, sie werde nicht dulden, daß der Kranke Arznei von mir nehme, die nicht vorher geprüft sei, und Manders schwieg dazu. Ich konnte natürlich nur erklären, daß sie die Verantwortung trage, und das Krankenzimmer verlassen, als sie in der beleidigendsten Weise auf ihrem Willen beharrte und hinzufügte, es sei ohne ihr Wissen geschehen, daß man überhaupt nach mir geschickt habe. Der Kammerdiener folgte mir und verlangte, ich solle abfahren, ohne Dich gesprochen zu haben, er wollte mich dann verhindern, Dich aufzusuchen. Bist Du gefaßt, das Aergste zu hören? Es ist so wahnsinnig, daß man darüber lachen möchte, wäre es nicht zu infam.«

»Rede, mein Bruder, ich bin auf Alles gefaßt. Man hat mich auf jede Beschimpfung vorbereitet, denn man hat auch mich vom Krankenbette fortgewiesen.«

»Was man da unten brütet,« antwortete Eduard, »ist mehr als eine Beschimpfung. Kleber sagte, er dürfe nicht dulden, daß ich mit Dir spreche, wir könnten uns mit einander verabreden, was wir vor Gericht aussagten.«

»Vor Gericht?« fragte Margareth, ihren Ohren nicht trauend, aber bleich wie der Tod, »was will er damit sagen?«

»Denke selber darüber nach, Margareth, ich mag es nicht aussprechen. Sei vorsichtig, Deine Feinde haben niederträchtige Absichten. Präge Deiner Erinnerung die kleinsten Umstände von Allem ein, was gestern geschehen ist. Man schiebt das Unglück keinem bösen Zufall zu, sondern verbrecherischer Absicht.«

»Du übertreibst, Eduard. So Schändliches ist nicht denkbar.«

»Der Schuft erbebte, als ich ihm auf sein freches Wort erwiederte, wer solchen Argwohn erfinde, mache sich selber verdächtig, er solle mir Raum geben oder mit mir sofort zum Landrath gehen. Ich hätte vielleicht besser gethan, meinen Willen nicht durchzusetzen, es wäre klüger gewesen, aber mein Gefühl duldete es nicht, dadurch, daß ich darauf verzichtete Dich zu sprechen, die Möglichkeit zuzugeben, daß Jemand der infamen Verdächtigung Glauben schenken könne. Du wirst hier schwere Tage haben, arme Schwester, aber Du darfst nicht weichen, mußt aushalten, sonst würden Deine Feinde allzu freien Spielraum haben, ihre Pfeile gegen Dich zu schmieden und mit Gift zu tränken.«

»Ich fürchte nichts,« antwortete Margareth, mit Gewalt Fassung erzwingend. »Je niedriger die Waffen sind, die man gegen mich gebraucht, um so leichter wird die Verachtung solcher Feinde mir den Kampf machen. Ich baue auf den Geheimrath v. Sorben, der gewiß bald kommt, wenn man mir auch verbot, an ihn zu telegraphiren. Er wird mich schützen.«

»Das gebe Gott. Seiner Hut empfehle ich Dich.«

Der Bruder umarmte die Schwester, sie brach in Thränen aus, als er sie verließ, und laut schluchzend sank sie auf die Kniee, um zu beten.

9

Doktor Manders hatte, ehe Eduard erschien, allerlei das Erbrechen erleichternde und befördernde Mittel, welche gerade zur Hand waren, gegeben. Er zweifelte daran, daß Arsenikvergiftung die einzige Ursache der Erkrankung des Generale sei, da auch seiner Ansicht nach die wenigen Tropfen, welche der General täglich nahm, nicht genug Arsenik enthielten, um in Verbindung mit Essig eine so starke Revolution im Innern des Patienten hervorzurufen, er theilte aber den Argwohn, den Kleber ausgesprochen, daß kein Zufall, sondern, wenn nicht verbrecherische Absicht, so doch grobe Fahrlässigkeit von Seiten Margareth's, die noch in der Nacht einen Imbiß kredenzt, Ursache der erfolgten Vergiftung sei; Kleber versicherte nämlich, die Salatière mit der Essigflasche auf dem Tische am Büffet gesehen zu haben, als er in den Salon getreten. Erst die bestimmte Erklärung Eduard's, daß nur Symptome einer Arsenikvergiftung vorhanden seien, und dessen Forderung, essigsaures Eisen in starken Dosen zu geben, veranlaßte Manders, dieses Mittel aus der Apotheke zu *** holen zu lassen, Fräulein v. Stolzenhain protestirte ja dagegen, daß die von Eduard mitgebrachte Medicin gebraucht werde. Das Fräulein und der Arzt konnten die Verantwortung für die kurze Verzögerung in der Anwendung des Heilmittels um so eher übernehmen, als der Patient einerseits Alles von sich gab, was man ihm einflößte, und Eduard selber die Befürchtung ausgesprochen hatte, jede Hilfe komme zu spät.

Der Verdacht, den Kleber angeregt, es habe ein Verbrechen stattgefunden, erschien immer wahrscheinlicher, je rascher die Krankheit vorwärts schritt und dadurch den Beweis lieferte, daß nicht einige Tropfen Arsenik, sondern eine sehr starke Dosis dieses entsetzlichen Giftes im Körper des Generals wüthe. Als der geheime Sanitätsrath Evers, den man aus Breslau herbeschieden, eintraf, fand er schon die Zeichen der Lähmung und des Brandes, eine Viertelstunde später verschied der General.

Evers forderte, daß sofort ein Bote an das Gericht entsendet werde, und nur zu gern kam man dieser Anordnung nach, ohne Scheu sprach Fräulein v. Stolzenhain den Verdacht aus, daß Margareth die Mörderin ihres Onkels sei und verhaftet werden müsse, ja, sie deutete den Argwohn an, Eduard v. Trotten habe ihr die Mittel zur verbrecherischen That gegeben und seine Tropfen nur verordnet, um den Mord vorzubereiten, der als Folge einer Fahrlässigkeit erscheinen solle.

Evers wollte Eduard gegen solche Verdächtigung in Schutz nehmen. »Obwohl ich Gelegenheit gehabt,« sagte er, »von der Kunst meines jungen Kollegen wenig Gutes zu sehen, denn die Gräfin Wildenfels wäre vielleicht zu retten gewesen, wenn ich damals vor ihm auf Schloß Wildenfels erschienen wäre, derartigem Argwohn muß ich doch widersprechen. Ich gebe die von ihm verordneten Tropfen niemals, aber sie sind deshalb doch ein bei sehr vielen Aerzten beliebtes Mittel, und nur ein Laie kann argwöhnen, daß ein Arzt, wenn er wirklich ein Verbrechen fördern will, diesen ungeschickten Weg dazu einschlagen werde.«

»So mag es sein, daß er unschuldig ist,« versetzte Fräulein Agathe, »mein Mißtrauen war jedenfalls verzeihlich, da er der Bruder einer Person ist, welche allein ein Interesse an dem plötzlichen Tode meines Onkels hatte. Es war ihr gelungen, von meinem Onkel eine Abänderung seines Testamentes zu ihren Gunsten Zu erschleichen, gestern gab mein Onkel den Vorstellungen meines Neffen nach und schrieb, wie Kleber sicher weiß, an seinen Notar in dieser Angelegenheit, wahrscheinlich wollte er heute ein anderes Testament aufsetzen, und eine sehr rasche Hand hat das zu verhindern gewußt!«

»Eine sehr brutale,« versetzte Evers, »und darum möchte ich Ihnen rathen, gnädiges Fräulein, vorsichtig in Aeußerungen des Verdachtes gegen den Doktor v. Trotten zu sein, es wird Niemand glauben, daß ein Arzt bei einem so dumm und grob angelegten Verbrechen geholfen, – der hätte weniger leicht erkennbare Mittel, Jemand das Leben zu verkürzen. Wohl aber ist es möglich, daß Jemand, der verbrecherische Absichten hegte, durch die Ermahnung des Arztes, mit den Tropfen sehr vorsichtig zu sein, auf die Idee gekommen ist, er könne einen Mord begehen, den Jeder auf Rechnung einer Unvorsichtigkeit des Generals setzen werde; der Mörder glaubte, die Sache sei mit dieser Angelegenheit erledigt, man werde nicht untersuchen, ob der Kranke nicht größere Quantitäten des Giftes erhalten habe, sondern den Todten ohne Weiteres begraben. Der

Thäter ist ein wenig gewitzter Mörder, der seine That in aller Eile, ohne Ueberlegung vollbracht, und das könnte auf die Dame passen, von der Sie sagen, daß sie ihre Interessen sehr bedroht sah, wenn der General heute seinen Notar sprach.«

Es waren wohl diese Auslassungen des Arztes, welche Agathe bestimmten, dem Kriminalbeamten, welcher den Gerichtsarzt und das Gerichtspersonal nach Schloß Seebach begleitete, ihren Verdacht in einer Weise mitzutheilen, die nur Margareth bloßstellte, nicht aber deren Bruder, während Kleber, der die Gerichtspersonen empfangen hatte, denselben sehr eifrig mit der Meldung entgegengekommen war, er habe dafür gesorgt, daß die des Mordes verdächtige Person mit Niemand in Berührung gekommen sei als mit ihrem Bruder, der wahrscheinlich ihr Mitschuldiger wäre. Eine kurze Besprechung Beider habe er nicht verhindern können.

Der Beamte nahm die ihm unaufgefordert zugetragene Mittheilung Agathens ebenso schweigend an, wie er Kleber's Eröffnung unbeantwortet gelassen; keine Miene verrieth, ob es ihm angenehm sei, daß man ihm die Erfüllung seiner Pflicht erleichtere oder nicht.

Der Kriminalkommissär Huck hatte in seinem Aeußeren nichts, was großes Vertrauen zu seinem Scharfsinne und seiner Gewandtheit erweckte, er hatte eine nicht unangenehme, aber ungewöhnliche Art, Jemand anzusehen, der mit ihm sprach. Das ziemlich leblose Auge schaute den Betreffenden unverwandt an, es hatte, um einen trivialen Ausdruck zu gebrauchen, etwas Glotzendes, und man hatte das Gefühl, er habe uns nicht völlig verstanden, unsere Rede nicht begriffen, er erwarte, daß wir noch mehr und deutlicher sprechen sollten. Er konnte Jemand zur Verzweiflung bringen, der ungeduldig den Eindruck einer Eröffnung in seinen Zügen zu lesen hoffte, und seine Art, die Menschen anzusehen, machte Diejenigen irre und verwirrt, die darauf gerechnet, ihn zu überzeugen oder gar zu düpiren.

Agathe fühlte eine peinliche Verlegenheit, als der Mann nicht antwortete und wie ein aus Holz geschnittenes Bildwerk vor ihr stand. Sie hatte gedacht, der Beamte werde sich ihr diensteifrig zur Verfügung stellen, wenn sie, das Fräulein v. Stolzenhain, sich herabgelassen, ihn im Salon zu empfangen und ihn persönlich um seine Hilfe zu bitten; sie hatte immer gehört, daß man die raffinirtesten, scharfsinnigsten Polizisten der Kriminalabtheilung zuweise, und gedacht, bei einem solchen Beamten genüge ein Wink, eine Andeutung, um ihn auf die rechte Spur zu leiten, aber dieser Mensch schien zu erwarten, daß sie ihm sage, was er thun solle, und ihn an Ort und Stelle hinschiebe, damit er den Weg nicht verfehle.

»Sie haben doch die Vollmacht, die Schuldige zu verhaften?« fragte Agathe ungeduldig, als er sie immer noch anstarrte, als wolle er mehr hören, »oder muß ich mich an die Herren, welche die Leichenschau vornehmen, wenden? Ich habe doch recht gehört, Sie sind der Kriminalbeamte?«

»Zu dienen, der bin ich,« antwortete Huck. »Ich habe auch Vollmacht, Schuldige zu verhaften, aber wer ist schuldig?«

Agathe erröthete vor Ungeduld und Unmuth. »Ich dächte,« sagte sie, »daß ich deutlich genug gesprochen. Das Fräulein v. Trotten wußte, daß man meinen Onkel mit Essig vergiften konnte, sie hat heute Nacht ihm einen Imbiß gereicht, der Kammerdiener hat die Essigflasche auf dem Büffet gesehen, als er eintrat. Das Fräulein wußte, daß mein Onkel heute ein Testament ändern wollte, welches sie auf Kosten seiner Verwandten begünstigte, mein Onkel ist vergiftet worden, ich dächte, da wäre es leicht zu errathen, wer der Schuldige ist.«

Das Auge des Beamten erhielt plötzlich ein wenig Leben und ein Lächeln glitt über die vorher nichtssagenden Züge. »Ich errathe,« antwortete er, »was Sie wünschen, daß ich errathen soll, gnädiges Fräulein, aber ist denn Alles, was Sie sagen, auch ganz sicher? Sie meinen, der General sei vergiftet, die Leichenschau soll aber erst stattfinden und da könnte sich etwas ganz Anderes als Todesursache herausstellen.«

Agathe machte eine Geste, als erscheine ihr diese Bemerkung entsetzlich einfältig. »Der Geheimrath Evers,« antwortete sie, »würde schwerlich eine so bestimmte Erklärung abgegeben haben, wenn er sich hätte täuschen können, wenn ein Zweifel möglich wäre. Doktor Manders und sogar der Bruder der Trotten haben dasselbe gesagt.«

»Gnädiges Fräulein, es kann Jemand Gift im Körper haben und am Schlagfluß sterben, er kann erdrosselt, erschossen werden. Ein Mörder kann verhindern, daß der Arzt den Vergifteten noch rettet. Die Todesart steht also erst fest, wenn die Leichenschau stattgefunden hat. Dann aber muß erst die Frage entschieden werden, ob eine Vergiftung durch Zufall, Fahrlässigkeit oder ein Verbrechen stattgefunden, und erst wenn eine Schuld erwiesen ist, sucht man den Schuldigen, nicht umgekehrt.«

Agathe holte tief Athem, der Mann war entsetzlich in Schwierigkeiten.

»Sind Sie anderer Meinung?« fragte er. »Ist der Ruf und die Vergangenheit des Fräuleins v. Trotten derart, daß ein so infamirender Verdacht kurzweg ausgesprochen werden darf, daß Sie die Verantwortung tragen wollen, wenn ich sie auf Ihren Antrag verhaftete? Wer sagt Ihnen, daß gerade sie *allein* ein Interesse an dem Tode des Generals hatte, daß *sie* die Schuldige sein muß, es ist doch zum Glück etwas sehr Außergewöhnliches, daß eine Dame von Geburt und Erziehung eine Mörderin wird!«

Schon bei den ersten Worten des Beamten beschlich Agathe ein unheimliches Gefühl, als habe sie sich in dem Manne getäuscht und sich eine arge Blöße gegeben. Die Ahnung wurde sehr rasch zur Gewißheit, sie konnte den Blick nicht ertragen, den er jetzt durchbohrend auf sie heftete – er hatte erkannt, daß ihr Haß gegen Margareth sie zur Anklägerin derselben gemacht. Scham und Unmuth ließen ihr Blut wallen, sie sagte sich, daß sie nicht nachgeben dürfe, wolle sie sich nicht noch mehr kompromittiren.

»Ich habe keine Ursache,« versetzte sie in gereiztem, spöttisch hochfahrendem Tone, »derartige Betrachtungen anzustellen. Liegt kein Verbrechen vor, um so besser, aber Sie sind der Erste, den ich daran zweifeln höre. Ist aber mein theurer Onkel ermordet worden, so weiß ich Niemand im Schlosse, auf den der Verdacht fallen könnte, als auf eine Person, welche ihn völlig umgarnt, treue Diener von ihm entfernt oder verdächtigt hat – die ihn seinen Verwandten entfremdete und also gewiß doppelt die Verantwortung dafür trug, daß ihm kein Unheil begegnete. Die ganze Dienerschaft des Hauses theilt meine Ansicht, Doktor Manders gleichfalls, Sie scheinen aber die Darstellung der Verhältnisse, die ich Ihnen gab, für eine Beeinflussung zu halten und auf meine Ansicht nichts zu geben. Es ist mir das gleichgiltig, wenn Sie sonst nur Ihr Ziel erreichen und den Schuldigen ermitteln.«

Das Fräulein erhob sich und gab dadurch Huck zu verstehen, daß sie die Unterredung für beendet halte.

Mr Beamte ließ sich jedoch nicht so ohne Weiteres verabschieden. Er bat sie, ihm die Vorgänge des gestrigen Tages zu schildern, und als dieses geschehen, ihm den Salon zu zeigen, in welchem der General mit seinem Neffen und Margareth noch verweilt, nachdem sie sich am gestrigen Abend zurückgezogen. Huck besichtigte den Salon, in demselben war bereits aufgeräumt und gefegt, das gebrauchte Geschirr war entfernt, eine nähere Revision also überflüssig. Auf Befragen erfuhr der Beamte, daß, da Niemand das Aufräumen verboten, dies von den Zofen wie gewöhnlich geschehen war, daß aber Margareth dies weder angeordnet noch wohl überhaupt den Salon wieder betreten habe. Der Weg von ihrem im oberen Stock gelegenen Zimmer zur Schlafstube des Generals führte durch den Flur, seit sie aber das Krankenzimmer verlassen, hatte sie auf ihrem Zimmer geweilt und war mit keinem Mitgliede der Dienerschaft ferner in Berührung gekommen.

Huck trat an's Büffet und fand, daß die Essigflasche der Salatière frisch gefüllt war, Speisen befanden sich nicht im Büffet.

Er begab sich in die Küche und erfuhr, daß, als der General noch in später Nacht für sich und seinen Neffen Erfrischungen verlangt habe, man außer kaltem Fleisch und Sardinen eine Gallertschüssel aufgesetzt habe, zu deren Säuerung die Köchin aber an Stelle des Essigs Citronensaft verwendet habe. Es war von den Sardinen und von der Gallertschüssel stark gegessen worden, aber die Köchin hatte die gebrauchten Teller, ohne sie näher zu besichtigen, in das mit Wasser gefüllte Aufscheuergefäß gesetzt, das Wasser war bereits weggegossen, es war also nicht mehr zu recherchiren, ob etwa der General auf seinem Teller Essig gehabt hatte. Die Essigflasche aber war, das wußte die Köchin genau, beinahe völlig geleert aus dem Speisesalon gekommen und von ihr frisch gefüllt worden, sie habe nicht anders gedacht, als daß die Gäste des Generals den Essig verbraucht hätte. »Das gnädige Fräulein von Trotten,« fügte sie hinzu, »hielt, seit der Herr General die Kur gebrauchte, alle Essigvorräthe unter ihrem besonderen Verschluß, damit nicht etwa aus Versehen Essig zu einer Speise genommen werde oder der General in der Zerstreuung nach der Essigflasche greife.« Gestern habe sie die Salatière selber aus der verschlossenen Speisekammer genommen und in den Salon getragen, weil der Geheimrath schon bei Tische Essig verlangt habe.

Kleber, den der Beamte rufen ließ, erklärte ausdrücklich, das Fräulein habe, als der Geheimrath bei Tische nach etwas Essig verlangt, die Flasche persönlich geholt und lächelnd gesagt, sie müsse dieselbe hüten, daß kein Unglück geschehe. Sie habe dieselbe dann in einen Winkel des Büffets gestellt, er erinnere sich genau, daß dieselbe zu dieser Zeit noch beinahe ganz angefüllt gewesen sei. Was bei dem späten Nachtmahl geschehen, wisse er nicht, als er aber in den Salon getreten, um zu sehen, ob der General sich schon erhoben, da habe er mit Schrecken bemerkt, daß die Essigflasche beinahe völlig leer auf dem Büffetbrett gestanden, denn er habe gewußt, daß der General alle Sulzen sehr gerne, aber stark sauer esse, und sein Gast könne unmöglich dem Essig so stark zugesprochen haben. Es sei ihm dann auch sehr verdächtig gewesen, daß Fräulein v. Trotten, welche den Geheimrath hinausgeleitet, bei ihrer Rückkehr auffällig erröthet und erschrocken und verwirrt gewesen sei, als sie ihn im Salon und zwar nahe dem Büffet gesehen, er habe sich jedoch nichts Uebles denken mögen, bis der General in der Nacht geschellt und über heftige Schmerzen geklagt habe. Nun aber habe er Böses vermuthet und nicht blos zu Manders, sondern auch nach O. zu Trotten geschickt, denn wer die gefährlichen Tropfen verschrieben, habe er gedacht, müsse nun auch helfen können oder doch Manders sagen, was darin gewesen sei.

Die Art und Weise wie Kleber über Margareth sprach, die er nur die »Person« titulirte, deutete zur Genüge an, daß er ihr nichts weniger als freundlich gesonnen war.

Die Leichenschau ergab, daß nicht eine geringe Dosis Arsenik, wie sie durch die Verbindung der wenigen Tropfen mit Essig hergestellt sein konnte, den Tod veranlaßt, man fand, daß der General außer dem arseniksauren Kali (Towler's-Tropfen), welches er als Kurmittel genommen, wenigstens noch zwanzig Gran reinen Arsenik erhalten habe, eine Dosis, welche den Tod in wenig Stunden herbeiführen mußte.

Es lag also ein Verbrechen vor, Huck hatte die Pflicht, den Schuldigen zu ermitteln.

10.

Wir gehen einige Stunden in unserer Erzählung zurück und versetzen den Leser nach ***.

Der Staatsanwalt Otto Berg wollte sich eben zum Frühstück begeben – er hatte heute Vormittag noch einer Gerichtssitzung beizuwohnen – als man ihm zwei Schriftstücke überreichte, die ein Bote ans Schloß Seebach gebracht.

»Der General v. Sorben auf Schloß Seebach,« so lautete das erste Schreiben, »an dessen Krankenlager ich gerufen worden, ist soeben in meinem Beisein verschieden. Es liegen die unzweifelhaftesten Symptome einer Vergiftung durch Arsenik vor und deuten alle obwaltenden Umstände auf ein mit Absicht vollführtes Verbrechen.

Ich beantrage daher neben der gerichtlichen Leichenschau das möglichst baldige Erscheinen eines Kriminalbeamten zur Einleitung der Untersuchung, da der muthmaßliche Schuldige leicht in der Lage sein könnte, sich auf dieselbe vorzubereiten oder zu entfliehen.

Evers,

Geheimer Sanitätsrath.«

Das zweite dieser Meldung beigefügte Schreiben war an das Gericht adressirt, aber offen.

»Dem hohen Gerichtshof,« so hieß es darin, nachdem ebenfalls der Tod des Generals gemeldet war, »erlaube ich mir unterthänigst zu vermelden, daß ich ein Komplott zum Morde nachweisen kann. Das Fräulein v. Trotten auf Seebach und ihr Bruder, der Doktor in O., sind die Mörder meines guten seligen Herrn. Aber ich bitte unterthänigst, sie bald durch Gendarmen abholen zu lassen, da ich sonst für nichts stehe. Des hohen Gerichtshofes unterthänigster Diener

Franz Kleber,

Kammerdiener des seligen Herrn Generals (seit zehn Jahren!).«

Der Staatsanwalt war durch diese Nachricht in eine ungeheure Erregung versetzt. Otto Berg war ein Schulfreund Eduard's v. Trotten gewesen und hatte, da seine Eltern ebenfalls in G. gelebt, auch Margareth öfter in Gesellschaften gesehen. Die Erscheinung des schönen Mädchens hatte auf ihn einen unauslöschlichen Zauber geübt, aber er hatte von jeher zu den Menschen gehört, die Damen gegenüber blöde und schüchtern, ihre Gefühle auf eine Weise verrathen, welche eine Verkennung derselben herausfordert. Anstatt zu versuchen, sich Margareth zu nähern, hatte er es eher vermieden, mit ihr in ein Gespräch zu kommen, und dann hatte er, aus Furcht zu mißfallen, sich so wenig natürlich gegeben, daß er langweilig und hölzern erschien. Man wollte endlich in G. wissen, daß Guido Ebeling der Erkorene Margareth's sei, daß es sich nur noch um das Jawort der Eltern Guido's handle, wenn die Verlobung noch nicht stattgefunden, und Otto zweifelte keinen Moment an der Wahrheit dieser Gerüchte, warum sollte auch Margareth einen reichen, schmucken Offizier nicht lieben!

Otto verschloß seine Trauer in der Brust, wie er dort das Geheimniß seiner Sehnsucht geborgen, und widmete sich um so eifriger seinen Berufspflichten, er wollte vergessen, er wollte sich losreißen von Träumen, die ihn früher selig in Hoffnungen gemacht und die jetzt völlig eitel geworden. Er traute seinen Augen nicht, als er den Brief des Kammerdieners las, zuerst hielt er das Schreiben für das eines Verrückten, aber die Meldung des Arztes ließ eine solche Annahme schwinden.

Es lag Otto Berg natürlich fern, eine Schuld Margarethas für möglich zu halten, aber es berührte sein Gefühl schon tief, daß Jemand es wagen durfte, sie anzuklagen.

Seine Berufspflicht behinderte ihn, heute persönlich nach Seebach zu eilen, es stand ihm eine wichtige Gerichtsverhandlung bevor, bei der er sich nicht vertreten lassen konnte. Er ließ sich daher, nachdem er die Sendung einer Kommission zur Vornahme der Leichenschau in Seebach veranlaßt, den Kommissär Huck kommen, um ihm die nöthigen Instruktionen zu geben, einen passenderen Beamten konnte es für die Wünsche des Staatsanwalts in diesem Falle nicht geben. Huck hatte den Ruf eines äußerst geschickten und in seinen Recherchen glücklichen Kriminalisten, aber gleichzeitig auch den eines vortrefflichen Menschen, er hatte oft für das Unterkommen armer Angehörigen eines von ihm verhafteten Verbrechers Sorge getragen, wohl auch in aller Stille aus eigenen Mitteln solche Bedürftige unterstützt.

Berg zeigte dem Beamten beide Schreiben. »Die junge Dame,« sagte er dann, »welche von dem Diener des Ermordeten eines so schweren Verbrechens beschuldigt wird, ist die Tochter eines ehrenwerthen Vaters, genoß in G. des besten Rufes, ich kenne sie und habe stets die Ueberzeugung gehabt, daß sie der Hochachtung werth ist. Seien Sie also doppelt vorsichtig, lieber Huck!...«

Der Beamte verneigte sich, er wußte jetzt schon mehr als der Staatsanwalt ihm verrathen, denn er kannte Berg genug, um zu wissen, daß derselbe wenig auf Bälle und in Gesellschaften ging, sehr zurückgezogen und solide lebte, daß also dem Staatsanwalt, wenn er von einer Dame in dieser Weise bei einer dienstlichen Angelegenheit sprach, dieselbe sehr werth und seiner Empfehlung sicher auch nicht unwürdig war.

Schon auf der Fahrt nach Seebach fand Huck Gelegenheit, sich über die dortigen Verhältnisse zu orientiren. Der Gerichtsschreiber wußte Mehreres zu berichten, denn er war früher auf dem Landrathsamt beschäftigt gewesen. Er erzählte, daß der General nie lange mit seinen Gesellschaftsdamen ausgehalten habe, daß die Dienstboten dort stets vor der Zeit entlassen oder fortgelaufen wären, nur Kleber habe es verstanden, festen Fuß zu fassen, derselbe beherrsche den General völlig und betrüge ihn tüchtig; wer sein Holz oder Wild oder sonst etwas vom Gute umsonst haben wolle, brauche nur sich bei ihm liebes Kind zu machen, und mancher Herr, der in *** die Nase sehr hoch trage, sei nicht zu stolz, Kleber die Hand zu schütteln und mit ihm »kleine Gefälligkeiten« auszuwechseln.

In einer Ausspannung an der Landstraße, wo der Kutscher einige Minuten anhielt, um eine kleine Unordnung am Hemmschuh, die sich unterwegs bemerkbar gemacht, abzustellen, sprachen die Leute bereits von dem auf Schloß Seebach vorgefallenen Morde, zwei Männer stritten sich sehr laut und heftig. Der Eine, der nach der Tasche, die er unter dem Arme hielt, zu urtheilen, ein Barbier war, behauptete, man habe die Mörderin, ein adeliges Fräulein, schon gefesselt fortgebracht, der Andere, welcher einen Jagdrock trug, verschwor sich hoch und theuer, das Fräulein, welches in letzter Zeit die Wirthschaft auf Seebach geführt, sei ein Engel an Schönheit und Güte, er habe selber gesehen, wie sie armen Taglöhnerfrauen des Gutes Almosen gereicht und ihnen versprochen, dafür zu sorgen, daß sie freies Holz erhalten sollten. »Sie hat auf dem Gute und in *** bittere Feinde,« rief er, »weil sie den Beamten von Seebach auf die Finger sieht und den General nicht bestehlen läßt, aber wer ihr etwas Böses nachsagt, der mag sich in Acht nehmen, daß er nicht vor's Gericht kommt.«

»Eine Unschuldige legt man nicht in Ketten!« spöttelte der Barbier.

»Solche nichtsnutzige Lüge,« lautete die Antwort, »ist zu albern, um darauf zu antworten. Man fesselt kaum einen bestraften Verbrecher, es sei denn, daß er Widerstand leistet, aber nicht eine Dame.«

»Ich hab's gehört, daß sie gefesselt war. In jedem Falle aber hat man sie arretirt, ihre Schuld ist also so gut wie erwiesen.«

»Von wem haben Sie die Nachricht?« mischte sich Huck in das Gespräch.

»Von glaubwürdigen Leuten, in ganz *** spricht man von nichts Anderem. Herr Kleber hat es selbst den Schloßleuten gesagt, daß er die Abführung der Trotten durch's Gericht veranlaßt habe, und der Kutscher vom Doktor Manders weiß es auch.«

»Und doch ist's eine Lüge, oder es wäre eine infame Schurkerei!« rief der Jäger. »Den schuftigen Kleber hätten sie einstecken sollen, da hätten sie vielleicht den Rechten gehabt.« —

Die Eindrücke, welche Huck auf dem Schlosse durch die oben geschilderten flüchtigen Vernehmungen erhalten, bestärkten ihn in der Ansicht, daß es Feinde Margareth's seien, welche auf einen mehr oder minder berechtigten Argwohn hin sich durch ihren Haß dazu verleiten ließen, ihre Schuld an einem gräßlichen Verbrechen für unzweifelhaft hinzustellen, und daß er auch, abgesehen von der Rücksicht, welche ihm das Urtheil des Staatsanwaltes über Margareth auferlegte, die gegen sie erhobene Anklage sehr vorsichtig prüfen mußte, denn wo die Leidenschaft des persönlichen Hasses die Aussagen durchglüht, ist Uebertreibung sicher anzunehmen. Der Staatsanwalt hatte sich gewissermaßen für den Charakter Margareth's verbürgt, der Jägersmann in der Schenke hatte sein günstiges Urtheil über sie motivirt. Alle, welche Margareth angegriffen, hatten auf Huck einen sehr ungünstigen Eindruck gemacht, und das vorurtheilsfreie Urtheil der Vernunft gebot von vorneherein starken Zweifel an der Möglichkeit eines Verdachtes gegen sie, denn der Mensch sinkt wohl von Stufe zu Stufe, der Mensch kann im Rausche heftiger Leidenschaft, in der Verzweiflung rasch zum Verbrecher werden, aber wie sollte es psychologisch zu erklären sein, daß eine junge, vornehme, gebildete Dame sich zu so ruchloser That entschlossen und dieselbe kaltblütig ausgeführt habe?

Andererseits aber war zu beachten, daß nicht nur gewichtige Verdachtsmomente gegen sie sprachen, sondern daß Fräulein v. Stolzenhain, die doch gewiß die Tragweite ihrer Worte beurtheilen konnte, so bestimmt die Anklage erhob, und daß sie, die die Verhältnisse kennen mußte, erklärte, es gäbe außer Margareth Niemand, der ein Interesse an dem Tode des Generals hätte haben können.

Sie äußerte mit derselben Entschiedenheit den Verdacht wie Kleber, nur daß Letzterer weiter ging und auch Margareth's Brüder verdächtigte – das Fräulein und der Diener konnten sich aber wohl schwerlich zu gemeinsamer Aussage verabredet haben, das Fräulein war ja, wie Huck eben erfahren, erst seit gestern auf Seebach.

Der Kommissär begab sich zu Margareth, um dieselbe zu vernehmen. Der Eindruck, welchen dieselbe auf ihn machte, war kein günstiger. Es überraschte ihn sehr, eine junge Dame, auf welche der plötzliche grauenhafte Todesfall im Schlosse und dann die entsetzliche Anklage, die man gegen sie erhoben, einen erschütternden und niederschmetternden Eindruck gemacht haben mußte, gefaßt und anscheinend ruhig zu finden, als baue sie darauf, daß ihr Stand sie gegen eine ernsthafte Anklage schützen müsse. »Ich weiß es,« sagte sie mit Selbstgefühl, »welche infame Verdächtigung man gegen mich erhebt, die Behandlung, die ich erfahren, und die Mittheilungen, die mir mein Bruder gemacht hat, haben mich darauf vorbereitet, das Empörendste für möglich zu halten, aber es wäre unter meiner Würde, ein Wort zu meiner Vertheidigung auf solche Anklage zu sprechen.«

»Um so besser,« erwiederte Huck, »wenn Ihre Darstellung der Vorgänge zur Widerlegung der Verdächtigungen genügt; darf ich um eine möglichst detaillirte Schilderung aller Vorfälle bitten?«

»Ich habe nur wenig zu sagen,« versetzte Margareth. »Ich habe mir durch Annahme der mir auf Seebach angebotenen Stellung eine gesicherte und ehrenvolle Existenz zu verschaffen gehofft, man hatte mich darauf vorbereitet, daß es mir schwer fallen werde, dieselbe dauernd zu behaupten, aber ich vertraute auf Gott und darauf, daß guter Wille viel möglich mache. Ich habe mir dadurch Feinde verschafft, daß ich vielen Unregelmäßigkeiten, die sich hier eingebürgert, ein Ende machte, aber ich erwarb mir die Zufriedenheit des Generals. Ich kannte dessen Abneigung, Verwandte von mir in seinem Hause zu sehen, und ich habe ihm meinen Bruder nicht als Arzt empfohlen, er hätte ihn dann gewiß nicht genommen, so aber that seine Laune das Gegentheil, er ließ ihn rufen und war mit ihm zufrieden.

Der General kannte die Gefahr, welcher er sich aussetzte, wenn er die Towler'schen Tropfen ohne Vorsicht nahm, und ich bin der festen Ueberzeugung, daß er auch gestern diese Vorsicht nicht vernachlässigt hat, er trank zwar, trotz meiner Warnung, sehr viel, aber er weiß auch, wenn er stark getrunken hat, was er thut, er hat sich niemals so berauscht, daß er der Aufsicht bedurft hätte.

Es trafen gestern Verwandte des Herrn Generals ein, die mir zuerst eine befremdend feindselige Haltung zeigten, dann aber, nachdem sie eine längere Unterredung mit dem General geführt, sich freundlicher stellten, besonders verrieth mir die Haltung des Geheimraths v. Sorben, daß der General, wenn er verletzende Zweifel gegen mich gehegt, ihn eines Besseren belehrt habe. Der General dagegen war zerstreut und in einer Laune, in welcher er stets gern zur Flasche griff. Herr v. Sorben weiß es, daß ich ihn vergeblich gebeten, seine Gesundheit zu schonen. Um Mitternacht, nach der Abreise des Herrn Geheimrathes, zog ich mich zurück, einige Stunden später weckte mich die Schreckensbotschaft, daß der Herr General heftig erkrankt sei; ich eilte in's Krankenzimmer und erfuhr dort eine Behandlung, die mich aus demselben vertrieb, das Fräulein v. Stolzenhain gestattete es sogar, daß der Kammerdiener Kleber über meinen Bruder und mich in empörendster Weise sprach.«

»Es ist Ihnen jedenfalls bekannt,« forschte Huck, »daß der General vor einiger Zeit, an einem Tage, wo Sie damit gedroht, ihn zu verlassen, noch am späten Abend sein Testament zu Ihrem Gunsten geändert hat?«

Margareth erröthete heftig, sie war einen Moment in sichtbarer, auffälliger Verlegenheit. »Das weiß ich nicht,« erwiederte sie, »aber man hat es mich errathen lassen, daß etwas vorgegangen, was wider meinen Willen geschehen und mir vielen Haß zugezogen hat. Ich lehnte verschiedene Anerbietungen, die mir der General machte, ab, ich erklärte ihm, daß ich meine Dienste nicht verkaufe, nichts fordere, als eine achtungsvollere Behandlung. Mir wurde gesagt, daß er am späten Abend habe den Arzt rufen lassen. Ich konnte ein Thema nicht anregen, welches der General mit mir erörtert und welches ich durch die entschiedene Erklärung erledigt, daß Verheißungen von Geld mich beleidigten. Was er heimlich gethan, das konnte ich nicht verhindern.«

»Es ist Ihnen nicht unbekannt geblieben,« fuhr Huck fort, »daß der Herr General gestern einen Brief an seinen Notar entsendet. Hat er mit Ihnen darüber gesprochen?«

»Nein. Ich weiß nur, daß er länger als sonst im Arbeitszimmer blieb.«

»Sie wußten es also nicht, daß er einen Brief an seinen Notar expediren ließ?« wiederholte Huck seine Frage und sein Auge fixirte Margareth scharf.

»Ich habe dies schon verneint,« antwortete sie, »was soll die Frage?«

»Sie ist von großer Wichtigkeit. Kleber behauptet das Gegentheil.«

Margareth erröthete wieder. »Dann muß ich es Ihnen überlassen,« versetzte sie gereizt, »wem Sie Glauben schenken wollen.«

»Es wäre besser, einen etwaigen Irrthum aufzuklären. Kleber behauptet, Ihnen begegnet zu sein, als er den Brief in der Hand gehabt, und auf Ihr Befragen Ihnen die Adresse gezeigt zu haben.«

Das Antlitz Margarethas wurde blutroth – war das Verwirrung und Beschämung oder war die Empörung nicht erheuchelt, mit der sie antwortete, daß die Frechheit dieser Lüge Alles übersteige, sie habe sich nie so entwürdigt, um neugierige Fragen über die Handlungen des Generals an einen Diener zu richten, am wenigsten aber an Kleber.

Huck änderte das Thema. »Der General,« sagte er, »liebte es, Sulzen stark mit Essig zu versetzen?«

»Nein,« antwortete sie ruhig, »er nahm niemals viel Essig, und es war ihm daher nicht schwer, demselben ganz zu entsagen, als seine Kur dies forderte, sonst hätte ich der Köchin Speisen zu bereiten, die er nur gesäuert liebt, ganz verboten.«

»Der Geheimrath muß alsdann den Essig sehr lieben,« versetzte Huck, »denn wie ich höre, ist gestern Abend sehr viel Essig verbraucht worden.«

»Dem ist nicht so,« antwortete Margareth. »Der Geheimrath wünschte ein wenig Essig, ich gab ihm selber die Flasche, die ich, seit der General seine Kur brauchte, nie auf den Tisch setzte, und stellte sie dann sofort wieder in's Büffet.«

»Sie wollen sagen, auf die Büffetklappe.«

»Nein, in's Büffet, ich weiß das sehr genau.«

»Kleber behauptet, die Flasche auf dem Büffetbrett gesehen zu haben, als er in den Salon getreten.«

»Die Behauptung ist unwahr. Wie sollte sie dorthin gekommen sein? Gesetzt, der General hätte, was ich für unglaublich halte, während der kurzen Zeit, wo ich abwesend war, sich Essig holen wollen, um noch einmal mit dem Essen zu beginnen und sich die Sülze zu säuern, so würde er die Flasche, die ich in eine Ecke gestellt, kaum gefunden, keinenfalls aber nach dem Büffet zurückgetragen haben.«

»Die Köchin sagt, daß die Flasche, welche voll gewesen, fast leer in die Küche zurückgekommen sei.«

Margareth erröthete jetzt wieder sehr heftig, ihr ganzes Wesen hatte etwas befremdend Auffälliges. »Was soll das heißen?« stotterte sie. »Wer hat die Flasche hinaus getragen? Ihre Fragen sind sehr seltsam. Was soll ich von Dingen wissen, die ohne mein Zuthun geschehen? Ich sage Ihnen, daß ich die Essigflasche, die beinahe noch ganz voll war, selber in das Büffet gestellt, und zwar in eine Ecke, hinter eine Terrine. Ich wollte zu so später Stunde nicht mehr nach der Speisekammer gehen und sie verschließen. Die Sachen, die ich in's Büffet stelle, werden nie hinaus nach der Küche getragen, deshalb stelle ich sie ja in's Büffet, damit sie nicht mit den Tellern und sonstigem Geschirr hinauskommen.«

»Sie erinnern sich an Dinge, welche unbedeutend sein könnten, sehr genau,« erwiederte Huck, »und legen so großes Gewicht auf die Richtigkeit Ihrer Angaben, daß ich vermuthe, Sie kennen die Tragweite derselben. Die anscheinende Bagatelle, ob die Essigflasche zufällig nach der Küche gekommen, erregt Sie sehr.«

Der veränderte Ton des Beamten machte wenig Eindruck auf Margareth, denn es war auch mit ihrer Geduld zu Ende. »Mein Herr,« erwiederte sie, »ich muß wohl erregt werden, wenn ich sehe, daß Sie auf Grund von Angaben Kleber's, die, ich weiß nicht zu welchem Zwecke, völlig aus der Luft gegriffen sind, mir Fragen vorlegen, welche Zweifel an meinen Auslassungen bekunden. Ich bin gewohnt, nichts zu sagen, was ich nicht ganz genau weiß, und stets der Wahrheit die Ehre zu geben.«

Der Kommissär erhob sich. Er zog die Schelle und befahl der eintretenden Zofe, den Gerichtsschreiber herzubescheiden.

»Sie entschuldigen,« wandte er sich dann zu Margareth, die mit äußerstem Befremden eine Erklärung seiner Handlungsweise erwartete, »aber ich muß einem Gebote meiner Pflicht folgen, welches Ihnen sehr peinlich sein wird, aber doch auch Ihr Interesse berücksichtigt. Ihr wahres Interesse fordert, daß Alles, selbst scheinbar Verletzendes geschehe, wenn dadurch der Verdacht, den man auf Sie geworfen, beseitigt werden kann. Ich hoffe, Sie werden meiner Ansicht beistimmen, daß es Sie nicht beleidigen kann, wenn ich eine Form erfülle, die mir die Pflicht gebietet und der sich Jeder unterwerfen muß, der sich in gleicher Lage befindet wie Sie.«

»Was wollen Sie thun?« fragte Margareth erbleichend.

»Ich muß eine Durchsuchung Ihres Zimmers vornehmen,« erwiederte er, sie scharf beobachtend; »ich bin dazu verpflichtet und berechtigt.«

Sie erröthete heftig, aber keine Spur von Unruhe oder Schrecken malte sich in ihren Zügen. »Ich habe keine Geheimnisse,« sagte sie lächelnd, denn sie hatte vielleicht Schlimmeres nach einer so ernst feierlichen Anrede befürchtet. »Angenehm ist mir die Sache natürlich nicht, aber ehe ich einen Verdacht auf mir lasten sehe, bitte ich um Revision meiner Effekten und will auch die Taschen meines Kleides umkehren.«

Hatte Vieles in der Haltung Margarethas einen ungünstigen Eindruck auf den Kriminalisten gemacht, so mußte er jetzt an ihre Unschuld glauben oder argwöhnen, daß sie Dinge, welche sie kompromittieren konnten, längst in Sicherheit gebracht.

Der Gerichtsschreiber erschien und Huck begann mit der Revision, Margareth öffnete bereitwillig ihre Kommoden und Schränke.

Die Revision war leicht zu bewerkstelligen, denn überall herrschte musterhafte Ordnung, Alles war so sauber und zierlich gelegt, daß Margareth sich nicht fremder Einblicke in ihre Habseligkeiten zu schämen brauchte. Da öffnete Huck den Kleiderschrank und bemerkte auf dem unteren Boden desselben weiße glänzende Körner.

»Was ist das?« fragte er, den Blick durchbohrend auf Margareth heftend, nachdem er sie gebeten, heranzutreten.

»Das sieht ja aus wie Zucker,« antwortete sie überrascht, aber völlig ruhig. »Wie kommt der dahin?!«

Es schien unmöglich, daß sie solche Ruhe erheuchelte, wenn sie ein böses Gewissen hatte, die verhärtetste Verbrecherin hätte solche Unbefangenheit nicht zeigen können.

»Ah,« rief Huck, »diese Robe trägt Spuren des weißen Pulvers – dort und dort.«

»Das Kleid trug ich gestern,« versetzte Margareth, »ich habe aber beim Entkleiden nichts bemerkt.«

Der Kommissär revidirte die Tasche des Kleides und fand auch in ihr weiße Körnchen, ferner entdeckte er ein kleines Stückchen Papier von der Größe eines Silbergroschens, an welchem etwas Weißes haftete, und das allem Anschein nach von einer Düte herrührte, denn es bestand aus zwei kleinen zusammengeklebten Hälften, also aus der Naht der Düte. Huck nahm das Stückchen Papier und schlug es vorsichtig in ein weißes Blatt ein, dann kratzte er eine kleine Portion von dem Pulver zusammen, welches auf dem Boden des Schrankes lag, und verschloß denselben.

Seine Miene hatte etwas Strenges, Finsteres. »Sie wissen nicht,« fragte er Margareth, »wie dieses Pulver an Ihr Kleid und in die Tasche desselben gekommen?«

»Nein – ich wüßte mich nicht zu erinnern, daß ich ein Pulver in Händen gehabt. Ich verstehe das nicht.«

»Dieses Pulver ist allem Anschein nach Arsenik,« antwortete der Beamte, und er sprach das inhaltsschwere Wort in drohendem Tone.

Margareth bebte zusammen. Es war ihr jetzt erklärt, weshalb der Kommissär plötzlich einen so seltsamen Ton angenommen, sie begriff, welch' entsetzlichen Verdacht dieser Fund gegen sie hervorrufen mußte, und je unerklärlicher es ihr war, wie das weiße Pulver an ihr Kleid gekommen, um so größer war ihr Schrecken, ihre Angst – sie fühlte, daß Jedermann sie für schuldig halten müsse, wenn sie die befremdende Thatsache nicht erklären könne.

Aber wie sollte sie das! Wie sollte sie erklären, was sie selber nicht begriff! Ihr Muth verließ sie, betäubt, verwirrt stand sie da, gräßliche Ahnungen beklemmten ihre Brust, es schien, als habe sich Alles gegen sie verschworen, als wolle das Schicksal selber ihr Verderben, sie war keines Wortes mächtig.

Wer Argwohn hegen wollte, und der Beamte hatte jetzt die begründetste Ursache dazu, mußte die plötzlich mit ihr vorgegangene Veränderung dadurch erklären, daß die Heuchlerin sich ertappt sah.

»Gestehen Sie!« rief der Beamte. »Sie können Ihre Schuld nicht mehr leugnen, Sie haben dem General das Gift in's Getränk gemischt, die zitternde Hand hat dabei etwas von dem Pulver verschüttet. Gestehen Sie, wann geschah die That?«

Margarethas Antlitz ward todtenbleich, sie griff mit der Hand nach dem Kopfe, als packe sie ein Schwindel, ihre Kniee schwankten und wie ohnmächtig brach sie zusammen. Der Gerichtsschreiber hielt die Schwankende.

»Keine Komödie!« sagte Huck finster, er hielt diese Ohnmacht für Verstellung, aber der Gerichtsschreiber schüttelte den Kopf. »Fühlen Sie,« flüsterte er, »das ist kalter Schweiß an ihrer Hand, sie ist krank –«

Huck sah eine Flasche mit Eau de Cologne auf der Kommode und besprengte die Stirne Margarethas. Sie kam wieder zu sich, aber man sah es ihr an, daß ihr Geist erst wieder den Körper beleben mußte, das Auge hatte seinen Glanz verloren, die Wange schien blutlos und erst nach Verlauf einiger Minuten konnte sie sich aufrichten.

Einen Moment schien es, als glaube sie einen bösen Traum gehabt zu haben, aber der Anblick der fremden Männer raubte ihr bald diesen Trost und die Erinnerung kehrte zurück. »O Gott,« murmelte sie leise, »warum bin ich erwacht. Warum nahmst Du mich nicht zu Dir!«

Der Kriminalkommissär betrachtete sie unverwandten Blickes, er schien mit sich selber darüber im Streit, ob er dieses Weib für eine Verbrecherin halten könne oder nicht.

»Erholen Sie sich,« sagte er in sanftem, ermuthigendem Tone. »Gott, den Sie anrufen, will, daß jede Schuld gesühnt werde. Ein offenes Geständniß ist schon ein Theil der Sühne. Welche unselige Leidenschaft konnte Sie zu einer That verleiten, die so unweiblich ist –«

Margareth ließ ihn nicht aussprechen. »Halten Sie ein!« sagte sie mit weicher, flehender Stimme. »Ich danke Ihnen, daß Sie in freundlicherem Tone zu mir sprechen, aber Sie ahnen nicht, wie Sie mir dadurch doppelt wehe thun. Ich kann Ihnen nichts erklären, kann Ihnen nicht mehr sagen, als was ich selber weiß. Das Kleid ist mein, ich habe es gestern getragen, aber von dem Pulver weiß ich nichts. Ich beklage den Tod des Generals tief, ich war ihm Dankbarkeit schuldig, ich habe nie Ursache gehabt, ihn zu hassen, es lag ja auch in meinem freien Willen, zu gehen oder zu bleiben. Aber hätte ich auch Jemand, den ich hassen mußte, so würde ich mit der sündigen Leidenschaft kämpfen. Wenn Sie mich aber eines Verbrechens fähig halten, vor dem sich jedes Menschen Gefühl empört, so erlassen Sie es mir, darauf zu antworten. Will mich Gott demüthigen, so werde ich hinnehmen, was er mir bescheidet. Beginnen Sie mit mir, was Sie wollen, aber quälen Sie mich nicht mit Fragen, die mich empören und beschimpfen.«

Es lag in ihrem Tone, in ihrem ganzen Wesen etwas, was Huck wider seinen Willen veranlaßte, schonend aufzutreten. Wir sagen, wider seinen Willen, denn er zweifelte kaum an der Schuld Margarethas, sie erschien ihm als eine raffinirte Heuchlerin und er hatte das Gefühl, als könne man sie nur durch ein hartes Auftreten dahin bringen, die Schuld einzugestehen; hatte sie doch vorhin ein belastetes Gewissens durch ihr Erschrecken beinahe zweifellos verrathen.

Aber er vermochte es nicht, dieses schöne zarte Weib wie eine gemeine Verbrecherin zu behandeln, fand er doch selber keine Erklärung dafür, was sie eines so brutalen Mordes fähig gemacht, fanden sich doch Widersprüche schon jetzt, die Zweifel an ihrer Schuld anregen konnten. Er hatte Margareth in anscheinend ruhiger Fassung gefunden – eine raffinirte Verbrecherin hätte bei der Muße, die sie gehabt, jede Spur ihres Verbrechens zu verwischen, das Kleid besehen, das sie gestern getragen, die Tasche gereinigt. Eine vollendete Heuchlerin hätte ferner sich eine Vertheidigung überlegt, den Verdacht auf Andere zu lenken versucht, aber Margareth hatte selbst von den Personen, die sie angeklagt, mit Schonung gesprochen.

»Gestatten Sie mir noch eine Frage,« rief der Beamte plötzlich. »War es möglich, daß Jemand unbemerkt von Ihnen in dieses Zimmer gelangen konnte, war dasselbe unverschlossen und kennen Sie Jemand, haben Sie einen Feind, dem Sie zutrauen, daß er Verdacht auf Sie lenken wollte?«

Der Beamte beobachtete Margareth scharf – er bot ihr ja ein Mittel, jemand Anders zu verdächtigen, und er sah es, daß Margareth dies ebenfalls fühlte. Ihre Antwort täuschte jedoch seine Erwartung. »Ich weiß nicht, ob ich mein Zimmer verschlossen habe,« erwiederte sie, »aber ich glaube es nicht, denn der Ruf, der mich weckte, flößte mir großen Schrecken ein, ich dachte nur an den General. Ich war nur etwa zwei Stunden unten, man machte mir ja dort den Aufenthalt unmöglich, und in dieser Zeit war Alles im Schlosse in größter Aufregung, da dachte wohl Niemand daran, mein Zimmer zu betreten. Ich habe Feinde im Hause, aber für so schlecht halte ich Niemand, daß er sich auf mein Zimmer geschlichen, um etwas zu thun, was mich in so gräßlichen Verdacht bringt, wenn man mir auch Entsetzliches zutraut. Nein. Ich kann mir nicht erklären, wie mein Kleid beschmutzt worden ist, aber ich halte auch Niemand solcher That fähig.«

»Sie bemerkten beim Entkleiden also nichts? War Ihr Zimmer genügend erhellt?«

»Ich hatte wie gewöhnlich mein Licht, mit dem ich hinauf gekommen, ein zweites zündete ich nicht an. Da fällt mir bei, daß Minna auch wohl nichts an dem Kleide bemerkte, denn sie hat wenigstens nichts gesagt.«

»Minna ist wohl Ihre Zofe?« rief Huck und sein Antlitz klärte sich plötzlich auf, als freue er sich, dem Gefühl, welches ihn bei der ruhigen Haltung Margarethas wieder beschlichen, Bestätigung geben zu können.

Er zog die Schelle, als Margareth seine Frage bejahte und bemerkte, die Zofe werde wahrscheinlich beim Aufräumen des Korridors sein, sie habe eben ein Geräusch gehört, als ob Jemand mit dem Besen an die Wand stoße.

Minna erschien, ihr Antlitz war echauffirt, ihr Blick war auffällig scheu, man sah ihr eine innere Unruhe an, aber es war das dadurch zu erklären, daß sie wahrscheinlich an der Thüre gehorcht hatte und jetzt den strengen, forschenden Blick des Beamten auf sich geheftet sah.

Huck stellte sich so, daß er gleichzeitig auch Margareth beobachten konnte, ob sie etwa der Zofe einen Wink gab.

»Haben Sie gestern Abend etwas Auffälliges an dem Kleide des gnädigen Fräuleins bemerkt?« fragte er.

Minna erröthete noch mehr, sie zitterte. »Ich weiß nicht,« stotterte sie. »Was soll's gewesen sein?«

»Geben Sie Antwort ohne Furcht. Bemerkten Sie gestern Abend an dem Kleide weißen Staub wie von Zucker?«

»Ja –« antwortete Minna zögernd.

Das hatte der Beamte nicht erwartet. Er fuhr auf, sein Blick schien Margareth durchbohren zu wollen.

Margareth schien betroffen, aber weder erregt noch erzürnt. »Du sagtest ja nichts davon?« bemerkte sie in ruhigem Tone.

»Doch – nein – ich dachte, Sie würden schelten,« stotterte Minna, deren Gesicht glühte, ohne das Auge zu erheben.

Das Mädchen machte den Eindruck, als ob sie die Unwahrheit rede oder sich sehr fürchte.

»Weshalb sollte das Fräulein schelten?« forschte Huck. »Fürchten Sie sich nicht, reden Sie die volle Wahrheit.«

»Das gnädige Fräulein,« antwortete Minna jetzt dreister und in einer Weise, die fast trotzig erschien, als wolle sie sich nicht mehr fürchten, »ist immer schlechter Laune, wenn ein Flecken an ihren Kleidern ist, und dann zankt sie mit mir. Ich war still, aber ich dachte, ich wolle das Kleid heute Morgen, ehe sie sich ankleidet, ausschütteln und rein machen.«

In Margarethas Antlitz malte sich Empörung, die Worte der Zofe schienen sie sehr zu erregen.

»Sie können Ihre Aussage beschwören?« fragte Huck die Zofe. »Ueberlegen Sie wohl, was Sie sagen.«

»Ich kann's beschwören,« antwortete Minna.

»Es ist gut,« sagte Huck, »Sie können gehen.« Dann wendete er sich zu Margareth, und mit einem Blick kalter Verachtung sagte er, als Minna das Gemach verlassen: »Im Namen des Königs sind Sie verhaftet. Sie werden sich mit mir in ein anderes Zimmer begeben; Gerichtsschreiber, legen Sie den Schrank, die Kommode und später dies Zimmer unter Siegel. Nehmen Sie einen Hut und Mantel, Fräulein, denn ich muß Sie, sobald die weiteren Anordnungen getroffen sind, nach *** in Untersuchungshaft führen, dieses Zimmer dürfen Sie nicht wieder betreten.«

Margareth errieth schon bei den ersten Worten des Beamten aus dem Tom desselben, was ihr bevorstehe. Sie zeigte sich stärker und gefaßter, als dies zu erwarten gewesen, aber das Ungeheure erschien ihr leichter zu ertragen, als die Marter des Verhörs. Sie erhob sich, ohne ein Wort zu sagen, nahm Mantel und Hut und wollte sich schwankenden Schrittes zur Thüre wenden, da plötzlich stockte sie, Thränen füllten ihr plötzlich das Auge und laut schluchzend fragte sie, auf zwei kleine Bilder an der Wand deutend: »Darf ich mir die Bilder mitnehmen?«

Es waren die Photographien der Eltern Margareth's. So schmerzlich war der Ausdruck ihrer Züge, so rührend die Geberde, mit der sie die Bitte aussprach, daß Huck sich wieder erschüttert fühlte. Er nahm die Bilder ab und reichte sie ihr.

»Ich wollte, ein Anderer wäre an meiner Stelle hier,« flüsterte er dem Gerichtschreiber zu, als sie Margareth in ein anstoßendes Gemach führten, »dieses Weib macht mich irre an meiner Vernunft. Versiegeln Sie rasch das Zimmer, Sie müssen bei ihr bleiben, während ich die Abführung vorbereite und noch Einiges erledige; sie könnte sich ein Leid anthun wollen, sie darf nicht allein bleiben.«

11

Fräulein Agathe v. Stolzenhain hatte eben ein Billet beendet, welches sie in aller Eile an ihre Zofe in der Residenz gerichtet, damit dieselbe Trauerkleider bestelle und mit denselben nach Seebach komme, als der Kammerdiener Franz Kleber mit geheimnißvoller, schadenfroher Miene in's Zimmer trat. »Es ist Alles am Tage,« sagte er halb flüsternd in zudringlich vertraulicher Weise, »sie hat leugnen wollen, aber man hat ihr Zimmer revidirt und Spuren verschütteten Arseniks an ihrem Kleide gefunden. Minna hatte also doch Recht, solche Unvorsichtigkeit hätte ich ihr nicht zugetraut. Eben wird sie abgeführt.«

Das Fräulein lauschte neugierig und schien äußerst befriedigt von der Nachricht.

»Es ist gut, daß Alles so weit ist, ehe der Geheimrath kam,« fuhr Kleber fort, »der Wagen muß gleich von der Station kommen. Doch da ist er schon!« rief Kleber, einen Blick aus dem Fenster werfend, »und er ist darin, aber was ist das? Er bringt ja den Doktor mit – den Trotten!«

Wäre ein Beobachter zugegen gewesen, der das Erschrecken, die Verstimmung, das Erbleichen Kleber's beim Anblick Eduard's gesehen, so würde derselbe auf eigene Gedanken gekommen sein, aber Agathe beachtete den Kammerdiener nicht, Empörung und Unruhe malten sich in ihrem Antlitz, als sie hörte, wer ihren Vetter begleite.

Eduard v. Trotten hatte, wie wir gesehen, mit sehr düsteren Vorahnungen Schloß Seebach verlassen und seine Schwester ermahnt, sich auf das Herbste vorzubereiten, er hatte ihr aber verschwiegen, welche Entschlüsse er gefaßt, allen Eventualitäten vorzubeugen, weil er sich selber nur geringen Erfolg von seinen Schritten versprechen konnte und Margareth keine Hoffnungen machen wollte, die leicht enttäuscht werden konnten.

Er hatte beschlossen, angesichts der Verdächtigungen, welche gegen ihn und seine Schwester auf Seebach ausgesprochen worden, den Staatsanwalt in *** persönlich aufzusuchen und die Untersuchung zu beantragen, gleichzeitig aber telegraphisch den Geheimrath Sorben zu bitten, seine Schwester in Schutz zu nehmen.

Er fand bei dem Staatsanwalte sehr entgegenkommende Aufnahme, der Jugendfreund, den er längst vergessen, gab sich ihm als solchen zu erkennen und sprach seine Befriedigung darüber aus, daß Eduard einen Schritt gethan, der ihn auch als Beamten berechtige, ihm seine Sympathien auszusprechen.

*** war Stationsort der Bahn, welche von Breslau nach Seebach und weiter führte, gleichzeitig aber auch Station der Zweigbahn nach O. Eduard harrte des Zuges, der ihn nach O. führen sollte, auf dem Perron, als der Breslauer Zug eintraf; in demselben befand sich Sorben, der Geheimrath erkannte Eduard, winkte ihn heran und forderte ihn auf, mit ihm nach Seebach zu fahren, er werde dafür sorgen, daß Keiner ihm dort die Thüre weise.

Karl v. Sorben wußte nichts Genaues über die Vorfälle auf Seebach, er hatte nur die Depeschen erhalten, von welchen ihm die erste die schwere Erkrankung, die zweite die »Ermordung« seines Onkels mitgetheilt, dann endlich die Drahtnachricht, welche Eduard abgesendet hatte. Er war außer sich über Alles, was ihm Eduard während der Fahrt mittheilte, er schalt seine Cousine eine Wahnsinnige, daß sie gegen geachtete Personen so schwere Beschimpfungen geduldet, er verrieth durch jede seiner Aeußerungen, wie hoch er Margareth's Charakter schätze, wie ihn das Auftreten Agathens empöre, die, wie er sagte, sich von dem Schurken Kleber beschwatzen lasse.

Der Geheimrath wollte nicht daran glauben, daß sein Onkel an Arsenikvergiftung gestorben sei. »Ihr Wissen in Ehren,« sagte er, »aber warten wir die Sektion ab. Mein Onkel hat gestern unvernünftig viel getrunken. Ihre Schwester hat ihn vergeblich gewarnt. Vielleicht hat er, als er sich unwohl fühlte, irgend Etwas von seinen alten Hausmitteln genommen, was Essigsäure enthielt. Er hatte immer allerlei Pulver und Mixturen von alten Schäfern und Charlatanen, von denen er seinen Aerzten nichts sagte, denn er hielt von den Aerzten nichts, Sie waren der Erste, von dem er mit Achtung und Anerkennung sprach. Sie waren aber nicht da, als er sich unwohl fühlte, und da hat er in der Unruhe sich selber helfen wollen.«

Eduard fühlte sich durch die Worte und das ganze Wesen des Geheimraths sehr beruhigt. Derselbe war nicht nur ein vernünftiger Mann, der Alles richtig auffaßte, er war nicht nur von

Wohlwollen für Margareth erfüllt, er war auch studirter Jurist und konnte daher dem Kommissiär, welchen Berg nach Seebach geschickt, mit Rath zur Seite stehen, wenn etwa das Fräulein v. Stolzenhain auf die Vorstellungen ihres Vetters nicht hören wollte und in ihrem Hasse gegen Margareth eine Entfernung derselben von Seebach in ungebührender Form forderte.

Die beiden Herren hatten kaum den Wagen verlassen, als auch schon Fräulein Agathe, gefolgt von Kleber, im Korridor erschien, ihren Vetter zu bewillkommnen. Sie hatte sich sehr beeilt, ihn zu begrüßen, ehe er jemand Anders sprechen konnte, der Diener, der ihm den Wagenschlag geöffnet, hatte nur sagen können, daß bereits Gerichtspersonen im Schlosse seien. Sie ergriff den Arm ihres Vetters, als bedürfe sie einer Stütze; anscheinend aufgelöst von Schmerz, bejammerte sie dieses traurige Wiedersehen, beklagte es, daß der Geheimrath zu spät komme, den General noch am Leben zu treffen, und wollte Karl völlig in Beschlag nehmen, damit Kleber Gelegenheit habe, Eduard ferne zu halten. Der Geheimrath schaute sich jedoch nach seinem Begleiter um und bemerkte es noch rechtzeitig, daß Kleber, der ihn mit tiefer Verbeugung begrüßt, sich Eduard in den Weg gestellt und eben daran war, demselben in beleidigendster Form die Thüre zu weisen.

»Was ist das,« sagte er befremdet, aber Agathe flüsterte ihm zu, Margareth sei soeben verhaftet worden, er solle nur mit ihr in den Salon treten, sie habe ihm überraschende Dinge mitzutheilen.

»Herr Geheimrath,« rief Eduard in demselben Moment, »ich bitte mich gegen die Impertinenz eines Dieners zu schützen!« und der Geheimrath sah, wie Eduard seinen Arm, den Kleber gepackt, gewaltsam von dieser Berührung befreite.

Karl that ein Gleiches, als Agathe ihn festhalten wollte, und drehte um. »Was erlauben Sie sich,« herrschte er Kleber an, »was bedeutet diese Frechheit? Ich habe den Herrn mitgebracht, er ist mein Gast!«

»Herr Geheimrath,« versetzte Kleber, »er ist der Bruder der Mörderin meines gnädigen Herrn und er soll vor's Gericht.«

»Wahren Sie Ihre Zunge!« erwiederte Karl heftig, »ich verbiete es Ihnen, Jemand zu beleidigen, den ich hergeführt habe. Fort!«

»Herr Geheimrath,« stotterte Kleber, halb eingeschüchtert durch die drohende Miene Karl's, theils aber auch zum Trotze wieder ermuntert durch die Blicke Agathe's, »Sie wissen nicht, was hier geschehen, man hat bei der Person Arsenik gefunden, sie ist schon arretirt und dieser Herr darf nicht in die Zimmer, man kann nicht wissen, ob er nicht auch schuldig ist.«

»Kleber hat Recht,« bemerkte Agathe, »es ist am besten, er ruft die Polizei, ich werde Dir Alles erzählen, Karl.«

Der Geheimrath ließ sie nicht ausreden. »Wenn Sie sich unterstehen,« sagte er zu Kleber, »das Fräulein von Trotten noch einmal in so unpassender Weise zu bezeichnen, so verlassen Sie auf der Stelle das Schloß. Hinweg, kein Wort mehr. Und Du, Agathe,« wandte er sich zu seiner Cousine, »Du thätest wohl daran, mit Deinem Urtheil zu warten, bis das Gericht gesprochen hat, es werden oft auch Unschuldige verhaftet, besonders wenn dieselben Feinde besitzen; eine voreilige Anklage gegen die Dame, welcher unser Verwandter das vollste Vertrauen geschenkt, würde uns sehr schlecht anstehen. Doch da ist ja Huck!«

Der Geheimrath schritt dem Beamten entgegen, der eben die Treppe hinab kam und den er persönlich kannte. Kleber hatte sich schon entfernt, Agathe zog sich, die Achseln zuckend, zurück. Eduard stand da, bleich wie der Tod, das Entsetzliche, das er vernommen, hatte ihn völlig betäubt.

Huck verneigte sich vor dem Geheimrath, der als Mitglied eines hohen Gerichtshofes gewissermaßen sein Vorgesetzter oder doch eine Autorität für ihn war, und schien nicht wenig überrascht, als er hörte, daß Sorben Eduard v. Trotten mitgebracht habe, damit derselbe der Leichenschau-Kommission an Ort und Stelle seine Erklärungen abgebe.

»Herr Geheimrath,« sagte er, als Karl ihn und Eduard in ein Gemach geführt, »wie die Umstände liegen, möchte ich Sie entweder ohne Zeugen sprechen, oder zuvor wenigstens die Auslassungen des Herrn v. Trotten hören, ehe ich meine Mittheilungen mache.«

»Ich will Ihnen durchaus nicht im Wege sein,« entgegnete Sorben, »im Gegentheil, ich unterwerfe mich Ihren Anordnungen wie jeder Andere, und ich bitte Sie daher, Herrn v. Trotten zu verhören. Darf ich dabei sein?«

»Gewiß, Herr Geheimrath, es ist nur das äußerst willkommen.«

»So bemerke ich vor Allem eines,« antwortete Sorben. »Mein Onkel sagte mir noch gestern Abend, daß er zu diesem Herrn das größte Vertrauen, dagegen gar keines zum Doktor Manders habe, daß Manders freilich deshalb sehr böse auf Herrn v. Trotten sei. Der Herr Doktor v. Trotten war beim Staatsanwalt, um Beschwerde über die Beleidigungen zu führen, welchen er hier ausgesetzt gewesen ist.«

In dem Antlitz des Kommissärs war nicht lesen, welchen Eindruck diese günstigen Notizen auf ihn machten, er bat Eduard, ihm seine Mittheilungen zu machen.

»Ich war dagegen,« erklärte Eduard, »daß meine Schwester die Stellung hier im Schlosse annahm, ich weiß es aus dem Munde des Herrn Generals, daß derselbe wider ihren Willen mich rufen ließ, ich lehnte das Anerbieten, hier einige Zeit zu wohnen, um den Herrn General zu behandeln, ab, ich kann also versichern, daß meine Schwester und ich völlig unschuldig daran sind, wenn Herr Doktor Manders seinen Patienten verloren hat. Ich verordnete dem Herrn General eine sehr gebräuchliche Kur, bei welcher freilich Vorsicht nothwendig ist, und ich habe mich davon überzeugt, daß dieselbe geübt worden ist. Man holte mich heute Nacht, ich brachte für alle Fälle Medikamente mit. Als ich an das Krankenbett trat, erkannte ich sogleich, daß eine sehr starke Arsenik-Vergiftung vorliege. Herr Doktor Manders hatte keine energischen Gegenmittel gegeben, als ich aber das kräftigste Gegengift, essigsaures Eisen, welches ich mitgebracht, dem Kranken reichen wollte, protestirte das Fräulein v. Stolzenhain dagegen, indem sie beleidigenden Verdacht gegen mich und meine Mittel äußerte, mir wurde fast gewaltsam die Thüre gewiesen, und als ich meine Schwester sprechen wollte, die man ebenfalls aus dem Krankenzimmer entfernt hatte, erlaubte sich der Kammerdiener Kleber mir das unter dem Bemerken verbieten zu wollen, er müsse es verhindern, daß zwei Schuldige mit einander Verabredungen träfen. Ich ging trotz dessen zu meiner Schwester, bereitete sie darauf vor, daß ihr Schweres bevorstehe und erfuhr von ihr, daß Kleber eine Depesche, welche sie an den Herrn Geheimrath hatte absenden wollen, nicht habe weiter befördern lassen, da begab ich mich zur Staatsanwaltschaft, deren Schutz für meine Schwester und mich anzurufen.«

»Sie ahnten es, als Sie gerufen wurden, daß eine Arsenikvergiftung vorliege?« fragte Huck.

»Gewiß; nach der Beschreibung, welche der Bote machte, und da der Patient die Arsenikkur gebraucht hatte, mußte ich mich für diesen Fall vorbereiten.«

»Sie erkannten, als Sie eintrafen, daß der Patient in Lebensgefahr schwebte?«

»So sicher,« versetzte Eduard, »daß ich kaum noch eine Rettung für möglich hielt. Ich sagte meine Ansicht Herrn Manders und forderte augenblickliche Anwendung des Gegengiftes, ich sprach es unverhohlen aus, daß der Kranke auf irgend eine Weise eine große Portion Gift erhalten haben müsse. Manders bestritt mir das und man hörte ihn, nicht mich.«

»So geben Sie Herrn Manders Schuld, daß der Patient vielleicht nur deshalb nicht gerettet worden ist?«

»Ich glaube, er war nicht mehr zu retten, aber der Versuch dazu ist nicht in der Weise gemacht worden, wie ich das forderte.«

»Herr Manders,« erwiederte Huck, »hat, wie ich gehört habe, das von Ihnen verordnete Mittel, essigsaures Eisen, aus der Apotheke des Ortes holen lassen.«

Eduard lächelte bitter.

»Herr Doktor Manders,« erwiederte er, »wird es nicht leugnen können, daß es bei solchen Fällen auf Minuten ankommt, die man nicht versäumen darf. Aber das von mir mitgebrachte Medikament wurde als verdächtig zurückgewiesen.«

»Unerhört!« murmelte der Geheimrath.

Huck schien gleicher Ansicht zu sein, die ruhige Darlegung Eduard's trug das Gepräge der Wahrheit.

»Ihr Fräulein Schwester,« fragte der Kommissär plötzlich, »zeigte keine auffällige Angst?«

»Ich kann darüber eigentlich kein Urtheil geben,« versetzte Eduard nach kurzer Pause, »wenigstens kein solches, wie Sie zu erwarten scheinen. Einmal war ich selber durch die mir gewordene Behandlung und Alles, was ich gehört, außerordentlich erregt und nicht fähig, Beobachtungen anzustellen, dann aber bin ich hier vollständig Partei. Ich bin meiner Schwester so sicher wie meiner selbst, ein Zweifel an ihr ist mir ganz unmöglich und ihre Empörung darüber, daß man sie in verletzendster Weise aus dem Krankenzimmer gewiesen, mußte mir sehr natürlich erscheinen.«

»Und doch habe ich bei ihr Arsenik gefunden!« rief Huck, Eduard scharf beobachtend.

Der Kommissär schilderte die Resultate der Haussuchung, aber es war Empörung, nicht Schrecken, was sich in den Zügen Eduard's malte, ja, zuweilen flog ein bitteres spöttisches Lächeln über die Züge desselben und als der Kommissär geschlossen, sagte er mit völliger Fassung: »Herr Kommissär, und wenn sich ein Zeuge fände, welcher gesehen hätte, daß meine Schwester dem Herrn General jenes Pulver in's Getränk gemischt, so würde ich mit großer Seelenruhe die Aufklärung der Sache erwarten; was Sie andeuten, ist eben völlig unmöglich.«

»Und dem stimme ich bei,« rief Sorben. »Ich kann Ihnen sagen, daß ich in Folge verschiedener Gerüchte und anonymer Zuschriften ebenso wie meine Cousine, Fräulein v. Stolzenhain, mit starkem Vorurtheil gegen Fräulein von Trotten gestern hier eintraf, daß ich entschlossen war, Alles daran zu setzen, dieselbe aus der Nähe meines Oheims zu entfernen. Mein Oheim hat jedoch mir nachgewiesen, daß das Fräulein schmählich verleumdet worden ist, daß sie nicht nur sich sehr uninteressirt gezeigt, sondern sogar seinen Antrag, sie zu heirathen und sie dadurch zu seiner Erbin zu machen, abgelehnt hat. Er versicherte mir, daß er heimlich, weil sie eben sich derartige Belohnungen von ihm verbeten, sein Testament zu ihren Gunsten geändert habe, und wenn er sich auf meine Vorstellungen hin entschloß, diese letzte Verfügung abermals zu ändern und seiner Familie ihr Recht angedeihen zu lassen, so bin ich überzeugt, daß sie, wenn sie von der Sache gewußt, sich darüber gefreut hätte. Ich argwöhne sehr stark, daß Kleber, der sich jetzt so beeifert, sie als Mörderin anzuklagen, der Verbreiter und Erfinder jener Verleumdungen war. Ich war Zeuge der Sorge, mit welcher sie meinen Onkel hütete, ihrer Unruhe, als er trotz ihrer Bitten gestern sehr stark trank, ich halte es für geradezu wahnsinnig, eine Dame ihres Charakters, ihrer Bildung eines so rohen Verbrechens fähig zu halten und ich leiste hiemit für sie Bürgschaft.

»Es kann in meinen Worten nichts für Sie Verletzendes liegen,« fuhr Sorben nach kurzer Pause fort, als er sah, daß das Antlitz des Beamten sich bei seiner scharfen Bemerkung ein wenig geröthet, »denn einmal kennen Sie die Dame und die Stellung, welche dieselbe hier eingenommen, nicht, dann aber gebietet Ihnen Ihre Pflicht, ohne Rücksicht auf die Person unter gewissen Verhältnissen zur Verhaftung der Beschuldigten zu schreiten. Ich bin aber leider in der unangenehmen Lage, Ihnen eröffnen zu müssen, daß meine Cousine, das Fräulein v. Stolzenhain, nicht berechtigt gewesen ist, Fräulein v. Trotten aus den Rechten zu verdrängen, welche dieselbe hier im Hause hatte, daß sie durch ihr schroffes, in Folge von Vorurtheilen sogar feindseliges Auftreten gegen Fräulein v. Trotten die Dienerschaft verleitet hat, derselben ungehörig zu begegnen und in ihr eine Person zu sehen, gegen welche so ziemlich Alles erlaubt ist, weil die Verwandte des Entschlafenen es so zu wünschen schien. Aus der Art und Weise, wie der Kammerdiener Kleber, ein Mensch, den mein Onkel schon wiederholt und gestern abermals aus dem Dienste jagen wollte, sich gegen mich über Fräulein v. Trotten zu äußern wagte und wie derselbe Herrn Doktor v. Trotten zu begegnen sich erfrechte, schöpfe ich den Argwohn, daß die mißvergnügte Dienerschaft ein Komplott angestiftet hat, die junge Dame zu verdächtigen, um an derselben Rache zu nehmen und sie aus dem Schlosse zu entfernen.«

»Herr Geheimrath sagen, daß der Verstorbene die Absicht gehabt, den Kammerdiener des Dienstes zu entlassen – fragte Huck, als habe dieser Punkt für ihn ein besonderes Interesse.

»Es war schon sehr häufig nahe daran,« erwiederte Sorben, »aber leider Gottes war mein Onkel immer zu schwach dazu, einen erwiesenen Schuft wegzujagen, er hatte sich an die Bedienung durch Kleber zu sehr gewöhnt. Gestern aber schien es ihm damit Ernst zu sein. Ich hörte ihn sehr heftig schelten und als ich ihn in großer Erregung sah, als er bald darauf in den Salon zurückkehrte, schüttete er mir sein ganzes Herz aus. Er sagte, daß er an seinem Notar geschrieben habe, daß er in Folge meiner Vorstellungen seine letzten Verfügungen geändert habe, aber nun auch hoffe, man werde Fräulein v. Trotten jetzt und nach seinem Tode das gönnen, was sie reichlich um ihn durch ihre Treue und Hingebung verdiene; er wisse wohl, daß alle Verleumdungen derselben von Kleber ausgingen, derselbe habe die Frechheit gehabt, dem Fräulein eine Art von Bundesgenossenschaft zu gegenseitigem Vortheil anzubieten und hasse sie, weil sie ihn verächtlich zurückgewiesen. Gerade bei dieser Gelegenheit habe er den Adel der Gesinnung des Fräuleins erkannt, die, obwohl persönlich beleidigt, nur sein Interesse im Auge gehabt und ihn ermahnt habe, einen Diener, der alle seine Privatangelegenheiten kenne und von dem er die boshafteste Nachrede erwarten müsse, nicht Knall und Fall zu entlassen. Heute aber, wo Kleber gezeigt, wie wenig er solche Nachsicht anerkenne, werde er seine Drohung ausführen.

»Ich konnte ihm zu diesem Entschlusse nur Glück wünschen,« schloß der Geheimrath, »und ich bin der Ueberzeugung, daß mein Onkel vielleicht deshalb am gestrigen Abend der Flasche besonders stark zugesprochen, weil ihm der Gedanke, sich einen anderen Kammerdiener verschaffen, Kleber entbehren zu müssen, ebenso wie der Gedanke, daß er meine Cousine eingeladen, hier als Gast zu wohnen, stark im Kopfe herum ging.«

»Der Entschluß, das Testament zu ändern, war vom Herrn General also plötzlich gefaßt?« fragte Huck.

»Ja, in Folge meiner Vorstellungen.«

»Sie kamen unerwartet hier an, das Fräulein konnte nicht vorhersehen, was geschehen werde?«

»Unmöglich, überdem war ich des Resultates meiner Vorstellungen sehr unsicher und ich glaube fest, daß mein Onkel mich überhaupt kaum angehört hätte, wenn Fräulein v. Trotten ihren Einfluß jemals in der Art geltend gemacht hätte, als man ihr das nachsagte; mein Onkel war sehr eigensinnig.«

»Wo war das Fräulein, als der Herr General den Brief an seinen Notar schrieb?«

»Im Salon, wir plauderten zusammen.«

»Ist es Ihnen vielleicht erinnerlich, ob sie den Salon verlassen hat, ehe der Herr General sich dort wieder einfand, oder gleich nachher?«

»Ich erinnere mich der Details ganz genau. Das Fräulein wunderte sich darüber, daß der General länger als gewöhnlich in seinen Gemächern blieb, besonders da er Gäste hatte, und wollte sich nach ihm umsehen, ob er sich etwa unwohl fühle. Es reizte mich, sie ein wenig auf die Probe zu stellen. Ich sagte ihr, daß mein Onkel wahrscheinlich nicht gestört sein wolle, er treffe Dispositionen, zu denen ich ihn veranlaßt hätte. Sie zeigte sich sehr erfreut darüber, ich beobachtete sie scharf, ich gewann die feste Ueberzeugung, daß ihr Charakter durchaus rein und frei von niedriger Selbstsucht und Hang zur Intrigue sei. Sie äußerte, wie es ihr eine längst ersehnte Beruhigung sei, zu hören, daß der General mit mir, seinem Verwandten, über seine Angelegenheiten spreche, anstatt seinen Launen zu folgen oder mit den Herren aus ***, die sehr vertraut mit Kleber seien, dergleichen zu berathen. Da hörten wir seine Stimme durch das Haus donnern, Kleber solle sich morgen aus dem Dienst scheeren, er wolle kein Edelmann heißen, wenn er ihn noch länger behalte u. s. w. Bald darauf trat er ein. Das Fräulein setzte sich an's Klavier und trug mehrere Sachen vor, ich sah es, welchen Zauber die Musik auf meinen Onkel wirkte, er ward ruhiger und erschloß mir sein Herz in einer Weise, wie er das früher nie gethan, er ließ mich sehen, wie glücklich er sich fühle, seit das Fräulein in seinem Hause walte.«

»Wissen Sie es ganz genau, daß das Fräulein nicht auf kurze Zeit den Salon verlassen? Die Sache ist von äußerster Wichtigkeit. Ihre Aussage ist entscheidend. Können Sie sich dafür verbürgen, daß das Fräulein nicht im Korridor gewesen ist, als Kleber den Brief des Generals hinaus getragen, daß es unmöglich gewesen ist, daß sie Kleber gesprochen, ehe er den Brief zur Weiterbeförderung dem Boten gegeben?«

Der Geheimrath sann eine Weile nach, dann antwortete er mit dem der Frage entsprechenden Ernste, daß er dies mit gutem Gewissen beeiden könne. »Ich kann die Sache um so gewisser bezeugen,« sagte er, »als ich, wie schon erwähnt, das Fräulein im Laufe des Nachmittags beobachtete und sogar jede ihrer Mienen studirte – es wäre mir aufgefallen, wenn sie sich entfernt hätte, ich wollte ja aus ihrem Benehmen mein Endurtheil über sie bilden, und der Zweifel, ob ich das gegen sie gehegte Vorurtheil nicht zu rasch aufgegeben, wäre sehr leicht durch eine mir nicht erklärliche Handlung ihrerseits wieder angeregt worden. Hätte sie den Salon verlassen, so hätte ich geargwohnt, daß Neugierde oder die Absicht, auf die Entschließungen meines Onkels einzuwirken, sie veranlaßten, denselben aufzusuchen. Sie blieb, als sie aufgehört zu spielen und als sie mich im Gespräche mit meinem Onkel sah, vor dem Klavier sitzen, bis der General sie aufforderte, zu uns heranzukommen, meine Cousine war gleichfalls hinzugekommen und das Fräulein nahm völlig unbefangen und sehr heiter am Gespräche Theil.«

Es entstand nach diesen Auslassungen des Geheimraths eine Pause, der Kommissär schien unschlüssig zu sein, was er erwiedern solle, Eduard aber, der mit athemloser Spannung der Verhandlung gelauscht, warf dem Geheimrath einen unbeschreiblichen Blick der Dankbarkeit aus tief bewegtem Herzen zu, er mochte fühlen, daß Sorben's freimüthige Erklärung Margareth von entsetzlichem Verdachte befreit habe.

12

Der Kommissär fühlte sich in der keineswegs angenehmen Lage, sich eingestehen müssen, daß er gegen eine Dame, für deren Charakter sich ihm sogar der Staatsanwalt verbürgt hatte, unverzeihlich schroff vorgegangen sei, denn gerade die Verdachtsmomente, welche ihn veranlaßt hatten, Margareth ihre Verhaftung anzukünden, erschienen ihm jetzt in ganz anderem Licht, jetzt mußte auch er sich sagen, daß dieselben zu grober Natur seien, um als wahrscheinlich zu gelten. Aber freilich, das hatte er nicht denken können, daß das Fräulein v. Stolzenhain, wie der Geheimrath konstatirt, die Dienerschaft durch ihr Auftreten gegen Margareth dazu verleitet habe, derselben ein Verbrechen zuzutrauen, er habe annehmen müssen, daß Margareth durch eigene Schuld dazu Anlaß gegeben, daß Jedermann es wagte, sie ohne Scheu als Mörderin anzuklagen. Fiel diese Voraussetzung fort, so war es eher wahrscheinlich, daß der Mörder dafür gesorgt, sie in Verdacht der Schuld zu bringen, als daß sie es vergessen haben sollte, die Spuren ihrer heimlichen That zu verbergen.

Die Aussage des Geheimrathes stand als unantastbar glaubwürdig da und sie wies den Anklägern Margareth's direkte Lügen nach, welche die Absicht bekundeten, Margareth zur Schuldigen zu stempeln.

Das Fräulein v. Stolzenhain hatte ihren persönlichen Haß reden lassen, und da der General vermuthlich sich zu ihr nicht anders als gegen den Geheimrath über Margareth geäußert hatte, so fiel es ihr zur Last, daß sie die Stellung Margareth's falsch geschildert, derselben Erbschleicherei trotz besseren Wissens untergeschoben und darauf hin sie des Mordes verdächtigt hatte. Kleber aber war noch weiter gegangen und hatte durch die Behauptung, daß Margareth ihn nach dem Inhalt des Briefes befragt habe, den Argwohn konstatirt, daß Margareth die Abänderung des Testamentes gefürchtet und, um dieselbe zu verhindern, den Mord verübt habe.

Das Fräulein v. Stolzenhain war allenfalls dadurch zu entschuldigen, daß sie Kleber's Verdächtigungen Margareth's Glauben geschenkt und in natürlicher Erregung über den Mord bei ihren Auslassungen mehr das Gefühl als die Ueberlegung habe reden lassen, Kleber aber hatte mit Ueberlegung, planmäßig gehandelt. Der Umstand, daß der General seine Entlassung beschlossen, machte seine Handlungsweise jetzt äußerst verdächtig und die Erwägung dieses Punktes beschäftigte Huck vor Allem.

»Ihre Erklärungen, Herr Geheimrath,« nahm er endlich das Wort, »machen Ihre Bürgschaft unnöthig und ich freue mich, sagen zu können, daß es auch meinem Gefühl schwer wurde, an eine Schuld des Fräuleins v. Trotten zu glauben, da der Eindruck, den die Angeklagte machte, fast mächtiger war als die Belastungsmomente, die mich aber doch zwangen, den Haftbefehl zu erlassen. Ich sehe jetzt ein, daß falsche Voraussetzungen es allein verschuldeten, wenn diese Verdachtsmomente mir nicht den Argwohn einflößten, sie seien aus Bosheit Dritter geschaffen worden, eine Unschuldige zu verdächtigen, aber es ist zu spät, das Geschehene rückgängig zu machen und, was das Schlimmste ist – der Schuldige hat Muße gehabt, die Spuren seiner That völlig zu verwischen. Das Gerücht von der Anklage, welche zur vorläufigen Verhaftung des Fräuleins v. Trotten geführt, ist leider schon verbreitet, man hatte es schon ausgetragen, ehe noch die Untersuchung begonnen, die Ehre des Fräuleins ist vor übler Nachrede nur völlig zu retten durch die Entdeckung des Schuldigen, und ich glaube daher, daß es im Interesse der Dame liegt, wenn ich die Verhaftung nicht augenblicklich aufhebe. Wenn wir die Schloßbewohner in dem Glauben lassen, daß selbst Ihre Aussage den Verdacht nicht gehoben, so denke ich mir, wird sich der Schuldige bemühen, noch eklatantere Beweise gegen die Dame zu schaffen, welche auch Sie von der Schuld derselben überzeugen, und er wird sich dadurch uns vielleicht selber entlarven.«

Der Geheimrath nickte dem Beamten zu, die Idee desselben schien ihm zu gefallen. Eduard aber sah sich in seinen Hoffnungen bitter enttäuscht. »Ihr Vorhaben,« sagte er, »mag praktisch sein, ist es aber auch gerecht? Abgesehen davon, daß meine Schwester unsäglich unter diesem entehrenden Verdachte leidet, daß man ihr den Trost versagt, zu erfahren, wie edlere Naturen sie beurtheilen, wird durch die Ausführung der Verhaftung und durch die Dauer derselben das infame Gerücht bestätigt, und wie wollen Sie für den Fall, daß der Schuldige nicht entdeckt wird, dann ihre Ehre retten und den schlimmen Argwohn widerlegen, daß auch der Herr Geheimrath mit der Verhaftung einverstanden gewesen?«

»Herr v. Trotten,« entgegnete Huck, »der General ist durch Arsenik vergiftet worden, es ist an dem Kleide und in der Tasche des Fräuleins v. Trotten pulverisirter Arsenik gefunden, die Zofe sagt aus, daß sie gestern Abend den weißen Staub am Kleide der Dame bemerkt habe. Diese Thatsachen und die daraus für Jeden zu folgernden Konsequenzen sind vorhanden und werden vorhanden bleiben, bis nachgewiesen wird, daß Jemand Ihrer Fräulein Schwester das Pulver in die Tasche gesteckt hat, während sie das Kleid am Körper hatte, und die Aussage des Herrn Geheimrathes kann ebenso wenig als die Bürgschaft desselben das Gericht hindern, die Verhaftung anzuordnen, wenn ich dieselbe heute unterlasse. Sie muß erfolgen, wenn der wirkliche Schuldige nicht entdeckt wird, und das hoffe ich leichter zu vermögen, wenn die Leute hier im Hause glauben, Ihre Fräulein Schwester sei überführt, als wenn es heißt, die Zweifel des Herrn Geheimrathes hätten mich stutzig gemacht. Im ersteren Falle fühlt sich der Schuldige sicherer, er triumphirt und sorgt vielleicht dafür, daß die vorhandenen Belastungsmomente noch deutlicher zu Tage treten – dabei ist er zu ertappen – im anderen Falle aber wird er vorsichtig, fürchtet, sich selber zu kompromittiren, ich entdecke nichts und das Gericht schreitet auf Grund der vorhandenen Belastungsmomente ein.«

»Herr Huck hat Recht,« sagte der Geheimrath, »so schwer es mir fällt, muß ich ihm beipflichten. In jedem Falle läßt sich die Abführung des Fräuleins bis zum späten Abend verschieben, wo sie ohne Aufsehen geschehen kann, hoffentlich findet sich bis dahin eine Spur des Schuldigen. In jedem Falle verspreche ich Ihnen, daß Ihre Fräulein Schwester mit größter Rücksicht und Schonung behandelt werden soll.«

Eduard sah es Sorben an, wie nahe ihm die Sache ging, aber das konnte seinen Schmerz nicht trösten, seine Bitterkeit nicht heben; der Mann glaubte an die Unschuld seiner Schwester und duldete, daß man ihre Ehre an den Pranger stellte! Der Schmerz macht ungerecht, aber es liegt in der Natur des Menschen, daß wir Bitterkeit gegen Diejenigen fühlen, welche in unserer Brust Hoffnungen erweckt haben, die sie nicht erfüllen können. So schien es denn Eduard, als ob die Worte Huck's das Vertrauen Sorben's auf Margareth's Unschuld erschüttert hätten, als wolle derselbe das nur in seiner Gegenwart nicht sagen, aber verrathe es dadurch, daß sein Interesse für Margareth plötzlich an der zuerst bewiesenen Wärme verloren.

Huck forderte im Interesse seines Planes, daß Eduard das Schloß verlasse, ohne Margareth gesprochen zu haben. »Ich darf sogar das nicht gestatten,« sagte er, »ich würde damit eine schwere Verantwortung auf mich laden, da Sie unsere Verhandlungen gehört haben.«

Eduard mußte sich fügen. Der Geheimrath befahl, daß man ihm einen Wagen zur Station stelle – der Leser mag sich selber die Gefühle vorstellen, mit welchen der junge Mann heimfuhr, während er seine Schwester, deren einzige Stütze er war, in der denkbar schrecklichsten Situation wußte! –

Der Geheimrath zeigte, dem Plane Huck's gemäß, sich Kleber gegenüber freundlicher als bei seinem Eintreffen auf dem Schlosse, und da man Eduard hatte abfahren sehen, ohne daß er zu Margareth gelassen worden, schwand bei den Schloßbewohnern der letzte Zweifel daran, daß die Schuld der Angeklagten so gut wie erwiesen sei.

Während man die Verhaftete im verschlossenen Zimmer sich selber überließ und Huck im Schlosse seine Recherchen anstellte, die Vorraths- und Speisekammern, das Büffet, das Krankenzinnner u. s. w. sorgfältig in Augenschein nahm, hatte der Geheimrath eine längere, sehr ernste Unterredung mit seiner Cousine, aber es gelang ihm nicht, dieselbe davon zu überzeugen, daß die Gerechtigkeit es von ihr ebenso wie die Klugheit erfordere, gegen Margareth in ihren Auslassungen wenigstens den persönlichen Haß zu unterdrücken, sie blieb unerschütterlich dabei, daß Fräulein v. Trotten nur mit der Absicht der Erbschleicherei nach Seebach gekommen, eine vollendete Heuchlerin und Mörderin sei.

Die Ansicht des Fräuleins sollte einen gewissen Halt bekommen, der nicht ohne Wirkung auf Sorben blieb. Der Notar des Verstorbenen war eingetroffen und brachte die Abschrift des auf dem Gericht zu *** deponirten Testamentes des Generals, welches die Bestimmung trug: »Sofort nach dem Eintreffen von der Kunde meines Ablebens in Gegenwart des an mein Sterbebett zu bescheidenden Geheimrathes Karl v. Sorben durch meinen Notar zu eröffnen.«

Es wurde somit nur dem Willen des Verstorbenen gehorcht, wenn man, noch ehe derselbe zur Erde bestattet war, schon die Siegel des Testamentes brach.

Der letzte Wille des Generals, dessen Originaldokument, wie gesagt, auf dem Gericht deponirt war, während die beglaubigte Abschrift sich in Händen des Notars versiegelt befand, war ursprünglich bereits vor drei Jahren aufgesetzt, dann aber durch Nachträge abgeändert und schließlich durch die letzte Verfügung zu einem die früheren Bestimmungen völlig aufhebenden Testamente geworden. Es ging aus diesen mehrfachen Abänderungen deutlich die Launenhaftigkeit des Generals hervor, der sich durch momentane Stimmungen zu den ernstesten Entscheidungen hatte bestimmen lassen.

Das ursprüngliche Dokument setzte Karl v. Sorben als Universalerben ein, bestimmte für einzelne Verwandte des Generals verschiedene Legate und war auch der Kammerdiener Kleber in demselben sehr reichlich bedacht. Der nächste Nachtrag enterbte Fräulein v. Stolzenhain, der folgende beschränkte Kleber's Legat, während dasselbe ein Jahr später wieder »in Anbetracht besonderer Hingebung und treuer Dienste Kleber's« auf zehntausend Thaler gebracht wurde, und gleichzeitig auch Fräulein v. Stolzenhain die gleiche Summe als »Andenken« ausgesetzt wurde. Diese letztwillige Verfügung hatten der Oberförster v. Worchem, welcher ebenfalls mit einem Legate bedacht war, und Doktor Manders als Zeugen unterschrieben.

Das letzte Testament, welches der General an dem Tage aufgesetzt, wo Margareth ihn hatte verlassen wollen, hob alle früheren Verfügungen völlig auf, ernannte Margareth v. Trotten zur Universalerbin, bewilligte dem Geheimrath v. Sorben ein Legat von dreißigtausend Thalern, einigen armen Verwandten des Generals, darunter auch Fräulein v. Stolzenhain, Beträge von nur fünftausend Thalern, für Kleber war nichts ausgesetzt, jedoch sprach der Erblasser den Wunsch aus, Margareth solle nach ihrem Ermessen und je nach der Würdigkeit den Hausangehörigen des Generals Summen im Betrage von einhundert bis zweitausend Thalern auszahlen.

Das Vermögen des Generals war von ihm selber auf einhundert und fünfzigtausend Thaler geschätzt, er hätte also sehr Wohl alle seine Verwandten reichlicher bedenken und doch noch Margareth's Zukunft brillant gestalten können, dieses Testament aber zeigte deutlich, daß er seinen Verwandten überhaupt nur Legate aussetzte, um einem etwaigen Angriff auf das Testament vorzubeugen, denn am Schlusse stand die Bestimmung, daß Derjenige enterbt sein solle, welcher Einspruch gegen die Giltigkeit des Testamentes erhebe.

Der Notar bestätigte dann auch, daß den General diese Absicht geleitet, er habe ausdrücklich, als der Notar ihm Vorstellungen gemacht, erklärt, er wolle Diejenigen enttäuschen, welche auf sein Erbe gerechnet, aber sich sonst um ihn nicht bekümmert, dagegen aber Margareth belohnen, welche ihm ihre Hingebung widme und ihm den Beweis geliefert, daß sie nicht nach seinem Erbe trachte.

»Dieses Testament ist rechtsgiltig,« fuhr der Notar fort, »Doktor Manders hat ein Attest der Zurechnungsfähigkeit des Erblassers ausgestellt, und da keine Beschränkung der Pflichttheile stattgefunden hat, denn Sie, Herr Geheimrath, sind mit dreißigtausend Thalern bedacht.«

»Wie ich gehört,« bemerkte Sorben sehr ruhig, während Agathe kirschroth vor Aerger dasaß, »hat mein Onkel vor seinem Tode an Sie noch einen Brief in Bezug auf seinen letzten Willen gerichtet.«

»Der Brief ist hier,« versetzte der Notar, denselben vorlegend. »Der Herr General hat mich beauftragt, ihm ein neues Testament zur Vollziehung anzufertigen, nach welchem Fräulein v. Trotten nur dreißigtausend Thaler, Sie, Herr Geheimrath, ebenso viel, alle übrigen Verwandten des Erblassers aber zu gleichen Theilen den Rest des Vermögens nach Abzug kleiner Legate für die Dienerschaft erhalten sollen. Kleber ist nach dem ausdrücklichen Willen des Erblassers nicht zu berücksichtigen. Der Brief beweist die Sinnesänderung des Testators, kann aber wohl ein gesetzlich giltiges Dokument nicht umstoßen.«

»Das bestreite ich,« entgegnete der Geheimrath, »dieser Brief ist ein Testamentum posterius imperfectum, ein unvollendeter, aber giltiger Widerruf des letzt deponirten Testamentes und muß dasselbe um so eher nichtig erklären, als dasselbe auf irrigen Voraussetzungen des Testators beruhte und das Motiv des Willens kein rechtswidriges – die Schädigung von Verwandten – gewesen ist, da es ferner nachweislich das Produkt einer Laune, vielleicht hervorgerufen durch Zwang, gewesen ist. Ich erhebe diesen Protest im Interesse der benachtheiligten Verwandten des Erblassers.«

»Die Mörderin kann nicht die Erbin ihres Opfers werden,« rief Agathe, »die Erbschleicherin soll nicht triumphiren, ich erhebe Protest und sollte ich Alles durch den Prozeß verlieren.«

»Ich bin bereit, die Proteste zu Protokoll zu nehmen,« versetzte der Notar, »aber vielleicht läge es mehr in Ihrem Interesse, eine Einigung mit der Universalerbin zu versuchen. Der Herr General äußerte sich mir gegenüber schon, als er Fräulein v. Trotten zur Erbin eingesetzt, er fürchte, dieselbe werde das Erbe nicht annehmen, er weigerte sich aber, für diesen Fall andere Dispositionen zu treffen, indem er meinte, darin liege ja eine Aufforderung an das Fräulein, diesen Schritt zu thun.«

»Niemals werde ich mit der Person verhandeln, noch dulden, daß solches in meinem Namen geschehe,« versetzte Agathe, sich erhebend. »Ich werde meinen Rechtsbeistand beauftragen, meine Interessen zu wahren.«

Damit verließ sie das Gemach. Der Geheimrath saß eine Weile nachdenkend da. »Ich gestehe,« sagte er plötzlich, indem er sein Auge forschend auf den Notar heftete, »daß Ihre Worte mich sehr unschlüssig machen. Das Testament meines Onkels ist, wie Sie zugeben werden, derart, daß man selbst bei günstigem Vorurtheil für Fräulein v. Trotten den Argwohn einer Intrigue nicht unterdrücken kann, die Ueberraschung hat mich zu übereilten Worten hingerissen, denn Sie haben in dieser Beziehung allein ein maßgebendes Urtheil, Sie müssen es wissen, ob jener letzte Wille meines Oheims den Eindruck der Beeinflussung durch Dritte machte oder nicht.«

»Herr Geheimrath,« erwiederte der Notar, »ich kann Ihnen gestehen, daß auch mir diese letzte Verfügung des Generals eine nicht angenehme war, denn ich sah vorher, daß ich von allen Seiten bittere Vorwürfe darüber erhalten würde, dem Erblasser keine Vorstellungen gegen ein solches Testament, in welchem auch die Freunde des Generals vergessen sind, gemacht zu haben. Der General wies jedoch jede Vorstellung zurück; er sagte, er werde thun, was er wolle, er fürchte nur, das Fräulein werde seinen Willen zu Schanden machen, dann aber sei es ihm gleichgiltig, wer sein Erbe an sich bringe. Es kann daher nichts ungerechter sein, als das Fräulein der Erbschleicherei zu verdächtigen, der General sorgte sogar dafür, daß sie die Ursache meines Besuches im Schlosse nicht erfahren solle. Doch wir werden ja sehen, ob sie die Erbschaft annimmt oder nicht, geschieht das Letztere, so brauchen Sie nicht zu protestiren, dann fällt das Testament in Nichts zusammen.«

»Wann werden Sie ihr den Inhalt des Testamentes verkünden?«

»Sogleich, wenn mir das gestattet wird. Ich höre ja, daß sie verhaftet ist.«

Huck wurde gerufen und der Kommissär zeigte sich bereit, mit den Herren die Gefangene aufzusuchen – er hatte, da es inzwischen Abend geworden, schon den Wagen bestellt, der sie nach *** bringen sollte.

13.

Der Kommissär hatte bei Durchsuchung der Räume eine wichtige Entdeckung gemacht. Da der Geheimrath geäußert, daß sein Onkel einen Vorrath von allerlei Medikamenten gehabt, die er von Schäfern, Quacksalbern und Charlatanen bezogen, so revidirte er die Schränke im Arbeitszimmer des Generals sehr genau, und fand denn auch theils in einer Art von Hausapotheke, theils an anderen Orten, wo der General allerlei Raritäten und Antiquitäten, Versteinerungen, Edelsteine, Muscheln, alte Münzen u. s. w. verwahrt, bald hier, bald dort eine Schachtel oder Düte, in der sich eine Salbe, ein Pulver oder ein Kräuterthee befand, überall war notirt, gegen welches Gebrechen die Sache nütze, und das Datum der Beschaffung; manche Mixturen befanden sich danach schon an dreißig Jahren im Gewahrsam des Verblichenen.

Huck bemerkte in einem größeren Blechkasten, in welchem sich wiederum kleinere Blecheinlagen befanden, daß eine der letzteren fehlte. Sie mußte erst vor Kurzem herausgenommen sein, denn der Staub, welcher die Nebengefässe bedeckte, war an einzelnen Stellen frisch weggewischt, es waren deutlich die Spuren der Berührung dieser Gefässe bei der Herausnahme des Fehlenden zu erkennen.

Der Kasten enthielt in seinen verschiedenen Abtheilungen nur Gifte, verschiedene Vertilgungsmittel für Fliegen, Mäuse, Ratten u. s. w., aber die Beschaffenheit der Gifte bewies, daß sie schon viele Jahre hindurch hier gelagert, ohne benutzt worden zu sein, die Papiere waren vergilbt, die Mischungen vertrocknet, auch zeigte das Datum der Beschaffung auf längst vergangene Jahre.

Huck suchte überall nach der fehlenden Büchse, Kleber, der sich ihm dabei behilflich zeigen wollte, konnte nicht genug Befremden darüber äußern, daß etwas fehle; da endlich kam die Büchse zum Vorschein, Huck fand dieselbe in einem Schranke, hinter Büchern versteckt.

»Das ist ja höchst sonderbar,« rief Kleber, »Fräulein v. Trotten hat sich neulich die Schiller'schen Gedichte geholt, und hier, wo der Band, den sie entnommnen hat, fehlt, gerade hier findet sich die Büchse!«

»So verräth sich das Verbrechen,« versetzte Huck.

Die Büchse trug die Etikette: »Arsenik † † †. 18.. d. 5. Juni.«

Nach dem Datum der Beschaffung war das in der Büchse damals verwahrte Arsenik jetzt fünfzehn Jahre alt. Bei Oeffnung der Büchse zeigte sich dieselbe leer, es war kein Körnchen des Giftes darin zu erblicken, dasselbe hatte sich also vermuthlich in einer Düte befunden, die fest verschlossen gewesen.

Huck nahm die Büchse und stellte sie in den Blechkasten, sie paßte genau in die Stelle, wo ein Behältniß fehlte.

»Mir ist nur noch Eines nicht klar,« sagte er, Kleber fixirend, »dieser Kasten ist, da er Gift enthält, doch wahrscheinlich verschlossen gewesen. Die Vorrichtung für ein Vorlegeschloß ist da, aber das Schloß fehlt.«

Kleber zuckte die Achseln. »Ich weiß darüber nichts,« versetzte er, »ich habe diesen Kasten nie zu Gesicht bekommen, der selige Herr hielt den Schrank, in dem wir ihn gefunden, verschlossen, und seit ich bei ihm bin, ist nichts daraus gebraucht worden, so viel ich weiß; wir haben, wenn Gift gebraucht wurde, um Ungeziefer zu tödten, immer solches frisch aus der Apotheke geholt. Das Fräulein klagte in letzter Zeit über Mäuse, aber ich glaube nicht, daß der Herr General ihr aus diesem Kasten Gift gegeben, oder auch nur davon gesprochen, daß er Gift besitze.«

Huck schlug den Kasten in Papier ein und versiegelte das Packet, seine Miene verrieth nicht das Geringste und doch beschäftigte ihn ein Gedanke sehr lebhaft. Trotz des gleichgültigen Tones, in welchem er von dem Verschluß des Kastens gesprochen, hatte seine Frage eine sehr ernste Bedeutung gehabt, er hatte bemerkt, daß unter der Klammer, welche zum Verschluß diente, das Blech stark eingedrückt war und eine Schramme hatte, als ob hier Gewalt geübt worden und vielleicht ein Vorlegeschloß mit einem scharfen Instrument gesprengt worden sei.

Die Revision war gerade beendet, als Sorben den Kommissär fragen ließ, ob der Notar die Gefangene sprechen dürfe. Huck bat Kleber, einen verschlossenen Wagen zur Abführung der »Mörderin« bereit zu halten, und schien es nicht zu bemerken, welch' boshafter Triumph bei dieser Bezeichnung Margareth's seinerseits aus den Augen des Kammerdieners leuchtete. Er begab sich mit den beiden Herren zu Margareth und fand dieselbe in ruhiger, gefaßter Stimmung. Margareth hatte sich durch ein inbrünstiges Gebet gestärkt, in festem Gottvertrauen baute sie auf das gute Recht der Unschuld, und wie furchtbar ihr auch der Gedanke war, als Angeklagte in's Gefängniß zu müssen, so war ihr das beinahe doch noch lieber, als wenn man sie, belastet von diesem gräßlichen Verdacht, gezwungen hätte, bis auf Weiteres hier im Schlosse unter ihren boshaften Feinden zu verweilen.

Bei dem Anblicke Sorben's bedeckte Purpurgluth ihr Antlitz – das war der Mann, auf dessen Schutz sie gebaut – konnte auch er von ihr glauben, daß sie eine Mörderin sei?!

Es schien so. Wie schwer es ihm auch wurde, stellte der Geheimrath sich absichtlich so, als verhalte er sich völlig neutral und warte ab, wie das Gericht entscheiden werde, er wollte ihr kein freundliches Wort sagen, ehe er ihre Antwort auf die Kunde, welche der Notar ihr brachte, nicht gehört – aus dieser Antwort wollte er ja ersehen, ob er ihren Charakter richtig beurtheile. Er hielt sich im Hintergrunde, während der Notar sprach, aber Margareth hörte kaum, um was es sich handelte, als sie in lautes Schluchzen ausbrach. »O mein Gott,« rief sie, »und man hält mich für fähig, nach dem Leben des Mannes getrachtet zu haben, der es so gut mit mir meinte! Hören Sie auf, Herr Notar. Ich will nichts weiter wissen, will nicht hören, ob vielleicht die schmähliche Anklage, unter der ich stehe, diesen Willen des Verblichenen aufhebt oder anfechtbar macht. Lassen Sie mir die Genugthuung, aus freien Stücken schon jetzt zu erklären, daß ich nichts von seinem Erbe will. Ich hatte das dem Herrn General schon erklärt, und mehr als je weise ich heute Alles zurück, ich will das Geld nicht, um dessentwillen man mich haßt und verleumdet, obwohl ich wahr und wahrhaftig nie danach getrachtet.«

»Gnädiges Fräulein, überlegen Sie sich Ihren Entschluß –«

»Kein Wort davon, ich habe nichts zu überlegen, denn ich würde vor Scham in die Erde sinken, hätte ich je auch nur daran gedacht, den Erben des Generals das Geringste zu schmälern.«

Sorben hielt sich nicht länger. Tief erschüttert eilte er auf sie zu und ergriff ihre Hände. »Ich habe das geahnt,« rief er, »und bei Gott, spräche man Ihnen auch das Urtheil, ich glaubte doch an Ihre Unschuld. Was ich für Sie thun kann, soll geschehen, so wahr ich lebe!«

Er küßte die Hand Margareth's – besser konnte er nicht beweisen, daß er für ihre Unschuld eintrete, er küßte die Hand, der man nachreden wollte, daß sie gemordet habe!

Margareth lächelte in Thränen. »Ich habe das von Ihnen erwartet,« schluchzte sie. »Der Todte war uns Beiden theuer, er gab viel auf Sie, ich hätte es kaum ertragen, auch von Ihnen verkannt zu werden. Gott wird mir helfen!«

»Gnädiges Fräulein,« nahm Huck das Wort, und er war trotz seiner Selbstbeherrschung kaum im Stande, seine Bewegung verbergen, »meines Amtes ist, die Anklage zu verfolgen, aber ich thue das mit dem sehnlichen Wunsche, die Unschuld, sowie die Schuld an das Licht des Tages zu bringen. Ich hätte noch einige Fragen an Sie zu stellen und bitte, mir dieselben aufrichtig zu beantworten.«

»Ich bin dazu bereit.«

»Hatten Sie Kenntniß davon, daß der General einen Blechkasten besaß, in welchem sich allerlei Gifte befanden?«

»Nein, das heißt, er sprach einmal davon, daß er viele Hausmittel besitze, die ihm lieber als die Arzneien der Aerzte seien.«

»Sie wußten, wo er dieselben verwahrte?«

»Nein, aber ich denke, er hatte sie in seinen Schränken.«

»Einen großen Blechkasten haben Sie also nie gesehen?«

»Nein.«

»Sie haben sich neulich Schiller's Gedichte aus dem Bibliothekschrank geholt?«

»Ja, einen Band. Der Herr General war zugegen und erlaubte es mir; sonst hätte ich das nicht gethan.«

Margareth sprach dies in völlig unbefangener Weise, es lag fast auf der Hand, daß sie diese Thatsache bestritten haben und gesagt haben würde, der General habe ihr den Band gebracht, wenn sie die Büchse hinter den Büchern versteckt gehabt hätte.

»Wo ist der Band Gedichte?« forschte Huck weiter.

»Er muß im Salon liegen.«

»Wann nahmen Sie den Band ans der Bibliothek?«

»Vor etwa acht Tagen.«

»Wann waren Sie zuletzt im Arbeitszimmer des Generals?«

»Gestern Morgen, als ich ihm die Zeitung vorlas.«

»Ich danke Ihnen,« sagte Huck, »alle Ihre Aussagen haben etwas Präzises und ich bedaure nur, daß Sie nicht erklären können, wie die Arsenikdüte in Ihre Tasche gekommen ist. Haben Sie denn gar keinen Verdacht, daß Jemand, um Sie zu verdächtigen, dies heimlich gethan vielleicht in der Zeit, als Sie heute Nacht zu dem Kranken gerufen wurden?«

Margareth zögerte mit der Antwort, endlich schaute sie auf, ihr Auge blickte klar und ruhig. »Es ist fast so,« erwiederte sie, »als müsse solches geschehen sein. Ich habe darüber nachgedacht. Ich hätte beim Entkleiden doch auch die weißen Flecken bemerken müssen, die Minna gesehen haben will, und es ist seltsam, daß sie mich darauf nicht aufmerksam gemacht hat. Ich entsinne mich überdem, daß ich mein Taschentuch in dem Kleide gehabt und dasselbe herausgezogen, als ich mich entkleidete. Hier ist das Tuch – es ist freilich jetzt naß von Thränen. Aber selbst wenn ich Jemand einer solchen Schlechtigkeit für fähig hielte, mich verdächtigen zu wollen, würde ich ihn nicht nennen, denn halte ich auch Jemand für boshaft genug, mir alles Schlechte zu wünschen, so glaube ich doch gerade von dieser Person nicht, daß sie dem General nach dem Leben getrachtet, und das müßte ja der Fall gewesen sein, wenn sie mir die Düte in's Kleid gesteckt hätte. Das Letztere konnte auch, ohne daß ich es bemerkte, nicht geschehen, so lange ich das Kleid am Leibe trug, denn die Tasche steckt zwischen den Falten, auf mein Zimmer konnte die Person aber wohl nicht kommen, ohne daß Minna oder sonst Jemand sie bemerkt.«

»Und Sie trauen Ihrer Zofe keine Niederträchtigkeit zu?« forschte Huck.

»Ganz gewiß nicht!« rief Margareth. »Ich war stets mit ihr zufrieden und habe ihr nie ein böses Wort gesagt.«

»Nicht? Minna behauptete doch, aus Furcht vor Ihrem Zorne verschwiegen zu haben, daß sie die weißen Flecke gesehen.«

»Diese Aeußerung ist mir räthselhaft geblieben, wie so manches Andere,« entgegnete Margareth. »Minna hat mir nie gezeigt, daß sie sich vor mir besonders fürchte, und hatte auch keinen Anlaß dazu.«

Huck verneigte sich und flüsterte dann dem Geheimrath einige Worte in's Ohr, welche denselben höchst angenehm zu überraschen schienen. Beide wollten sich eben mit dem Notar, der ein stummer Zeuge des Verhörs gewesen, entfernen, als ein Lakai die Meldung brachte, der Herr Staatsanwalt Berg sei soeben eingetroffen und frage nach Herrn Huck.

Der Kommissär begab sich in Begleitung des Herrn v. Sorben in's Erdgeschoß, um Berg zu begrüßen, der Notar empfahl sich. Als Huck die Treppe erreichte, sah er Minna, die in einem Winkel sich zu schaffen machte, als suche sie dort etwas; er trat näher. Minna's Antlitz war auffallend geröthet, sie schien verwirrt; er fragte sie, wonach sie suche, und sein scharfes Auge bemerkte unter dem Kehricht in einem Eimer ein kleines Vorlegeschloß.

»Haben Sie das eben gefunden?« fragte er, als Minna nicht antwortete.

»Ja –« stotterte sie in immer auffälligerer Verwirrung.

»Das ist ja sehr glücklich,« bemerkte Huck. »Kleber hat Ihnen wohl gesagt, daß wir das Schloß vermissen?«

»Ja,« sagte sie, sichtbar erleichtert.

Huck nahm das Schloß aus dem Kehricht, es steckte ein kleiner Schlüssel darin. »Da haben wir's ja,« rief der Kommissär. »Seit wann befindet sich dieser Kehricht in dem Eimer?«

»Seit heute Morgen.«

»Sie haben das Zimmer des Fräuleins ausgefegt?«

»Nein, nur den Flur und die anderen Zimmer, das Fräulein war ja in der Stube, als ich aus-
fegen wollte.«

»Haben Sie beim Fegen nicht bemerkt, daß das Schloß unterm Besen war, können Sie mir
nicht sagen, wo es gelegen hat?«

»Ich habe beim Fegen nichts bemerkt, Herr Kleber sagte mir, ich solle nachsuchen und ich
bin selbst erstaunt, daß ich das Schloß im Eimer finde. Es muß Jemand dasselbe in den Kehricht
geworfen haben, denn so etwas kann man nicht unbemerkt mit dem Besen auf die Schippe
fegen.«

»Ganz gut, aber wer kann das wohl gewesen sein? Ging Jemand durch den Korridor, als Sie
gerade fegten?«

»Ja – der Herr Doktor v. Trotten.«

Minna sprach das mit einer gewissen Hast.

Der Kommissär rief dem Lakaien, welcher sich noch auf der Treppe befand, zu, er solle ihm
sofort den Gerichtsdiener schicken.

»Kommen Sie mit mir,« sagte er dann zu Minna und öffnete ein Zimmer.

Minna's Antlitz war wie mit Blut übergossen, der veränderte Ton des Beamten schien sie zu
erschrecken, sie zögerte, ihm zu folgen.

»Gehorchen Sie,« herrschte der Beamte, »vorwärts!«

Sie zitterte an allen Gliedern. »Herr Gott,« jammerte sie, »was wollen Sie denn von mir, ich
habe doch nichts gethan!«

»Schweigen Sie!« befahl Huck. »Das Mädchen ist verhaftet,« wandte er sich dann zu dem
herbeigekommenen Polizeidiener, »Sie sorgen dafür, daß sie mit Niemand, am wenigsten mit
dem Kammerdiener spricht. Sie bleibt in diesem Zimmer bis auf Weiteres.«

Minna schrie auf, aber Huck schloß hinter sich die Thüre und ließ sie mit dem Polizeidiener
allein.

»Es scheint,« flüsterte er dem Geheimrath, der ein stummer Zeuge der Scene gewesen, zu,
»daß wir doch eine andere, die wahre Spur des Verbrechers finden, das Mädchen spielt die ihr
zudiktirte Rolle schlecht.«

Als die Herren wieder die Treppe erreichten, begegnete ihnen Kleber. Es lag etwas Unruhiges
in den Augen des Kammerdieners, als er sagte, der Herr Staatsanwalt warte, ob der Lakai auch
recht bestellt habe.

»Ich komme,« versetzte Huck, als er aber sah, daß Kleber Miene machte, ihn vorbei zu lassen,
sagte er: »Gehen Sie nur voran, führen Sie uns zum Herrn Staatsanwalt.«

Kleber gehorchte, er öffnete den Empfangssalon des Erdgeschosses, wollte sich aber entfernen, als die Herren eingetreten waren.

»Sie bleiben hier,« sagte Huck. »Ich werde Sie sogleich rufen, ich bedarf Ihrer.«

Kleber verneigte sich.

Sorben hatte sich bereits dem Staatsanwalt vorgestellt. Huck bat denselben, ihn noch für
einige Augenblicke zu dispensiren, Herr v. Sorben werde ihm über die Vorgänge berichten.

Berg blickte bejahend, Huck eilte zur Thüre, und wie er erwartet, fand er Kleber nicht im
Korridor. Er begab sich zur Treppe und horchte. Er hörte die Stimme des Polizeidieners, welcher
Minna bewachen sollte. Derselbe wies Kleber zurück. Der Kammerdiener kam mit geröthetem
Antlitz die Treppe hinab, als er Huck sah, erschrak er sichtlich, ja, er schien unschlüssig zu
sein, ob er seinen Weg fortsetzen oder zurückweichen solle.

»Zum Kukuk,« rief Huck, »wo stecken Sie denn! Der Herr Staatsanwalt will Ihre Aussage
hören.«

Kleber stotterte einige Worte der Entschuldigung. Als er in die Nähe Huck's gekommen,
legte dieser die Hand auf seinen Arm. »Ich verhafte Sie im Namen des Königs,« sagte er; gleichzeitig zog er mit der Linken eine Pfeife aus der Tasche und ließ ein gellendes Signal ertönen.

Kleber wurde kreidebleich. »Weshalb,« stotterte er, »mich verhaften Sie – mich?«

Er wollte seinen Arm frei machen, aber Huck hielt denselben mit eiserner Faust, Huck mochte es fühlen, daß der Mann Lust habe, zu entspringen. »Ich verhafte Sie,« sagte er, »weil Sie sich nicht entfernen sollten und es doch gethan haben. Fügen Sie sich, sonst gibt es Handschellen.« Der zweite Polizeidiener eilte herbei. »Dieser Mann ist verhaftet,« sagte Huck, »Sie haften für ihn. Herr Kleber,« wandte er sich zu dem Diener, der roth und bleich wurde und wie Espenlaub zitterte, »der Beamte hat einen Revolver und er hat Handschellen. Machen Sie also keinen Fluchtversuch.«

»Ich denke nicht an Flucht,« versetzte Kleber, »ich habe nichts zu fürchten. Ich gehorche der Obrigkeit. Aber es ist hart, daß Sie mich vor allen Leuten beschimpfen. Ich habe meinem Herrn zehn Jahre treu gedient. Ich bin kein Spitzbube, dem Sie mit Fesseln drohen dürfen.«

»Machen Sie keinen Fluchtversuch, so wird man Sie schonend behandeln,« erwiederte Huck und drehte ihm den Rücken. »Das Uebrige wird sich finden.«

Huck hatte dem Staatsanwalt nur den Bericht zu ergänzen, welchen Sorben bereits gemacht. Er konnte die Erklärung abgeben, daß er auf der Abführung des Fräuleins v. Trotten nicht mehr bestehe, obwohl er sie trotz Allem für geboten halte. »Die Lügen Kleber's,« sagte er, »konstatiren die Möglichkeit, daß derselbe aus Haß den Verdacht des Verbrechens auf das Fräulein gelenkt hat – aber ihre Unschuld ist nicht erwiesen, es ist möglich, daß Kleber seine Aussagen nur so eingerichtet, um die Verdachtsmomente gegen das Fräulein zu vermehren. Er hat die Unwahrheit behauptet, daß das Fräulein ihn wegen des Briefes an den Notar befragt habe, um den Verdacht zu erwecken, daß sie ein besonderes Interesse am raschen Tode des Generals gehabt; sehr verdächtig ist seine Bemühung, den Doktor von Trotten zu verdächtigen, er hat jedenfalls die Zofe zu unwahren Aussagen verleitet, das Schloß vielleicht selber in den Kehricht geworfen. Das Alles kann aber aus persönlichem Hasse und in der Absicht geschehen sein, die Dame, die er für die Mörderin hält, möglichst zu kompromittiren, es beweist nicht, daß er der Mörder, daß das Fräulein unschuldig ist. Der Umstand, daß das Fräulein der Erbschaft entsagt, ist von gar keinem Gewicht. Wie günstig auch Herr v. Sorben das Fräulein beurtheilt, kann doch jeder Andere, der sie für eine Heuchlerin hält, die Meinung festhalten, daß sie sich nur gegen den Schein gewahrt hat, als habe sie das Testament zu ihren Gunsten erschlichen und verschmähe jetzt die Erbschaft, um eben ihre Uninteressirtheit zu beweisen, – die Thatsache steht fest, daß durch den Mord die Vernichtung des Testamentes, welches der General umstoßen wollte, unmöglich gemacht ist, daß also der Mord in ihrem Interesse geschah. Alles, was für sie spricht, wenn man ihren Charakter günstig beurtheilt, zeugt gegen sie, sobald man sie für eine geschickte Heuchlerin hält, und für das Letztere spricht nicht nur der Umstand, daß es ihr in kurzer Zeit gelungen ist, den General zu veranlassen, ihr sein Vermögen zu verschreiben, sondern daß sie es auch verstanden, den Herrn Geheimrath zu ihrem Gönner zu machen.

»Verzeihen Sie,« lächelte Huck, als er sah, daß Sorben unwillig erröthete und der Staatsanwalt sehr befremdet und finster darein schaute, »meine persönliche Ansicht ist genau die des Herrn Geheimeraths; ich halte das Fräulein für völlig unschuldig, für das Opfer einer infamen Intrigue, aber eben deshalb wünsche ich, daß ihre Unschuld erwiesen, nicht aber daß sie wegen mangelnder Beweise der Schuld freigesprochen wird. Das Fräulein v. Stolzenhain hat mich darüber belehrt, mit welcher Hartnäckigkeit Personen, welche das Fräulein kennen, an ihre Schuld glauben; diese Partei wird nur eines Besseren belehrt werden, wenn man ohne Schonung, ohne Rücksicht, streng nach dem Gesetze gegen Fräulein v. Trotten verfährt und das Gericht dann ihre Unschuld konstatirt.«

Es mußte Berg einen harten Kampf kosten, denn es währte lange, bis er sich für die Ansicht des Beamten entschied und die Aufrechthaltung des Verhaftbefehls anordnete. »Es ist furchtbar hart,« sagte er, »aber das Gerücht der gegen sie erhobenen Anklage hat doch schon ihren Ruf angetastet; gebe Gott, daß wenigstens die Entlarvung des Schuldigen ihre vollständige Freisprechung möglich mache!«

14

Wir lassen ein Jahr in unserer Erzählung vorübergehen.

Die Hoffnung des Staatsanwaltes hat sich nicht bestätigt – trotz aller Mühe, die er sich gegeben, trotz aller Anstrengungen Huck's, Kleber zum Geständniß, Beweise für die Schuld desselben am Morde zu finden, hat das Gericht den Spruch gethan, welchen Huck befürchtet: Freilassung der Angeklagten wegen nicht bewiesener Schuld!

Die Zofe Minna hatte gestanden, daß sie von Kleber bewogen worden, falsche Aussagen gegen Margareth zu machen. Kleber, der ihr schon früher die Ehe versprochen, hatte ihr vorgestellt, man müsse es verhindern, daß die Sache vertuscht werde, weil die Mörderin eine Vornehme sei und auch den Geheimrath auf ihrer Seite habe; es wäre kein Verbrechen, etwas Unwahres anzugeben, wenn man dadurch verhindere, daß eine Mörderin unbestraft bleibe. Sie gestand, daß sie keine weißen Flecken am Kleide Margareth's gesehen, weigerte sich aber zu konstatiren, daß sie dieselben bemerkt haben müßte, wenn sie vorhanden gewesen wären. Ihre Aussage entlastete Margareth daher in dieser Beziehung ebenso wenig als das Geständniß, daß das Schloß, als sie an den Kehricht-Eimer getreten, oben auf demselben, nicht aber, wie sie zuerst gesagt, im Kehricht versteckt gelegen habe – es blieb die Möglichkeit, daß Margareth oder ihr Bruder dasselbe dahin geworfen.

Kleber beharrte hartnäckig bei seinen Aussagen, und als ihm gesagt wurde, der Geheimrath habe beschworen, daß Margareth zu der Zeit, wo sie ihn wegen des Briefes befragt haben solle, im Salon gewesen sei, erklärte er, das Gegentheil beschwören zu können; die Unterredung habe freilich nur einige Sekunden gedauert. Der Staatsanwalt wies in glänzender Rede nach, daß der Verdacht des Mordes in höherem Maße auf Kleber als auf Margareth ruhe, daß Kleber die Entlassung aus dem Dienste gefürchtet habe, daß sein Eifer, Margareth selbst durch offenbare Lügen zu verdächtigen, ihn als Schuldigen brandmarke. Er wies nach, daß Kleber, der zehn Jahre beim General gewesen, den Blechkasten jedenfalls gekannt und gewußt habe, daß er darin Arsenik finde, während es von Margareth nicht anzunehmen sei, daß sie dies gewußt und daß sie Gelegenheit gehabt, die Schränke des Generals unbemerkt durchstöbern und den Kasten erbrechen zu können. Huck hatte nachgewiesen, daß das Vorlegeschloß, welches sich am Kasten befunden, mit Gewalt gesprengt worden, daß also das im Kehricht mit Schlüssel gefundene Vorlegeschloß wohl ein anderes gewesen sei, das Kleber nur zu dem Zwecke, Margareth weiter zu verdächtigen, in den Kehricht geworfen. Der Staatsanwalt schloß hieraus, daß Kleber ebenso gut das Arsenik heimlich in Margareth's Kleid gesteckt haben könne, während sie sich zu dem Erkrankten begeben, und er beantrage daher, Kleber des Mordes und wissentlich falscher Aussagen zu bezüchtigen, Margareth aber freizusprechen – das Gericht erkannte anders.

Zu Gunsten Margareth's sprach ihre Vergangenheit, ihre Haltung bei ihrer Verhaftung, das Urtheil des Geheimraths und der Eindruck, den ihre Erscheinung auf die Richter hervorrief, aber es traten auch für Kleber Zeugen auf, welche seine treue Ergebenheit für den General konstatirten und erklärten, er könne in seinem Eifer wohl zu weit gegangen sein, aber er wäre eines Verbrechens unfähig.

So lautete denn der Spruch des Gerichtes auch gegen ihn auf Freisprechung von der Anklage des Mordes, und es war daher Jedem überlassen, ihn oder Margareth für schuldig zu halten; auf Beiden blieb der entsetzliche Argwohn haften, der sein Brandmal auf den guten Namen drückt.

Um so größer war das Aufsehen, als sich kurz nach Beendigung des Prozesses das Gerücht verbreitete, der Staatsanwalt Otto Berg habe um seine Entlassung aus dem Staatsdienste nachgesucht und seine Hand Margareth v. Trotten angetragen, als wolle er damit bekunden, daß er, der Ankläger des Königs, so fest von der Unschuld Margareth's überzeugt sei, daß er sich nicht scheue, ihr diese Genugthuung anzubieten. Gleichzeitig hörte man, daß sie ihre Verzichtleistung auf das Erbe des Generals nicht nur aufrecht erhalten, sondern auch eine bedeutende Summe, die ihr der Geheimrath v. Sorben als Entschädigung angeboten, zurückgewiesen habe.

Komödie! sagten die Einen; Berg ist bemittelt, seine Hand entschädigt sie für die Summe, welche Sorben ihr bietet, denn das Testament wäre doch ungiltig erklärt worden, und es soll jetzt so aussehen, als ob sie niemals an Erbschleicherei gedacht; – Berg ist ein Narr, sagten die Anderen; er war immer ein Schwärmer und jetzt hat ihn diese Kokette in ihr Netz gelockt, jetzt ist ihre Freisprechung erklärt; ein Staatsanwalt, der in sie verliebt war, konnte sie freilich nicht für schuldig halten und hat die Anklage zu ihren Gunsten verdreht. Da hörte man, daß sie den Antrag Berg's abgelehnt habe und plötzlich verschwunden sei. Man schüttelte die Köpfe, aber wie die Welt immer gern das Böse glaubt, so muthmaßte man jetzt, Margareth habe sich aus dem Staube gemacht, weil sie eine Revision des Prozesses fürchte, es hieße nur so, daß sie Berg einen Korb gegeben; Berg werde sich wohl doch noch eines Besseren besonnen und diese Form des Bruches gewählt haben, um nicht sagen zu müssen, daß er mit seinem Antrage eine unüberlegte Thorheit begangen, welche zu bereuen er schon jetzt Gelegenheit gefunden, und diese Ansicht wurde dadurch bestätigt, daß er sein Entlassungsgesuch nicht zurücknahm und auf Reisen ging.

So sprachen die Leute. Der Einzige, der außer ihrem Bruder vielleicht Margareth's Handlungsweise richtig zu würdigen verstand, der Geheimrath Sorben, achtete ihren Willen, den sie in einem Briefe an ihn, in welchem sie die Annahme jeder Art von Unterstützung ablehnte, ausgesprochen. »Ich bitte Sie,« so lautete es darin, »mir nicht nachzuforschen, die Leute über mich reden zu lassen, was sie wollen, mich zu vergessen. Vergessen zu werden von Allen, die mich gekannt, das ist mein sehnlichster Wunsch; man lasse mich tragen, was mir beschieden ist, ich will weder Hilfe noch Trost.«

Wer konnte ihr auch Trost bieten? Das Einzige, was ihrem Herzen Trost und Hoffnung gegeben, die Erklärung Berg's, daß er an ihre Unschuld glaube, sie liebe, sie bitte, ihn ihr Weh mit ihm theilen zu lassen – das hatte ihrem Herzen auch eine neue, tiefe Wunde geschlagen: Sie lernte das süße Gefühl der Liebe zu einem edlen Manne nur kennen, um auch entsagen zu lernen; wie hätte sie es über sich gewonnen, ein solches Opfer anzunehmen, zu sehen, wie man den Mann, den sie liebte, um ihretwillen vielleicht mied oder gar verachtete. Der Mann, dessen Herzensadel ihr Bewunderung und das beseligende Gefühl der Liebe eingeflößt, der sollte seinen Namen einer Gebrandmarkten geben, seine Ehre mit einer Beschimpften verflechten, um ihretwillen vor den Leuten erröthen?!

Nein. Mit blutendem Herzen hatte sie sich losgerissen und ein neues Wehe, süß schmerzlich, zog in ihr Herz, das Leid, das sie schon trug, nur noch schwerer zu machen.

Und es war unsagbar schwer. Das Schicksal, das sie verfolgt, hatte nicht nur ihren Ruf, ihre Existenz vernichtet, es hatte auch ihren Bruder getroffen.

Hatte auch gegen Eduard keine Anklage erhoben werden können, so war doch der Verdacht gegen ihn, daß er der Mitschuldige seiner Schwester, durch Kleber's Verdächtigungen genug angeregt worden, um allerlei Gerüchte über ihn zu verbreiten, die im Verein mit dem alten Gerede, daß er eine reiche Parthie suche, ihn zwangen, die Hoffnung, in O. eine Existenz sich zu schaffen, aufzugeben. Der glückliche Erfolg, den er im Hause des Herrn v. Storchfeld gehabt, wog leicht gegen das Gerücht, er habe dem alten General v. Sorben eine Arsenikkur verordnet, die äußerst gefährlich gewesen und die dann auch seiner Schwester Gelegenheit gegeben, den General, der ihr sein Vermögen verschrieben, unter die Erde zu bringen.

Er zog nach Berlin, um sich dort in der großen Stadt eine neue Existenz zu gründen. In kleinen Orten bekümmert sich Jeder um seinen Nachbar, will wissen, wie er lebt und wie er's treibt, da wird die Vergangenheit eines Jeden beklatscht und gerade von dem am meisten erzählt, von dem man am wenigsten weiß. In der großen Stadt verschwindet der Einzelne in fluthenden Menschenwogen, da kennt man ihn kaum in seinem Viertel und die nächsten Nachbarn wissen oft nicht, wie er heißt. Da kann sich ebenso gut eine Berühmtheit verstecken, wie die Armuth verhungern, da kann der Uebelberufene sich einen neuen Namen schaffen, ein neues Leben beginnen.

Es war für Eduard ein Bedürfniß, sich den Blicken der Menschen zu entziehen, die selten mit Theilnahme, meist nur mit Neugierde oder gar mit schadenfroher Bosheit ihn beobachtet, wie er den auf ihm lastenden Verdacht trage, wie er sich zu helfen suchen werde, und die ihm nur Theilnahme ausdrückten, wenn sie horchen wollten, wie es mit dem Prozesse stehe. Er hielt seine Abreise geheim, bis er Alles vorbereitet, dieselbe antreten zu können, und mit unsäglicher Bitterkeit verließ er die Stadt, wo er mit dem redlichsten Willen sich vergebens bemüht, sein Brod zu finden, wo er Manchem geholfen, der ihm dann das Honorar schuldig geblieben und jetzt vielleicht am verächtlichsten von ihm sprach.

In der Residenz traf er mit Margareth zusammen, welche sich nach ihrer Freilassung direkt dorthin begeben hatte. Beide Geschwister sanken sich einander in die Arme, den Lippen fehlten die Worte, das auszusprechen, was die Herzen fühlten. Wie zwei Schiffbrüchige von der Woge an den Strand getrieben standen sie da, einsam, der Eine auf den Anderen angewiesen, inmitten einer fremden Welt.

Sie nahmen sich eine bescheidene Wohnung; Margareth wollte sich Erwerb durch Handarbeit suchen, Eduard schlug ein Schild an seine Thüre mit der Angabe, um welche Zeit er Sprechstunde für Kranke halte.

Es liegt immer eine bittere Ironie in solchen Anzeigen, und der Spötter kann leicht von der unerschütterlichen Ruhe sprechen, welche die Nachtklingel eines jungen Arztes hält, aber wer beschreibt die Seelenmarter des Armen, welcher Stunde für Stunde, Tag für Tag, Woche für Woche vergeblich wartet, daß ein Patient ihn rufe, und er soll den Miethzins für seine Wohnung zahlen, er will leben! Nicht einmal die Leute im Hause rufen ihn zu Hilfe; sie denken, der Arzt könne nichts taugen, den kein Anderer ruft.

Eduard erreichte, was er gewollt, als er nach der großen Stadt gezogen – es kümmerte sich hier Niemand um sein Privatleben, um Gerüchte, welche Bosheit über ihn verbreitet, aber es kümmerte sich auch Niemand darum, daß er Patienten suchte, das; er sich in der ***-Straße als Arzt etablirt habe!

Es war ein bitter niederdrückendes Gefühl für ihn, daß er, dessen Studien dem Vater so schweres Geld gekostet, anstatt die Schwester jetzt unterstützen zu können, kein Brod zu verdienen vermochte, während Margareth in sehr kurzer Zeit einen zwar bescheidenen, aber doch sicheren Erwerb fand; es wurde ihr von einem Geschäftsinhaber mehr Arbeit angeboten, als sie bewältigen konnte. Da stand er nun da und bereute es fast, daß er nicht ein Handwerk gelernt, anstatt die Wissenschaft zu studiren; er kam sich vor wie ein Mensch, der nutzlos auf der Welt dastehe und vielleicht bald seiner Schwester zur Last fallen werde, es schwand ihm der Muth, noch länger mit einem harten Schicksal um seine Existenz zu kämpfen, und der düstere Gedanke, seinem zwecklosen Dasein ein Ende zu machen, trat vor seine Seele.

Es ist gefährlich, sich solchen Gedanken hinzugeben, denn selbst da, wo sie nicht zu dem entsetzlichen Entschlusse des Selbstmordes führen, stumpfen sie die Willenskraft völlig ab, ertödten den Nerv, der diese belebt.

Eduard machte weite Spaziergänge durch die Stadt und deren nächste Umgebung, einmal um nicht den ganzen Tag, wie in der angesetzten Sprechstunde, auf Patienten zu warten, die nicht kamen, und sich wenigstens den Anschein zu geben, als besuche er Kranke, dann aber, weil er immer gehofft, der Zufall werde ihn einmal zum Zeugen eines Unglücksfalles machen, wo er als Arzt helfend beispringen und den ersten Patienten finden könne.

Aber auch das gelang ihm nicht.

Da schritt er eines Tages trüben Sinnes, gedrückter als je, bei der Börse vorüber, durch die elegantesten Theile der Stadt dem Thiergarten zu, um in den schönen Waldparthien desselben seinen Gedanken nachzuhängen, als er beim Ueberschreiten des Dammes der Thiergartenstraße plötzlich eine Brieftasche bemerkte, welche hart an der Gosse lag und jedenfalls erst kürzlich von Jemand verloren war.

Er nahm die Tasche auf und schaute sich um, aber er sah Niemand, der etwas Verlorenes suchte, und die Hoffnung stieg in ihm auf, daß er einen Fund gemacht, der ihm vielleicht Glück bringen könne. Die Tasche war dem Besitzer vielleicht von großem Werthe. Eduard erröthete bei dem Gedanken vor Scham, daß er ein Finderlohn annehmen, Gewinn aus der Nachlässigkeit eines Anderen ziehen solle, aber die Noth brach Eisen – er sagte sich, daß er solchem Stolze entsagen und Gott danken müsse, wenn er auf ehrliche Weise etwas verdienen könne. Vielleicht aber brauchte er nicht zu erröthen, vielleicht bot ihm der Verlierer statt des Finderlohnes seine Hilfe, verschaffte ihm Kundschaft.

Er eilte heim; der schwache Hoffnungsstrahl belebte ihn, wie Frühlingssonne die Scholle und Bäume, und Luftschlösser entsprossen dem Hoffen wie junge Saat dem erwärmten Acker. Er kam nach Hause und erst hier besichtigte er seinen Fund. Die Brieftasche war vom feinsten braunen Leder und es befanden sich, außer einigen Wechseln und Briefen, zehn Fünfhundert-Thalerscheine darin, also fünftausend Thaler baares Geld – nach dem Gesetze gebührten dem Finder fünfhundert Thaler!

Er war wie betäubt. Der Finderlohn, der ihm gebührte, den er fordern durfte, betrug eine Summe, die für ihn ein Kapital war, die ihm gestattete, durch Annoncen in den Zeitungen Kranken seine Hilfe anzubieten und sein Dasein zu fristen, bis er Kundschaft gefunden.

Er suchte in der Tasche nach, ob sich etwas finde, woraus er den Namen des Verlierers ent-decken könne, es erschien ihm fast wie ein Verbrechen, daß er schon den Finderlohn sich be-rechnete, als müsse derselbe ihm werden, der Verlierer war vielleicht arm, das Geld nur geliehen oder ihm anvertraut – durfte er da den Mann berauben? War es nicht erbärmlich, daß er schon Luftschlösser auf einen Gewinn baute, den er ohne jede Mühe sich verschaffen wollte?

Er fand eine Briefadresse, die den Verlierer der Tasche vermuthlich bezeichnete; der einlie-gende Brief trug Bleistiftnotizen vom Empfänger. Eduard ersah aus dem Couvert und dem Schreiben, daß der Verlierer der Tasche ein Bankier Apel sei, der jedenfalls sehr bedeutende Geldgeschäfte mache, da er in dem Schreiben aufgefordert wurde, nach seinem Ermessen fünf-zigtausend Thaler gekündigter Hypothekengelder in Werthpapieren anzulegen und da auch die in der Tasche befindlichen Wechsel über bedeutende Summen lauteten.

Eduard eilte zum nächsten Kaufmann, um im Adreß-Kalender nachzuschlagen, wo der Ban-kier Apel wohne, aber kaum hatte er die Adresse gefunden, als ein Mädchen in den Laden stürzte und fragte, wo der nächste Arzt wohne, es sei ein schreckliches Unglück geschehen.

Eduard war natürlich bereit, die verlangte Hilfe zu leisten – der Bankier mochte warten, er bekam seine Brieftasche immer noch zur Zeit, es war die erste Pflicht des Arztes, dem Rufe des Unglückes zu folgen.

Das Mädchen erzählte unterwegs, ihre »gnädige Frau« habe selber eine Gardine anstecken wollen, der Tritt, den sie zu diesem Behufe gebraucht, sei schadhaft gewesen und unter ihr zusammen gebrochen; sie liege wie todt da, der gnädige Herr sei nicht zu Hause.

Eduard fand nicht nur die Angaben des Mädchens bestätigt, sondern noch sehr bedenkliche Nebenumstände. Abgesehen davon, daß die Dame sich sehr ernstlich am Kopfe und einem Beine beschädigt, befand sie sich in einer Lage, in welcher Frauen schon ein Schrecken schädlich sein kann, geschweige [???] denn ein solcher Sturz. Eduard ließ die Kranke zu Bette bringen, besorgte den nothwendigen Verband und erklärte dem bestürzten Gatten, der inzwischen geholt worden war, daß ein Arzt bei der Kranken bleiben müsse, er solle seinen Hausarzt rufen lassen, falls er einen solchen habe.

Der Mann – er war Beamter – erwiederte, daß er keinen Hausarzt habe und Eduard sein volles Vertrauen schenken wolle. So verweilte denn Eduard bei der Kranken und leistete ihr die nöthige Hilfe, bis er um Mitternacht dem besorgten Gatten den Trost geben konnte, die schwerste Gefahr für seine Frau wäre vorüber, das Kind, das sie ihm geschenkt, werde freilich kaum am Leben zu erhalten sein.

Am frühen Morgen kam Eduard wieder, und diesmal konnte er sein Glück preisen; was er für kaum möglich gehalten, war jetzt im Bereich sicherer Hoffnung, er verkündete dem glück-seligen Vater, daß ihm auch sein Kind erhalten bleiben könne. Die Segenswünsche des Glück-lichen folgten ihm, als er sich entfernte, und mit dem Hochgefühle, daß er ein schweres Werk vollbracht, vermischte sich die selige Hoffnung, das Schicksal werde endlich aufhören, ihn zu verfolgen, war doch fast ein Wunder geschehen, ihm die Arbeit dieser Nacht segensreich zu ge-stalten. Froher Hoffnung voll begab er sich mit der gefundenen Brieftasche zu der Wohnung des Bankiers, und als er hörte, Herr Apel sei im Comptoir, in das Geschäftslokal des Geldmannes.

Als er dem Commis, der ihn nach seinem Begehren fragte, eröffnete, in welcher Angelegenheit er Herrn Apel persönlich zu sprechen wünsche, denn der Commis hatte Anstand genommen, den reducirt aussehenden Fremden ohne Weiteres seinem Chef zu melden – fiel es ihm auf, daß man ihn in eigenthümlicher Weise musterte; die Buchhalter steckten die Köpfe zusammen, es sah fast so aus, als wisse man hier nichts von dem Verluste des Herrn Apel und halte ihn für einen Schwindler, der unter erdichtetem Vorwand vielleicht eine Bettelei anbringen wolle.

Herr Apel erschien; er war ein noch junger, aber sehr wohlgenährter Mann; in seinen Zügen war die Arroganz des Geldstolzes, dünkelhafter Hochmuth und Kälte des Herzens scharf ausgeprägt. Er musterte Eduard von oben bis unten.

»Sie haben meine Brieftasche *gefunden*?« fragte er, das letzte Wort leicht betonend, als verhöre er einen Verbrecher.

Eduard erröthete vor Empörung – mit so verächtlicher Herablassung hatte ihn noch Keiner behandelt.

»Wenn dies Ihr Portefeuille ist,« erwiederte er, dasselbe aus der Tasche ziehend, »ja.«

»Das ist meine Brieftasche,« rief Apel, ergriff dieselbe und prüfte den Inhalt in möglichst verletzender Art für den Finder, als scheue er sich gar nicht, den Argwohn zu verrathen, der ihn zu dieser Prüfung veranlasse.

»Es ist Alles richtig,« sagte er endlich mit einer Miene, als überrasche ihn dieses Resultat mehr, als daß es ihn befriedige.

»Herr!« rief Eduard, der sich nicht länger zu beherrschen vermochte, glühend vor Empörung, »halten Sie mich für einen Dieb?«

»Sie beanspruchen gewiß Finderlohn?« fragte Apel, ohne seinen Ausruf zu berücksichtigen, in spöttischem Tone.

»Jetzt ganz gewiß,« rief Eduard, »und sollte ich es den Armen schenken –«

Er konnte nicht aussprechen; ein Polizeibeamter, den man herbeigerufen, trat auf ihn zu.

»Der Mann behauptet,« sagte Apel zu dem Beamten, »er habe die Tasche gefunden. Der Inhalt ist richtig, ich sagte es schon auf dem Bureau, die großen Geldscheine, die noch dazu von mir gestempelt sind, würden schwer zu wechseln sein. Der Mann beansprucht Finderlohn.«

Eduard traute seinen Ohren nicht, er starrte den Beamten an, ob dieser nicht seine Partei ergreife, aber dieser schien schon instruirt zu sein. »Ich muß Sie ersuchen,« sagte er zu Eduard, »mir aufs Polizeibureau zu folgen.«

»Was bedeutet das,« stotterte Eduard erbleichend und wie betäubt.

»Das werden Sie auf dem Bureau erfahren.«

Eduard fügte sich; er erklärte, als der Beamte Miene machte, ihn anzufassen, daß er freiwillig folge. Er hörte Apel, der mit dem Beamten einen Blick gewechselt, die Worte sagen: »Er ist's. Ich bin in fünf Minuten auf dem Bureau.«

Das Polizeibureau lag zum Glück ganz in der Nähe; dennoch aber war es Eduard, als laufe er Spießruthen. Jeder, der ihn so neben dem Beamten gehen sah, mußte ihn für einen arretirten Verbrecher halten. Auf dem Bureau nannte er seinen Namen und Stand, dann forderte er die Erklärung für das Auftreten des Beamten.

Der Polizei-Lieutenant war einen Augenblick stutzig, als er hörte, daß er einen Arzt vor sich habe; er schlug, jedoch in einem Buche nach und lächelte eigenthümlich. »Ah,« sagte er, »Doktor v. Trotten, seit neun Monaten hier, ohne Patienten. Standen zwar nicht unter Anklage, aber im Verdacht der Mitschuld an einem Morde. Leben hier mit Ihrer Schwester zusammen.«

Es war Eduard, als müsse er ersticken, so drängte ihm das Blut zum Herzen. Sein Name stand im schwarzen Buche der Polizei als der eines Menschen, dem nicht zu trauen sei; man hatte ihn beobachtet, denn man wußte, daß er keine Patienten, also keinen Broderwerb gehabt.

»Herr Polizei-Lieutenant,« sagte er, »warum halten Sie mir das vor? Ist es nothwendig, daß Sie mich an unverschuldetes Unglück erinnern?«

»Ich muß das thun,« erwiederte Jener, »um Ihnen zu beweisen, daß Ihre Persönlichkeit hier bekannt ist und daß die Notizen über dieselbe mir nicht gestatten, einen Verdacht, der gegen Sie anhängig gemacht ist, kurzweg zurückzuweisen. Herr Apel meldete gestern, daß er beim

Verlassen des Börsenlokals in's Gedränge gekommen, daß er in seiner unmittelbaren Nahe einen reducirt aussehenden Mann bemerkt habe, dessen Personal-Beschreibung auf Sie paßt.«

»Ich verstehe nicht, was Sie damit sagen wollen,« erwiederte Trotten. »Ich gehe nicht auf die Börse.«

»Wo haben Sie die Brieftasche gefunden?«

»In der Thiergartenstraße.«

»Wo da?«

»Das weiß ich nicht. Ich ging spazieren, ich war in Gedanken, ich achtete nicht auf die Gegend, in der ich mich befand.«

»Aber Sie wissen vielleicht, um welche Zeit es war?«

»Ja, etwa in der vierten Stunde.«

»Hatte Ihr Weg nach dem Thiergarten Sie bei der Börse vorüber geführt?«

»Ja.«

»Um welche Zeit?«

»Es kann drei Uhr gewesen sein.«

»Wo waren Sie um zwei Uhr?«

»Das kann ich nicht genau angeben. Ich ging um ein Uhr von Hause fort, durchwanderte mehrere Straßen, ich ging ohne Plan und Ziel.«

»Dann ist es doch möglich, daß Sie um zwei Uhr bei der Börse waren!«

»Nein, denn als ich dort vorbei kam, war sie längst geschlossen; der Platz war menschenleer, ich ging geradeaus nach dem Thore, und da schlug es schon drei Uhr.«

»Sie haben also trotz Ihrer Zerstreutheit darauf geachtet, daß der Börsenplatz leer war und daß Sie sich um zwei Uhr nicht in der Nähe der Börse befanden,« bemerkte der Beamte mit Ironie. »Warum brachten Sie die gefundene Brieftasche nicht sogleich dem Verlierer? Sie hatten doch nichts zu versäumen.«

Eduard erzählte, wie er erst zu Hause die Tasche geöffnet habe und dann später abgehalten worden sei, den Fund abgeben zu können.

Der Bankier trat in das Bureau. Er wiederholte seine bereits dort abgegebene Aussage, daß er im Gedränge auf dem Börsenplatze einen Menschen dicht in seiner Nähe gesehen habe, der ihm verdächtig erschienen sei, daß er fast mit Bestimmtheit in demselben den Sistirten wieder erkenne. »Ich habe die Brieftasche nicht verloren,« sagte er, »sie ist mir gestohlen. Ich verwahre meine Portefeuille stets sehr sorgfältig. Ich habe den Verlust freilich erst bemerkt, als ich zu Hause mich umkleiden wollte, aber ich trug die Tasche im Rock auf der Brust und hatte, als ich nach Verlassen des Börsenplatzes meinen Wagen bestieg, den Ueberzieher angezogen und zugeknöpft. Ich könnte die Tasche also später unmöglich verloren haben, es sei denn in meinem Wagen. Ich will keinen Klageantrag stellen, aber gewiß auch keinen Finderlohn zahlen; besteht der Mann darauf, so mag die Untersuchung ihren Gang gehen.«

»Ich fordere die Untersuchung,« rief Eduard, »nicht des Finderlohnes wegen, sondern weil meine Ehre beleidigt wird.«

»So thun Sie ihm den Gefallen,« sagte Apel höhnisch. »Ich erkenne jetzt das Gesicht genau wieder, ich könnte es beschwören, daß dieser Mann der Dieb ist.«

»Waren Sie gestern in der Thiergartenstraße?« fragte der Lieutenant der Polizei den Bankier.

»Es ist möglich, daß ich durch die Straße gefahren bin. Ich wollte in der Gegend Besuche machen, aber ich habe den Wagen nicht verlassen, ich traf die Herrschaften nicht zu Hause.«

Der Beamte verneigte sich zum Zeichen, daß ihm die Auskunft genüge. Apel verließ das Bureau.

»Nehmen Sie die Erklärung des Herrn Apel, daß er auf eine Klage verzichtet, an,« sagte der Lieutenant zu Trotten. »Ich gebe Ihnen diesen Rath.«

»Ich fordere die Untersuchung,« entgegnete Eduard, und es war, als ob die Verzweiflung mit aller Bitterkeit des Unglücks sich Luft mache, »ich verlange Genugthuung, ich bin kein Dieb!«

Der Beamte setzte das Protokoll auf. »Ich darf von Ihrer Verhaftung noch abstehen,« sagte er, »schaffen Sie sich Beweise dafür, daß Sie die Tasche gefunden, sonst steht es böse um Sie. Aber Sie wollen es ja nicht besser. Sie sind entlassen.«

Eduard entfernte sich, er schlich davon wie gebrochen, als er seine Wohnung erreichte, war es mit seinen Kräften zu Ende. Er brach in lautes Weinen aus, Fieberfrost schüttelte seine Glieder, Margareth schrie auf vor Schrecken – was war dem Unglücklichen geschehen, welches neue Elend war über ihn hereingebrochen?! – –

15

Wir gehen um eine kurze Spanne Zeit in unserer Erzählung zurück. An dem Fenster eines palastartigen Gebäudes sitzen zwei junge Mädchen. Die Eine ist dem Leser bekannt, es ist Klara v. Holm, sie ist zum Besuche bei einer Freundin in Berlin, und schaut heute wie immer mit neugierigem Vergnügen auf das Treiben der eleganten Welt, die in stolzen Karossen vorüber fährt oder drüben am Saume des Thiergartens lustwandelt – solche Pracht der Toiletten sieht man nicht in der Provinz.

Da plötzlich fährt sie erschrocken zusammen. »O mein Gott,« ruft sie, »sehe ich recht! Wie sieht der Aermste aus!«

Die Freundin horcht neugierig auf, aber Klara ließ sich in ihren Beobachtungen nicht stören, bis der Gegenstand ihres Interesses wahrscheinlich vor ihren Blicken verschwunden war.

»Das ist unbeschreiblich traurig!« sagte Klara in einer Erregung, welche die Neugierde ihrer Freundin auf's Höchste spannte. »Lasse Dir erzählen. Als meine Tante Wildenfels erkrankte, ließ der Onkel einen Arzt holen, der zwar noch ein junger Mann war, aber durch sein entschiedenes Wesen mein ganzes Vertrauen erweckte. Es war gleichzeitig an einen berühmten Arzt in Breslau telegraphirt worden, derselbe traf später ein, ordnete Alles anders an, und als meine Tante kurze Zeit nachher starb, legte er ihren Tod der falschen Behandlung zur Last, welche sie durch die früher gerufenen Aerzte erfahren.«

»Herr v. Trotten, so hieß der junge Arzt, hatte über seinen Kollegen, der vor ihm die Tante behandelt, sehr schonend und rücksichtsvoll gesprochen, obwohl es selbst ein Laie sehen konnte, daß jener Arzt nichts verstanden, der Breslauer Doktor nahm solche Rücksichten nicht. Einige Zeit später lernte ich die Schwester des jungen Arztes kennen, sie war Gesellschafterin des Generals v. Sorben.«

»Wie?« rief Adda v. Hosten – so hieß Klara's Freundin – »doch nicht der alte Herr, der von seiner Wirthschafterin vergiftet wurde?«

»Ja, von ihm rede ich, die Dame, welche seine Gesellschafterin, nicht Wirthschafterin war, hieß v. Trotten. Ich habe nie ein weibliches Wesen gesehen, welches so rasch wie Margareth sich meine wärmste Sympathie erworben, obwohl sie mir bis dahin völlig fremd gewesen. Der General war in sehr gereizter Laune gegen sie, aber sie wahrte ihm gegenüber ihre Würde in ebenso bescheidener wie taktvoller Weise. Ich erfuhr von meinem Bruder, daß ein Garde-Offizier, der uns begleitete und dessen Heirathsantrag sie früher zurückgewiesen, die sehr niedrige Rache an ihr genommen, ihren Charakter dem General zu verdächtigen. Der Offizier war der Sohn eines sehr reichen Spekulanten, er wäre also für sie eine sehr gute Parthie gewesen, wenn sie nach Reichthum getrachtet hätte, ich mochte es daher nicht glauben, was ziemlich allgemein von ihr erzählt wurde, daß sie eine Intrigantin sei, welche darauf ausgehe, das Erbe des alten Generals an sich zu bringen. Es wurde sehr viel über sie gesprochen, und zwar so Ungünstiges, daß auch meine Eltern nicht mehr nach Seebach fuhren, aber ich hatte stets das Gefühl, daß man Margareth verleumde, ich konnte nicht daran glauben, daß die Natur so lüge und einer Unwürdigen den Stempel adeliger Gesinnung und der Herzensreinheit gebe. Als der General plötzlich an einer Vergiftung starb und seine Verwandten Margareth als Mörderin anklagten, als ich hörte, daß sie verhaftet worden, da that sie mir unaussprechlich leid, und wenn Jemand im Gespräch ihre Partei ergriff, so jauchzte mein Herz auf. Der nächste Verwandte des Ermordeten, der Geheimrath Sorben verbürgte sich für ihre Unschuld, der Staatsanwalt hat ihr sogar später einen Heirathsantrag gemacht, ihre Haltung vor Gericht soll einen wunderbaren Eindruck auf die Richter hervorgerufen, Jeden für sie eingenommen haben.«

»Sie wurde freigesprochen, aber ihre Unschuld war nicht zu beweisen, hatte man ja doch auch ihren Bruder verdächtigt, daß er ihr Hilfe bei dem Morde geleistet! Man erzählte, daß sie tief gebeugt durch die entsetzlichen Schläge des Unglücks, niedergedrückt durch den Argwohn, der trotz der Freisprechung auf ihr lasten blieb, sich durch die Flucht allen Denen entzogen, welche ihr ihre Theilnahme beweisen, ihr Hilfe spenden wollten. Nun denke Dir – da sah ich eben den Doktor v. Trotten! Er schlich über die Straße wie ein Gespenst, abgemagert, bleich, mit hohl liegenden Augen, und in einer Kleidung, welche verräth, daß er darbt! O mein Gott, wenn ich wüßte, wie man ihm helfen könnte, ohne daß er ahnt, woher die Hilfe kommt. Wahrscheinlich ist er mit seiner Schwester hieher geflüchtet, wo ihn Niemand kennt, und sie leiden Noth. Ich sah ihn da etwas aufheben, was er gefunden, es zuckte wie ein Freudenschein über das bleiche Gesicht. Wäre er so weit gekommen, daß dies zufällige Finden einer Tasche, in der sich vielleicht einige Thaler befinden, ihn vom Hunger rettet?! Fast sah er so aus.«

»Wenn er in Berlin wohnt,« bemerkte Adda bewegt, denn sie sah in den Augen ihrer Freundin Thränen perlen, »dann ist er leicht aufzufinden, da braucht mein Vater nur beim Meldeamt anfragen zu lassen. Aber sage mir, Klara, fürchtest Du gar nicht, daß Du durch ein Vorurtheil bestimmt sein könntest, Sympathien für Personen zu hegen, die vielleicht Deiner Theilnahme unwürdig sind! Mir sind diese Vorgänge ganz anders geschildert worden, aber wäre das auch nicht der Fall, so ist doch immer anzunehmen, daß der Charakter von Personen, auf welche der Verdacht eines gemeinen Mordes fallen kann, schon anrüchig gewesen sein muß.«

»Die Bosheit verdächtigt auch die Unschuld und beide Trottens hatten böse Feinde. Ich hörte es schon vom Onkel Wildenfels, daß man den Doktor v. Trotten auf alle Weise zu verdächtigen suche, und ebenso ist es Margareth ergangen. Man warf ihr vor, sie wolle das Erbe des Generals erschleichen und sie hat es zurückgewiesen!«

»Fräulein v. Stolzenhain, eine Verwandte des Generals, behauptet, diese Ablehnung sei ein Beweis ihres Raffinements gewesen, sie habe dadurch die Meinung der Richter bestechen wollen, in Wirklichkeit habe sie gewußt, daß das Testament zu ihren Gunsten durch eine nachträgliche Erklärung des Generals ungiltig gemacht worden sei.«

»Ich wollte, Du hättest Margareth gesehen,« versetzte Klara, »Du würdest anders urtheilen.«

»Der Eindruck, den sie macht, muß sehr verschieden sein,« antwortete Adda. »Lieutenant Ebeling schwört darauf, daß sie den Mord begangen habe.«

»Wer?«

»Lieutenant Ebeling.«

»Das ist ja der Freier, den sie abgewiesen hat!«

Adda's Antlitz färbte sich purpurn. »Du scherzest oder Du irrst Dich ganz gewiß.«

»Ich meine den Sohn des Bankier Ebeling aus G., der hier in Berlin bei der Garde steht; Guido Ebeling hat es meinem Bruder selbst gesagt, daß Margareth ihm einen Korb gegeben und daß er sich an ihr gerächt habe; mein Bruder hat in Folge der Rohheit, die er dabei zeigte, den Umgang mit ihm abgebrochen. Aber was ist Dir, Adda!«

Adda war todtenbleich geworden. »Es steht nur ein Lieutenant Ebeling bei der Garde,« sagte sie, »der, den ich meine, heißt auch Guido und ist aus G. Wenn das wahr ist, was Du sagst, so hast Du mir einen großen Dienst gethan.«

»Was ich Dir erzählt, ist durchaus wahr. Ich kann sogar noch hinzufügen, daß der Bruder Margareth's der Verlobte von Ebeling's Schwester gewesen und daß der Lieutenant sich auch darüber sehr unzart geäußert hat.«

Adda drückte die Hand der Freundin und wandte ihr Antlitz ab. Es war zu errathen, daß ihr Herz eine schmerzliche Enttäuschung erfahren – aber glücklicher Weise noch zu rechter Zeit. Sie gestand es denn auch Klara, daß Ebeling ihr stark den Hof gemacht, und ihr der Gedanke schon ziemlich vertraut gewesen, ihm das Jawort, wenn er es erbitte, nicht zu versagen.

Die Herzen der beiden Freundinnen traten einander in dieser Stunde näher als sie es je gewesen, sie plauderten noch lange mit einander, und jetzt freute sich auch Adda, Klara bei ihrem Vorhaben, den Trottens heimliche Hilfe zu spenden, eine thätige Genossin zu sein.

Der Wirkliche Geheimrath v. Hosten war gern bereit, dem liebenswürdigen Gaste seiner Tochter die Adresse Trotten's zu verschaffen, er hörte mit lebhaftem Interesse die Schilderung, welche Klara von Margareth und ihrem Bruder entwarf, er hatte in den Zeitungen auch die Berichte von den Prozeßverhandlungen gelesen.

Er gab am nächsten Morgen die nöthigen Aufträge an einen seiner Subalternbeamten, ehe er jedoch am darauf folgenden Tage in's Bureau ging, um das Resultat der Recherchen in Empfang zu nehmen, fiel ihm plötzlich bei Lektüre des Morgenblattes eine Notiz in's Auge.

»Wie tief ein gebildeter Mensch sinken kann,« so lautete es unter den Tagesneuigkeiten, »davon gibt folgender Vorfall wieder einen Beweis. Dem Bankier A. wurde gestern beim Verlassen der Börse, bei einem wahrscheinlich künstlich erzeugten Gedränge, von einem Taschendiebe die Brieftasche gestohlen. Es befanden sich in derselben ausschließlich Fünfhundertthalerscheine, welche überdem bezeichnet waren, und diesem Umstande ist die Entdeckung des Diebes zu verdanken. Derselbe hat wahrscheinlich gefürchtet, so hohe Geldscheine nicht ohne Verdacht zu erwecken wechseln zu können, es hat ihm an einem Hehler gefehlt, und da die in der Brieftasche befindliche Summe sehr bedeutend war, hat er den nach seiner Ansicht schlauen Plan verfolgt, sich unter dem Vorwande, die Brieftasche gefunden zu haben, den sehr beträchtlichen gesetzlichen Finderlohn zu fordern. Es wird diese Erklärung um so wahrscheinlicher durch den Umstand, daß der Dieb noch kein Spitzbube von Beruf ist, zu seinem Unglück hat aber Herr A. in ihm einen Menschen wieder erkannt, der im Gedränge auf sehr verdächtige Weise in seiner Nähe sich zu schaffen gemacht. Der Dieb ist eine auf freilich traurige Weise bekannte Persönlichkeit, er spielte in dem Sorben'schen Mordprozeß eine zweideutige Rolle, er ist der jetzt aller Existenzmittel entblößte Doktor v. T...... Wahrlich ein trauriges Zeichen der Zeit, eine Warnung für die, welche bei einer Kriminaluntersuchung noch immer der falschen Ansicht Rechnung tragen, man könne dem Gebildeten kein rohes Verbrechen zutrauen!«

Hosten gab das Zeitungsblatt an Klara, damit sie erfahre, wie wenig würdig Trotten ihrer Theilnahme sei, aber wie erstaunte er, als sie, anstatt ein wenig beschämt zu sein, glühend vor Erregung das Blatt, nachdem sie es gelesen, in ihrer Hand zerknitterte und von sich schleuderte, als sei Gift daran.

»O,« rief sie, »das ist die Krone der Infamie. Ich habe es mit eigenen Augen gesehen, daß Trotten eine Brieftasche fand, ich will es bezeugen. Wer das geschrieben, ist ein ehrloser Lügner! Trotten ein Dieb! O, das ist zu schändlich.«

Hosten traute seinen Ohren nicht. Klara mußte ihm noch einmal umständlich erzählen, was sie beobachtet hatte, und wie die Tasche ausgesehen, welche Trotten von der Straße aufgehoben.«

»Ich werde selbst zum Polizei-Direktor fahren,« sagte er. »und dafür Sorge tragen, daß Herr v. Trotten, wenn er unschuldig ist, die vollste Genugthuung erhält.«

Der alte Herr, dem die thränenden Augen Klara's Blicke des wärmsten Dankes zuwarfen, zögerte nicht, sein Vorhaben auszuführen, aber Klara's Geduld wurde auf eine harte Probe gestellt, es dauerte fast drei Stunden, bis er zurückkehrte. Sie flog ihm entgegen und ihre Blicke konnten in seinen Augen lesen, daß er gute Nachricht bringe, der alte Herr war tief bewegt und schaute sie mit inniger Wärme an.

»Ich habe viel zu erzählen,« begann er, »aber zuerst muß ich Ihnen dafür danken, liebe Klara, daß Sie mir einen glücklichen Tag verschafften, glücklich durch das schöne erhebende Gefühl der Befriedigung darüber, daß ich einem Unglücklichen helfen konnte. Der Polizei-Lieutenant hat den Versicherungen des Bankiers Glauben geschenkt, und Herr Apel hat in der frivolsten, leichtfertigsten Weise seine Anklage erhoben. Der Polizei-Direktor ließ ihn auf meinen Wunsch citiren, und kaum sagte ich ihm, daß Du es gesehen, wie Trotten eine braune Tasche in der Thiergartenstraße gefunden, da wechselte er die Farbe und gestand, daß er sich geirrt haben könne, obwohl er die Sache nicht begreife. Der Direktor trieb ihn aber noch weiter in die Enge, er gab die Möglichkeit zu, daß er beim Herausnehmen seiner Visitenkartentasche die Brieftasche mit herausgezogen haben könne, daß dieselbe auf irgend eine Weise dann aus dem offenen Coupé gefallen sei, der Wagen hat drei Häuser von uns entfernt gehalten. Apel entschuldigte sich damit, daß er von dem Wahne befangen gewesen sei, er wäre bestohlen, er habe noch nie seine Brieftasche auf ähnliche Weise verloren, er blieb auch dabei, daß er einen Menschen, der Trotten ganz ähnlich sehe, im Gedränge auf dem Börsenplatze beobachtet habe.

»Die Sache ist natürlich jetzt zweifellos zu Gunsten Trotten's entschieden,« fuhr Hosten fort, »dem Bankier ist aber schwer beizukommen, da er keinen Strafantrag gestellt, sondern nur sich geweigert hat, den Finderlohn ohne richterlichen Spruch zu zahlen, eine Anzeige, die er im guten Glauben, wenn auch irrthümlich gemacht, ist nicht strafbar, er ist überdem bereit, Trotten freiwillig jede gewünschte Genugthuung zu geben.

»Doch das ist noch nicht Alles,« sagte Hosten lächelnd, als Klara ihm dankerfüllt die Hand drückte, »ich bat um Recherche, wer die Einsendung der Zeitungsnotiz veranlaßt. Das ist strafbare öffentliche Verleumdung, denn die Schuld Trotten's war keineswegs konstatirt, wurde aber derartig dargestellt, als sei sie zweifellos, und die Persönlichkeit Trotten's war für Jeden erkennbar gezeichnet. Der Urheber und Bürge für diese öffentliche Verleumdung,« fuhr Hosten mit erhobener Stimme fort und sein Blick heftete sich auf Adda, »ist der Lieutenant Ebeling, der Schwager des Bankier Apel, er hat sich beeilt, die Geschichte, die er von seinem Schwager gehört, sofort in die Oeffentlichkeit zu bringen.«

Adda erbleichte, sie wechselte einen Blick mit Klara. »Ich weiß es seit vorgestern,« sagte sie mit erzwungener Ruhe zu ihrem Vater, »daß Lieutenant Ebeling ein Schurke ist.«

Das Antlitz Hosten's, welches umwölkt gewesen, klärte sich heiter auf. »Um so besser,« sagte er, »denn ich werde dafür sorgen, daß er den Ehrenrock des Königs ausziehen soll und natürlich mein Haus nicht wieder betritt. Ob Apel Trotten erkannte, als derselbe in sein Comptoir trat, ob er ihn absichtlich des Diebstahls beschuldigte, das mag Gott wissen, er betheuerte das Gegentheil, erklärte sogar, als er den Namen Trotten's gehört, nicht sogleich daran gedacht zu haben, daß derselbe früher der Verlobte seiner jetzigen Frau gewesen. Es kann das wahr sein und auch nicht. Ebeling aber hat seinen giftigen Haß gegen Trotten klar bewiesen und gezeigt, daß er selbst eine Infamie nicht scheut, demselben zu schaden. Dabei ist er gestern in der Wohnung Trotten's gewesen und hat den bübischen Versuch gemacht, das Unglück der Geschwister zu wahrscheinlich infamen Zwecken auszubeuten, das Fräulein hat mir diese Schurkerei geklagt.«

»Margareth?« rief Klara, »Sie haben Margareth gesprochen?!«

»Gewiß,« erwiederte Hosten lächelnd, »glauben Sie, daß ich mir die Freude versagen konnte, dem unschuldig Angeklagten die frohe Botschaft selber zu bringen und mir zugleich die Schützlinge unseres lieben Gastes anzusehen?

»Sie brauchen sich Ihrer Freunde nicht zu schämen,« fuhr er fort, als Klara erröthete, »ich glaube einige Menschenkenntniß zu besitzen und mich in diesem Geschwisterpaar gewiß nicht zu täuschen. Ich werde so leicht nicht weich, aber bei diesen Leuten ging mir das Herz über. Es herrscht die bitterste Noth bei ihnen. Trotten hat erst vorgestern einen Patienten gefunden, so lange haben Beide von den Groschen gelebt, welche das Fräulein durch ihrer Hände Arbeit erworben. Trotten ist krank, er hatte während der Nacht eine Frau vom Tode gerettet, der glückliche Gatte sagte es mir, wie Trotten unermüdlich bei Mutter und Kind gewacht, er war gekommen, Trotten zu danken, und der Arzt, der ihm geholfen, lag hilflos da, die Kränkung seiner Ehre, das neue Unglück hatten die letzten Kräfte des Unglücklichen erschöpft.

»Die Geschwister,« schloß Hosten seine Erzählung, »ahnten nicht, wer ich bin, daß ich ihnen Wohl helfen kann; aber sie ließen mich ihren Charakter kennen lernen. Der Buchhalter Apel's brachte einen Brief mit tausend Thalern, Fräulein v. Trotten verweigerte nicht nur die Annahme, sondern wollte auch die Zuschrift nicht einmal lesen, ihr Bruder billigte das und ließ dem Bankier antworten, er möge den Finderlohn an die Armenkasse senden, ihn aber heute und später unbehelligt lassen.«

»Ja, es sind prächtige Menschen,« rief Hosten, während Klara die Thränen trocknete, welche sich ihr immer von Neuem in's Auge drängten, »und ich bin heute recht glücklich darüber, daß ich nicht nur ein vornehmer, sondern auch hochgestellter und angesehener Mann bin.

»Ihr versteht das nicht?« fragte er lächelnd, als Klara und Adda ihn überrascht anschauten, »seht, ich freue mich darüber, denn wenn ich die beiden Leute in mein Haus bitte, so wird alle Welt sie besser beurtheilen, ich kann es schon wagen, dem Gerede der Welt Trotz zu bieten, ohne zu fürchten, daß ich dadurch den Beiden schade, indem ich halb vergessene Geschichten wieder auffrische. Die Geschwister wollten in die Verborgenheit fliehen – wer sie daraus hervorzieht, muß ihnen auch verbürgen können, daß er sie mit fester Hand gegen jede Anfeindung zu schützen vermag!«

16.

In der ärmlichen Behausung Eduard's klangen zum ersten Male, seit er hier wohnte, fröhliche Stimmen. Die Hausbewohner, welche schon durch das Gerücht, Eduard sei zum Diebe geworden, erschreckt, neugierig die Köpfe zusammengesteckt hatten, erfuhren, daß der vornehme Herr, welcher den Kranken besucht, Seine Excellenz der Geheimrath v. Hosten gewesen, daß derselbe nur gekommen, Trotten seine Theilnahme zu bezeugen und ihm seine Hilfe zu versprechen, und es kam Einer nach dem Anderen, Margareth und Eduard die Hände zu drücken, ihnen zu sagen, daß man nie etwas Schlechtes von ihnen geglaubt. Das Sprechzimmer des Arztes war plötzlich gefüllt, wenn auch nicht von Patienten, so doch von Leuten, welche versicherten, daß sie Herrn Doktor v. Trotten überall empfehlen würden. Wie ein Lauffeuer hatte sich das Gerücht verbreitet, Trotten habe eine Brieftasche mit hunderttausend Thalern gefunden, trotz seiner Armuth dem Verlierer hingetragen und dieser ihn zum Danke dafür als Spitzbuben gebrandmarkt; man erzählte ferner, daß Trotten die Frau jenes Beamten vom sicheren Tode gerettet, daß seine Schwester die Gesellschaftsdame sei, welche von reichen Leuten des Mordes angeklagt worden, damit ihr das Erbe, welches man ihr geneidet, nicht zufalle und die das Gericht zu *** freigesprochen. Während für gewöhnlich die Menge den Angeklagten, ganz besonders wenn er einen vornehmen Namen trägt, für schuldig hält und über freisprechende Urtheile die Achseln zuckt – denn sie glaubt leichter an das Laster als an die Unschuld – ist dieselbe Menge aber auch bei dem ersten Anlaß dazu bereit, Jemand zu vergöttern, von dem sie glaubt, daß er unschuldig gelitten hat. Jetzt wußten alle Nachbarn Trotten's davon zu erzählen, wie fleißig Margareth sei, wie sittsam und bescheiden sie sich stets gezeigt, wie freundlich Eduard jeden Gruß erwiedert, welch' prächtige Menschen die Geschwister seien. Ja, dieselbe Frau, welche gestern Abend gesehen, daß ein Offizier bei Trottens die Klingel gezogen und einen Wortwechsel mit Margareth gehabt, und die alsdann sofort am Brunnen erzählt, das Fräulein »von« erhalte des Abends Besuche von Offizieren und thue so, als ob sie dieselben abweise, wenn Jemand die Treppe hinab käme – die betheuerte jetzt, sie habe immer gesagt, der Schein trüge, man dürfe Niemand verdammen, ehe man nicht ganz genau alle Verhältnisse kenne.

Wenn die Noth am größten, ist die Hilfe am nächsten – dieses Sprichwort schien sich wieder zu bewähren – gestern hatte es ausgesehen, als ob der Gnadenstoß die Unglücklichen getroffen, heute kündete heller Sonnenschein das Kommen besserer Tage, das bittere Seufzen der Verzweiflung verwandelte sich in frohes Hoffen.

Ja, es war gestern den Geschwistern die Verzweiflung nahe gewesen. Kein Geld im Hause, um den Miethzins zu bezahlen, keine Aussicht auf Broderwerb für Eduard, denn hatte er auch eine Patientin gefunden, so behinderte ihn das Fieber, das ihn klarer Gedanken unfähig machte, die Kur zu vollenden. Er bedurfte selber eines Arztes, die wenigen Groschen, die Margareth besaß, wanderten in die Apotheke, und da sie den Bruder pflegen mußte, konnte sie eine Arbeit nicht vollenden, auf welche der Kaufmann wartete.

Aber schlimmer als das war die Sorge vor dem Prozeß, der Eduard's harrte. Was nützte ihm seine Unschuld, er stand ja in den Büchern der Polizei als verdächtig und ohne Existenzmittel notirt, der Fluch jener Verleumdungen, welche ihn aus O. vertrieben, war ihm hieher gefolgt und verband sich mit dem Fluche, der auf der Armuth ruht wer das Unglück hat, nichts verdienen zu können und keine Arbeit zu finden, dem traut die Welt ein Verbrechen zu.

Wie sollte er Beweise für seine Unschuld finden, wenn der Bankier beschwor, er habe ihn im Gedränge in seiner Nähe gesehen, die Brieftasche sei ihm gestohlen!

Schon einmal hatte er erfahren, was es heißt, unter einem Verdacht zu leiden – sprach der Richter ihn auch frei, wer glaubte es ihm, daß er kein Dieb, daß er keines Diebstahls fähig sei, wer sollte einen Arzt in sein Haus rufen, dessen Ehrlichkeit zweifelhaft war?!

Und der Verzweiflung sollte noch blutiger Hohn spotten. Es klingelte in der Dämmerstunde und als Margareth die Thüre öffnete, sah sie Guido vor sich, den Menschen, dem sie so viele bittere Stunden ihres Lebens verdankte. Er sagte, daß er in der Angelegenheit mit der verlorenen Brieftasche komme, es sei sein Schwager, der sie verloren, von ihm, Guido, hänge es ab, ob derselbe nicht eine für Eduard günstigen Ansicht adoptire, aber Margareth müsse einsehen, daß er ihr Freund sei.

Im ersten Augenblicke hatten Ueberraschung und Empörung Margareth wie betäubt, aber die unverkennbare Frechheit seines Anerbietens, dessen zu durchschauender Endzweck Margareth vor Scham und Zorn erröthen machte, gaben ihr die Kraft, den Elenden gebührend abzuweisen. Da drohte er und sagte, morgen werde Trotten's Name als der eines Diebes in den Zeitungen gebrandmarkt sein, wenn Margareth noch immer die Stolze spiele – sie schlug die Thüre zu, aber sie fühlte auch, daß dieser Mensch nicht ruhen werde, bis er sie und ihren Bruder völlig in's Verderben gebracht.

Unbeschreiblich war die Bitterkeit von Margareth's Thränen, die sie in Angst und Unruhe vergoß, nachdem sie Guido abgefertigt, – wenn auch unverschuldet, so geschah es doch um ihretwillen, daß das Unglück ihren Bruder verfolgte, daß der Haß elender Menschen ihm die Ehre raubte! –

Und heute? Wie hatte sich Alles verändert nach dieser furchtbaren Nacht, in der sie den Himmel angefleht, ihr den Tod zu senden, damit sie nicht lerne an Gott zu verzweifeln! Wie hatte die Kunde, daß seine Unschuld, seine Ehrlichkeit bewiesen sei, auf Eduard's Zustand gewirkt, als sei dem Kranken neue Lebenskraft in die Adern gegossen, als habe der Engel des Lebens dem Herzen, welches der Dämon mit seinem Flügelschlage dumpf berührt, mit seinem Odem verpestet, heilenden, erquickenden Balsam eingeflößt! Und wie hatte der alte Herr mit dem mildernsten Blicke auch ihr ganzes Sein aufgerichtet durch freundliche Worte, »Ich soll Ihnen Grüße bringen von einer Dame, die Ihren Bruder als Arzt hochschätzt und Ihrer stets mit warmer Theilnahme gedacht hat!« Wie erwärmend durchdrangen diese Worte ihr Herz! Wie jauchzte es in ihr, daß es Klara v. Holm war, deren Zeugniß ihrem Bruder die Ehre rettete – Klara v. Holm, welche ihre Partei ergriffen, als Guido sie beim General verleumdet!

Wenn eine Dame, welche in der Nachbarschaft von Schloß Seebach zu Hause war, welche die Verhältnisse auf dem Schlosse gekannt und Alles gehört, was vor und während ihres Prozesses über sie gesprochen worden, ihr einen Gruß bestellen ließ – dann glaubte nicht Jeder den Anklagen, die das Fräulein v. Stolzenhain mit Kleber erhoben, dann gab es Menschen, welche, auch ohne sie gesprochen, ohne ihre Vertheidigung gehört zu haben, an ihre Unschuld glaubten!

Margareth hatte es gefühlt, daß Herr v. Hosten mit jeder Minute, die er länger bei ihr verweilt, sie herzlicher angeschaut, als werde sein Wohlwollen für sie immer größer. Als er ihr sagte, er wisse, wer es sei, der Ihren Bruder heute in den Zeitungen verdächtigt habe, und werde den Widerruf veranlassen, verrieth sie durch ihr heftiges Erröthen und den Ausruf: »Er hat es also doch gethan!« daß er ihr nichts Neues sage, und er bestand darauf, von ihr Näheres zu hören. Da erzählte sie ihm, wie Guido sie bedroht habe und wie bitter es für Eduard sein müsse, zu hören, daß der Mann, der ihn des Diebstahls beschuldigt, der Gatte des Weibes sei, welches Eduard einst geliebt, daß der Bruder dieses Weibes sie mit so niedriger Rache bedroht, weil sie ihn nicht leiden möge. Margareth deutete an, daß die Verleumdungen Guido's ebenso den ersten Grund zu ihrem Unglück gelegt, wie die Gerüchte, welche ihrem Bruder nachgesagt, er suche eine reiche Frau, der Carrière desselben geschadet; als aber Hosten sagte, dieser Bubenstreich werde Guido die Epaulettes kosten, erklärte sie, Hosten dürfe von Mittheilungen, die sie ihm im Vertrauen gemacht, keinen Gebrauch machen. »Ich würde darüber erröthen müssen,« sagte sie, »wenn Herr Ebeling glaubte, daß ich mich zu rächen suche, ich würde dann nicht mehr das Recht haben, ihn zu verachten; ich möchte auch nicht, daß Frau Apel auf den Gedanken käme, mein Bruder wünsche einem Gliede ihrer Familie etwas Schlechtes, sie soll darüber erröthen, daß sie ihn verkannt hat, daß sie ihrem Manne nicht gesagt hat, wie ehrenhaft Eduard denkt. Mein Bruder hat sie wohl noch nicht vergessen, wenn er auch nie von ihr spricht, er ahnt es weder, daß sie verheirathet ist, noch daß der Mann, der ihn für einen Dieb hielt, ihr Gatte ist, ich habe ihm das verschwiegen, um ihn nicht noch mehr zu erregen.«

»Sie haben ein vortreffliches Herz,« versetzte Hosten, »aber wie ich auch den Adel Ihrer Gesinnung anerkenne, so muß ich Ihnen doch Ihren Wunsch abschlagen. Das Einzige, was ich verspreche, ist das, daß weder Ebeling noch Apel erfahren sollen, was Sie mir mitgetheilt haben, und daß ich mit Ihnen darüber gesprochen. Lieutenant Ebeling hat seine Uniform zu einer Infamie gemißbraucht, der Redakteur der betreffenden Zeitung erklärt, daß Ebeling sogar gefordert habe, der Name Ihres Bruders solle genannt werden, er wolle für alle Folgen einstehen – der Redakteur hat sich auf die Bürgschaft eines Offiziers verlassen – mag Herr Ebeling jetzt die Folgen tragen. Hält er die Ehre Anderer nicht heilig so ist ihm am wenigsten eine Ehrlosigkeit zu verzeihen, ich werde die Sache seinem Regiments-Kommandeur mittheilen.«

Margareth wollte noch eine Vorstellung versuchen, aber wie freundlich zuvorkommend der alte Herr sich sonst zeigte, in diesem Punkte blieb er unerbittlich – sie konnte es freilich nicht ahnen, daß Hosten besondere Ursache hatte, empört zu sein, hatte doch Guido zwar noch keinen direkten Antrag bei Adda Hosten gemacht, aber doch sich derselben in einer Weise genähert, die ihn beinahe zur Erklärung verpflichtete.

Durch die Mittheilungen, welche er erhalten, war es Hosten nun auch erklärt, weshalb Guido sich seit den drei Tagen, wo Klara v. Holm bei seiner Tochter zum Besuche war, nicht im Hause gezeigt. Der alte Herr dankte Gott, daß der Charakter Ebeling's ihm entlarvt worden, ehe er diesem Menschen die Hand seines Kindes zugesagt.

Im Hause Apel's mußte man Schlimmes befürchten, seit der Bankier auf der Polizeidirektion erfahren, daß ein Mann wie Excellenz v. Hosten für Eduard aufgetreten, denn man hatte, wie wir schon erwähnt, Eduard den doppelten Betrag des Finderlohnes mit einem Briefe voller Entschuldigungen zugeschickt – jetzt, eine Stunde nachdem Hosten Margareth verlassen, kam Apel selbst.

Margareth errieth erst, wer der fremde Herr war, als Apel ihr sagte, er komme, da man ihm sein Schreiben uneröffnet zurückgeschickt, sich zu entschuldigen und jede mögliche Genugthuung anzubieten.

Hätte Margareth den Namen des Besuchers geahnt, so hätte sie den Fremden schwerlich eingelassen, jetzt gelang es ihr nicht, ihn mit der Erklärung abzufertigen, daß ihr Bruder auf Alles verzichte. Apel ließ sich gemächlich in einen Stuhl nieder, er sah, wie dürftig hier Alles eingerichtet war, und der reiche Mann mochte glauben, die erste Sprödigkeit der Armuth werde sich bald genug geben, wenn diese Tugend hier wirklich walte und man nicht blos den Stolzen spiele, um recht viel zu erpressen.

»Die Sache ist mir äußerst peinlich,« sagte er, »ich hatte keine Ahnung davon, daß Ihr Bruder ein Gelehrter, ein alter Bekannter meiner Frau, ich ließ mich durch seine etwas schadhafte Toilette täuschen, hielt ihn für einen verkommenen Menschen, kurz, das einmal gefaßte Vorurtheil machte mich völlig blind. Was soll ich jetzt thun?! Das Unglück ist einmal geschehen, ich kann mich nur bereit erklären, Schadenersatz zu zahlen und jede gewünschte Ehrenerklärung zu geben. Ist Ihr Bruder denn wirklich nicht zu sprechen?«

»Nein; er ist krank, er hat mich aber beauftragt, nichts von Ihnen anzunehmen.«

»Das ist eine große Thorheit, das sollte er sich doch besser überlegen. Ich bin reich, ich habe zahlreiche Bekannte, ich kann ihm viel nützen, und im Guten erreicht man von mir mehr als im Bösen. Er denkt vielleicht, ich hätte aus Angst vor einer Klage Anerbietungen gemacht. Da täuscht er sich sehr. Ich habe gar nichts zu fürchten, ich habe mich geirrt, irren kann sich jeder Mensch, das ist nicht strafbar. Aber meine Frau hat früher zu Ihrem Bruder in Beziehungen gestanden, und obwohl mich das eigentlich gar nichts angeht, so bringe ich doch gerne Opfer, wenn ich damit unangenehmem Gerede vorbeugen kann, aber wie gesagt im Guten, niemals gezwungen. Ich rathe Ihnen daher, sich mit mir zu verständigen.« –

»Herr Apel,« entgegnete Margareth, ein Gefühl des Ekels bekämpfend, um den Mann nicht durch ihre Antwort zu reizen, »ich bitte abzubrechen. Mein Bruder denkt nicht daran, Sie verklagen zu wollen, ihm genügt es, daß seine Ehre von jedem Flecken befreit wird, und wie mir gesagt worden ist, wird eine amtliche Berichtigung von Seiten der Polizei dies veranlassen. Er will also weder im Guten noch im Bösen etwas von Ihnen, und da er meiner zu seiner Pflege bedarf, so verzeihen Sie wohl, wenn ich Sie bitte, hiemit unser Gespräch zu beenden.«

Apel erröthete – man wies ihm die Thüre, man verschmähte sein Anerbieten, auf dergleichen war er nicht gefaßt gewesen, das war ihm noch nicht passirt.

»Ich dränge mich Niemand auf,« sagte er, »ich werde gleich gehen, wenn Sie es wünschen. Aber ich bitte noch um einen Augenblick Ihrer so kostbaren Zeit. Mein Schwager hat, wie ich höre, einen dummen Streich gemacht, er glaubte fest, daß Ihr Bruder aus Noth ein Verbrechen begangen, er bereut sein Unrecht um so mehr, als er Sie stets hochgeschätzt hat. Er ist viel im Hause Seiner Excellenz des Herrn v. Hosten. Es wäre ihm sehr unangenehm, wenn die Excellenz erführe –«

»Sparen Sie sich Ihre Worte,« unterbrach Margareth den Bankier, »Herr Ebeling hat kein Recht, direkt oder indirekt sich an mich zu wenden, aber meinetwegen können Sie ihm sagen, ich verachtete ihn zu tief, um eine Beschwerde über ihn zu führen.«

»Sie sind ja sehr stolz – das muß man sagen! Kaum drei Stühle im Zimmer und doch so viel Hochmuth –«

Er konnte nicht aussprechen, die Geduld Margarethas war erschöpft, der spöttische Ton Apel's ließ das Maß überfließen, welches ihre Geduld ihm schon reichlich gegönnt. Sie öffnete die Thüre nach dem Korridor, ihre Miene ließ Apel keinen Zweifel daran, daß eine neue Beleidigung ihm schlecht bekommen könne. Ohne ein Wort zu sagen, schlich er hinaus, seinen Groll verbeißend und beschämt, wie er sich noch nie gefühlt. Er hatte ein vollständiges Fiasko gemacht. In der gewissen Ueberzeugung, den ganzen Handel mit Geld abmachen zu können, hatte er das Haus betreten, und jetzt hatte er erfahren müssen, daß Leute, welche kaum das trockene Brod hatten, sein Gold verschmähten, daß Margareth wirklich seinen Schwager verachtete, der doch schon wegen seiner Stellung der Stolz der Familie war.

17.

Es ist Zeit, daß wir uns auch nach den übrigen Personen unserer Erzählung umsehen. Die Verhaftung Kleber's sowie der Zofe Minna hatte nicht nur auf die ganze Schloßdienerschaft, sondern besonders auch auf das Fräulein Agathe v. Stolzenhain einen ungeheuren Eindruck gemacht, da sie Jedem völlig unerwartet gekommen war. Der Wagen zur Fortschaffung Margarethas war von Kleber bestellt worden, mit boshaftem Hohne hatte der Kammerdiener dabei geäußert, daß ein Karren für die Mörderin genüge – was sollte man jetzt denken, wo auch Kleber, der Ankläger des Fräuleins, verhaftet wurde!

Und außer dem Kammerdiener auch Minna! Es ward so Manchem unheimlich zu Muth, es fühlte sich Keiner sicher, denn fast Jeder hatte mehr oder minder seine Aussagen so eingerichtet, wie Kleber es gewünscht. Fräulein Agathe sah in diesen Vorgängen den Einfluß des Geheimraths und es machte sie doppelt unruhig, daß derselbe sich weigerte, ihre Neugierde genügend zu befriedigen, er begnügte sich damit, ihr zu sagen, daß dem Kommissär manches in den Aussagen Kleber's und Minna's verdächtig erschienen sei, Agathe möge daraus ersehen, daß ihr Vertrauen auf Kleber ein voreiliges gewesen, sie möge eine vorsichtigere Haltung annehmen.

Huck kam am anderen Tage wieder und unterzog das Schloß einer abermaligen Revision, der Geheimrath konnte ihm bei dieser Gelegenheit schon mittheilen, daß die Bücher des Generals in großer Unordnung seien, daß Kleber, der dieselben geführt, sich aller Wahrscheinlichkeit nach bedeutender Unterschleife schuldig gemacht habe, er könne jedoch keine Klage anstrengen, da der Verstorbene durch einen kurzen Revisionsvermerk den Buchführer entlastet habe. Das Datum des Vermerks war das vom Todestage des Generals, die Schrift verrieth, daß der General heftig erregt gewesen, er hatte mit hastigen, dicken, kaum leserlichen Zügen das klacot geschrieben, vermuthlich also Kleber bei der Erklärung, daß er entlassen werden solle, gesagt, er schenke ihm, was Kleber ihm gestohlen, und dieser Annahme entsprach die Verfügung in dem Briefe an den Notar, daß Kleber nichts erben solle.

Unter den Effekten Kleber's wurde nur eine sehr geringe Baarschaft gefunden, es fand sich nichts, woraus man schließen konnte, wo er seine Ersparnisse und das Geld, um welches er den General notorisch im Laufe der Jahre betrogen, untergebracht habe.

Das Begräbniß des Generals fand unter lebhafter Betheiligung der Nachbarschaft statt, schon die Neugierde, etwas Näheres über die Vorfälle zu hören, hatte Viele nach Seebach gezogen, es trafen fast sämmtliche Verwandte des Verstorbenen ein. Fast unmittelbar nach der Beerdigung wurde von den Interessirten die Erbtheilung besprochen. Da der Notar inzwischen die schriftliche Erklärung Margareth's, das ihr ausgesetzte Erbe nicht anzunehmen, beigebracht, so mußte der Geheimrath als nächster Blutsverwandter um so mehr in ihre Rechte treten, als das vorher niedergelegte Testament ihn als Universalerben eingesetzt hatte. Er erklärte sich jedoch damit einverstanden, die im Briefe des Verstorbenen an den Notar zu Gunsten der Verwandten ausgeworfenen Beträge als letzten Willen des Generals anzuerkennen, indem er sich vorbehielt, die daselbst für Margareth ausgesetzte Summe derselben disponibel zu halten, falls sie noch anderen Sinnes werde und das Gericht sie freisprechen sollte.

Die Erbberechtigten nahmen diesen Vorschlag an, da sie hiebei am besten fortkamen, und fügten sich auch der Bedingung, welche der Geheimrath stellte, Kleber keinen Antheil am Erbe zu gestatten, sollte dadurch auch ein Prozeß nöthig werden. Agathe sträubte sich hiegegen umsonst, der Geheimrath erklärte, andernfalls die Versiegelung der Erbschaft bis zur Entscheidung des Gerichtes beantragen zu wollen – sie mußte sich fügen.

Der Notar und auch der zu Rathe gezogene Richter stimmten Sorben darin bei, daß Kleber keine Ansprüche erheben könne und es daher in der Hand der Erben liege, ihm etwas zu bewilligen oder nicht. Das Testament, in welchem Kleber zehntausend Thaler ausgesetzt worden, war rechtlich aufgehoben durch das folgende Testament, in welchem ihm nicht nur obiges Legat gestrichen worden, sondern es dem Ermessen Margareth's überlassen war, ihm wie anderen Dienern ein Geschenk aus der Erbschaft zu bewilligen. Da es dort hieß: »in der Höhe von einhundert bis zweitausend Thalern,« so war es der Wille des Erblassers, daß Margareth die Höhe der Legate nach der Aufführung der Diener, nach ihrer Zufriedenheit mit denselben bemessen solle. Der General hatte aber am Tage vor seinem Tode Kleber die Entlassung angekündigt und im Briefe an den Notar ausdrücklich erklärt, Kleber solle nichts erhalten, der Wille des Verstorbenen, ihn ohne jedes Legat zu lassen, war also deutlich genug erklärt.

Fräulein v. Stolzenhain kehrte nach der Residenz zurück, die anderen Verwandten reisten gleichfalls ab, Sorben verpachtete das Gut und begab sich wieder nach Breslau.

Wir haben oben erwähnt, daß Margareth auch nach ihrer Freisprechung jedes Anerbieten Sorben's, ihr einen Theil der Erbschaft zuzuwenden, abgelehnt, Kleber jedoch trat mit der Forderung auf, daß ihm laut Testament des Herrn Generals zehntausend Thaler zukämen, er focht jede spätere Willensänderung des Generals als ungültig an, denn der Verstorbene habe ihm gedachte Summe wiederholt versprochen, das spätere Testament sei erschlichen.

Der Geheimrath verwies Kleber an's Gericht, dort möge er seine Ansprüche geltend machen, und er erfuhr auch sehr bald, daß dieses geschehen sei; Kleber hatte sich bei seiner Klage aber nicht allein auf das Zeugniß verschiedener alter Freunde des Generals berufen, welche ebenfalls mit dem Ausgange der Erbtheilung sehr unzufrieden waren, sondern auch – und das berührte Sorben äußerst peinlich, aus das Zeugniß des Fräuleins v. Stolzenhain.

Sorben wandte sich, da er durch seine Berufsgeschäfte daran behindert war, Agathe persönlich aufzusuchen, schriftlich an dieselbe mit der Frage, ob sie Kleber berechtigt habe, sich auf ihre Aussage zu berufen. Er bat sie, ihm darüber genaue Mittheilungen zu machen, denn er wolle um jeden Preis den Skandal eines Erbschaftsprozesses vermeiden, in welchem eine seiner Verwandten gegen ihn auftreten könne.

Noch hatte er keine Antwort auf diesen Brief erhalten, als ihm der Kommissär Huck gemeldet wurde, der ihn in dringender Angelegenheit zu sprechen bitte.

Sorben beeilte sich, den Mann einzulassen, welcher gewiß nur nach Breslau gekommen war, um ihm wichtige Nachrichten zu bringen.

»Verzeihen Sie meine Dreistigkeit, Herr Geheimrath,« begann der Beamte, »aber die Angelegenheit, welche mich beschäftigt, hat auch für Sie Interesse; ich habe mir die Aufgabe gestellt, den wahren Mörder Ihres Herrn Onkels zu entlarven.«

Sorben schaute befremdet, überrascht auf. »Wenn Sie diese Hoffnung hegen,« versetzte er, »so wundert es mich, daß Sie den Gang des Prozesses nicht aufhielten, das Gericht hat gesprochen und das Urtheil eines Schwurgerichts ist nicht mehr anzugreifen.«

»Aber zu revidiren,« antwortete Huck. »Ich kann mich gegen den Vorwurf, der in Ihren Worten liegt, rechtfertigen, ich habe gethan, was in meinen Kräften stand, die Thatsachen klar zu legen; aber nach dem Spruche des Gerichtes, wenn die Angeklagten, wie es hier der Fall ist, freigesprochen sind und sich sicher fühlen, ist es nicht unmöglich, Geheimnisse zu entschleiern, welche bis dahin verborgen waren. Abgesehen davon, daß ich als Kriminalbeamter das Interesse habe, den Schuldigen doch noch zu überlisten und die nackte Wahrheit an den Tag zu bringen, ist nur vom Herrn Staatsanwalt Berg eine große Belohnung versprochen worden, wenn ich Fräulein v. Trotten von jedem Verdacht befreie, und ich kann versichern, mehr noch als die Aussicht auf diese Belohnung reizt das persönliche Interesse, das ich für die Dame gewonnen, meinen Eifer.«

»Sie glauben an die völlige Unschuld der Dame?«

»So gewiß als an meine eigene in dieser Sache. Ich habe Minna Brinkmann, die Zofe des Fräuleins, beobachten lassen. Sie wissen, daß dieselbe anfänglich gegen das Fräulein aussagte, dann aber zugab, daß sie zu ihren Aussagen überredet worden sei, was Kleber wiederum bestritt. Sie haben jedenfalls aus den Verhandlungen ersehen, daß das Gericht nur, weil diese Person sich ängstlich, konfuse und beinahe unzurechnungsfähig zeigte, weder Kleber zur Rechenschaft zog, noch das Fräulein als entlastet ansehen mochte?«

»Ich erinnere mich dessen,« versetzte Sorben. »Meiner Ansicht nach that das Gericht Unrecht; es lag auf der Hand, daß die Zofe von Kleber überredet war, und das hätte mir genügt, die Anklage allein gegen Kleber zu richten.«

»Kleber machte die sehr schlaue Bemerkung, Minna rede vor Gericht anders als früher, weil sie Mitleid für das Fräulein fühle, und das wirkte auf die Geschworenen. Da man davon Abstand nahm, diese konfuse Person zu vereidigen, konnte ihre Aussage Kleber nicht viel schaden, noch weniger dem Fräulein nützen. Minna hat nun bis zur Beendigung des Prozesses bei ihren Eltern in *** gewohnt, bis zur Schlußverhandlung das zerstreute, unruhige Wesen gezeigt, welches sie vor Gericht charakterisirte, nach dem Bekanntwerden des Urtheils aber sich enttäuscht und noch unruhiger gezeigt. Ich habe erfahren, daß sie sich bemüht hat, die Adresse des Fräuleins v. Stolzenhain von der Schloßdienerschaft zu erfahren, noch ehe Kleber sie wieder aufgesucht, und dieser Umstand erscheint mir um so befremdlicher, als ich genau weiß, daß Kleber unmittelbar nach seiner Freilassung, ehe er noch Minna, die er doch seine Braut nennt, besucht hatte, in Berlin war, um mit dem Fräulein v. Stolzenhain zu sprechen.«

Es zog ein düsterer Schatten über die Züge Sorben's. »Mir ist nicht klar, was Sie mit dieser Bemerkung andeuten wollen,« sagte er, »obwohl ich zugeben muß, daß meine Cousine sich leider in ihrem Urtheile über Fräulein v. Trotten von Kleber bestimmen ließ.«

»Herr Geheimrath, ich bin überzeugt, daß Kleber und Minna auf sehr dreiste Weise das Vertrauen ausbeuten werden, das ihnen Fräulein v. Stolzenhain leider geschenkt hat, ich bin überzeugt, daß Beide das Fräulein in ihr Komplott gegen Fräulein v. Trotten verwickelt haben und dies jetzt ausnützen wollen –«

»Herr Huck,« rief Sorben, ihn unterbrechend und vielleicht nur deshalb so sehr erregt, weil er fürchtete, derselbe rede wahr, – »Sie sprechen von einer achtbaren Dame, von meiner Cousine!«

»Ich bin weit entfernt davon, sagen zu wollen, daß Fräulein v. Stolzenhain wissentlich an einem Komplott Theil genommen haben könne,« versetzte Huck, »ich muthmaße nur, daß der raffinirte Kleber es verstanden, sie hineinzuziehen, um an ihr einen Rückhalt zu haben.«

Immer finsterer faltete sich das Antlitz Sorben's, hatte er doch den Beweis dafür, daß Huck richtige Schlüsse zog, fast schon in Händen; Kleber hatte sich ja bei seiner Forderung auf das Zeugniß Agathens berufen! Wie gern er seine Verwandte in Schutz genommen hätte, mußte er darauf verzichten, Agathe hatte ja auch bei der Erbschaftsregulirung Kleber's Partei ergriffen, er mußte zufrieden sein, wenn Huck von einer unwissentlichen Theilnahme Agathens am Komplott sprach.

»Ich kann Ihnen leider nicht widersprechen,« sagte er, »ich fürchte, daß Sie Recht in dieser Beziehung haben, aber was hat das mit der Entlarvung des Schuldigen zu thun? Ich verbürge mich dafür, daß meine Cousine in dieser Angelegenheit, wenn sie auch von Vorurtheilen befangen war, doch nichts verschwiegen hat, was zur Aufklärung des Thatbestandes dienen konnte. Sie würde eben Kleber nicht ein so unbedingtes Vertrauen geschenkt haben, wenn sie im geringsten an seiner Ergebenheit für meinen Onkel und an seinem Eifer, den Schuldigen zu entlarven, gezweifelt hätte!«

»Dieser Ansicht bin ich auch, aber ich denke mir, Kleber fühlt sich jetzt völlig sicher, er will die Früchte seines Verbrechens ernten, und wenn er sich in seinen Hoffnungen getäuscht sieht, kann er sich leicht durch Akte der Leidenschaft verrathen. Mein Plan geht dahin, ihn hierzu zu verleiten. Gesetzt, er bedrohte jetzt Jemand, ihn zu verdächtigen, so würde er damit schon beweisen, daß er vor Gericht entweder Wichtiges verschwiegen oder auch gegen das Fräulein v. Trotten falsche Anklage erhoben. Ich hoffe, die Habsucht wird ihm zum Verderben werden.«

»Ganz gut, aber in welcher Weise kann ich Ihnen dabei helfen?«

»Ich bitte Sie, Herr Geheimrath, Ihren ganzen Einfluß darauf zu verwenden, daß das Fräulein v. Stolzenhain sich nicht durch Bitten oder Drohungen bewegen lasse, Kleber zu befriedigen. Ich weiß es, daß er gegen die Erben des Generals klagbar geworden ist, lassen Sie dem Prozeß seinen Lauf.«

Sorben zögerte mit der Antwort. Er fühlte, daß er sich und Agathe bloßstelle, wenn er angesichts der Absicht des Beamten, den Mord aufzuklären, den Einwand erheben wolle, ihm sei ein solcher Prozeß peinlich – es sah das aus, als fürchte er, daß Agathe kompromittirt werden könne. Dennoch verschwieg er dieses Bedenken dem Kommissär nicht. »Ich gestehe Ihnen,« sagte er, »daß ich, um einen derartigen Prozeß zu vermeiden, die Absicht gehabt habe, ein

Opfer zu bringen. Es wäre sehr peinlich für mich, wenn es hieße, daß ich gegen den Willen anderer Verwandten Kleber ein Erbtheil entzogen, wenn meine Cousine dem Gericht erklärte, sie glaube, daß der Verstorbene nur in momentaner Gemüthserregung, veranlaßt durch die Trotten, Kleber ein demselben versprochenes Erbtheil gestrichen habe. Ich will jedoch Ihren Wunsch erfüllen, wenn Sie mir die Ueberzeugung verschaffen, daß Sie Aussicht auf ein Gelingen Ihres Vorhabens haben; bis jetzt erscheint mir dieselbe höchst fraglich.«

»Ich basire meine Hoffnung auf die Thatsache, daß weder das zu dem Blechkasten, in welchem das Gift sich befunden, gehörige Vorlegeschloß, noch das Papier der Arsenikdüte zum Vorschein gekommen ist,« erwiederte Huck. »Von der Düte befand sich nur eine kleine Ecke in der Tasche des Kleides, der Haupttheil fehlt. Es ist kaum anzunehmen, daß derselbe verbrannt worden ist, der Geruch wäre bemerkt worden, das Papier ist wahrscheinlich fortgeworfen worden, aber ich habe allen Kehricht und sogar die Gruben visitiren lassen, es ist nicht gefunden, und das ist für mich fast ein Beweis dafür, daß das Fräulein sich dieses Papiers nicht zu entledigen hatte, sondern ein Anderer, der es zu gelegener Zeit fortzuschaffen oder zu vernichten vermochte.«

»Sie haben das vor Gericht nicht hervorgehoben!«

»Absichtlich nicht, Herr Geheimrath, denn es hatte keinen Zweck, da kein klarer Beweis daraus hervorgeht, mir aber ein unbesprochen gebliebener Punkt Gelegenheit zu Recherchen gibt. Es ist möglich, daß das Papier nie zum Vorschein kommt, aber wenn es mir zweckmäßig erscheint, Jemand damit zu erschrecken, könnte ich ja thun, als hätte ich es gefunden! Derartige Ueberraschungen, im rechten Momente angebracht, wirken oft Wunder. Wer sagt aber, daß das Schloß sich nicht noch einmal findet, das läßt sich nicht vernichten wie ein Blatt Papier.«

»Ganz gut,« versetzte der Geheimrath lächelnd, »aber wenn Sie zehnmal das Papier oder das Schloß finden, werden Sie damit noch nicht den Beweis haben, wer den Kasten geöffnet und den Inhalt der Düte meinem Onkel in das Getränk gemischt hat. Der Vertheidiger des Fräuleins v. Trotten sagte sehr klar und richtig, man müsse entweder annehmen, daß sie den Kasten erbrochen, die Vergiftung vollzogen und so gleichgiltig, als ob sie damit ein gewohntes Tagewerk gethan, ihr Kleid, in dem sie einen Rest der Düte wußte, ausgezogen und an den Nagel gehängt habe – oder aber glauben, daß der Mörder, nachdem er in aller Ruhe sein Werk vollbracht, heimlich auf ihr Zimmer gegangen und die Anstalt dazu getroffen, daß ein handgreiflicher Verdacht auf sie falle. Was also durch neue Recherchen entdeckt werden mag, wird die eine oder die andere Annahme bekräftigen, nie aber entscheiden, welche von beiden die richtige sei. Das vermag nur das Geständniß des Mörders und ich zweifle sehr, ob Sie da etwas durch Ueberraschung erreichen werden, denn gesetzt, der Schuldige ließe sich zu einem unüberlegten Ausrufe hinreißen, so kann er denselben im nächsten Moment erklären oder auslegen, wie er will. Soll ich Ihnen meine Ansicht von der Sache sagen? Ich habe lange Zeit fest geglaubt, daß Kleber der Schuldige sei, aber je mehr ich mir Alles überlegt, finde ich den Spruch des Gerichtes, der auch ihn freigelassen, gerechtfertigt. Wäre er der Mörder, so hätte er schwerlich gleich im ersten Augenblick das Fräulein verdächtigt, da hätte er gewartet, bis die Untersuchung den Giftmord konstatirt, er beschwor ja durch sein Benehmen gegen die Trotten den Argwohn herauf, daß er sie, koste es was es wolle, verdächtige. Ich glaube viel eher, daß ein unglücklicher Zufall gewaltet hat, daß mein Onkel die Düte zu irgend einem Zweck aus dem Kasten genommen, daß man ihren Inhalt für Zucker angesehen, und daß Kleber erst, nachdem die Vergiftung geschehen und er die Düte erkannt, dieselbe heimlich in die Tasche der Trotten praktizirt, um sich selber und Andere vor jedem Verdacht zu schützen, der Trotten aber einen bösen Streich zu spielen. Ernsthaft hat er wohl nie daran glauben können, daß man die junge Dame für eine gemeine Mörderin halten werde.«

»Er hat es geglaubt, Herr Geheimrath,« entgegnete Huck, »und viele Andere haben diesen Glauben getheilt, ich selber hielt eine Zeit lang die Sache für möglich, es gibt Charaktere, die in plötzlicher Anwandlung unbegreifliche Handlungen begehen, und für mich liegt der überzeugende Beweis von der Unschuld der Trotten allein darin, daß sie auch jetzt noch jeden Antheil an der Erbschaft zurückweist, daß ihr also die Ehre mehr gilt als Geld. Mit Kleber steht es umgekehrt, und die Frechheit, welche ihn jetzt mit einem Prozesse drohen läßt, beweist mir, daß er den Mord begangen hat, um seine gehoffte Erbschaft nicht zu verlieren. Der General hat ihn häufig entlassen wollen, ihn aber immer wieder behalten, Fräulein v. Trotten aber war ihm sehr gefährlich geworden, da sie ihn durchschaute, den General vor ihm warnte und da ihre Stellung im Schlosse sich nicht erschüttern ließ, sondern mehr und mehr befestigte. Ob er Kenntniß von dem Testamente gehabt hat, welches ihm die verheißenen zehntausend Thaler strich und sein Legat abhängig von dem Ermessen des Fräuleins machte, sei dahingestellt – so viel wußte er jedenfalls, daß das Fräulein reich bedacht war. Da sprengte er über dieselbe allerlei verleumderische Gerüchte aus, veranlaßte die anonymen Zuschriften, welche Sie, Fräulein v. Stolzenhain, und andere Verwandte des Herrn Generals erhielten; ich könnte die Personen nachweisen, welche ihm dabei behilflich waren. Nun erschienen Sie und Fräulein v. Stolzenhain auf Seebach, aber Fräulein v. Trotten wurde nicht, wie Kleber gehofft, ihrer Dienste entlassen, der General zeigte Kleber, daß er dessen Intriguen durchschaue und ihn dafür büßen lassen werde – da sah Kleber sein Spiel verloren, er zitterte davor, daß der General ihn wirklich entlassen, in dem neuen Testamente das Legat für ihn streichen werde, und er verhinderte das durch die Ermordung seines Herrn. Er stützt jetzt seine Ansprüche darauf, daß das letzte Testament des Generals ein erschlichenes, daß also das vorletzte das giltige sei, und dieser Ideengang bewog ihn mehr noch als sein Haß gegen die Trotten, dieselbe des Mordes verdächtig zu machen – wurde sie verurtheilt, so könnte das Testament, das sie zur Universalerbin einsetzte, keine Giltigkeit haben.«

»Was Sie da sagen,« versetzte Sorben, der nachdenklich zugehört, »ist ziemlich dasselbe, was der Staatsanwalt in seiner Anklage gegen Kleber behauptete, und hat eigentlich mit der Angelegenheit, um die es sich zwischen uns handelt, nichts zu thun, Kombinationen liefern keine Beweise; ich muß bei meiner Erklärung bleiben, daß ich nur dann einen Prozeß mit Kleber riskiren mag, wenn ich gewisse Aussicht habe, denselben zu gewinnen und Bosheiten, die schlimmer sind als ein Geldopfer, erfolgreich begegnen zu können.«

Huck erhob sich. »Herr Geheimrath,« sagte er in plötzlich verändertem Tone, »ich glaubte durch meine Darlegungen Ihnen etwas, was ich nicht direkt aussprechen mag, deutlich genug anzudeuten, möge Ihre Voraussetzung Sie nicht täuschen und Ihnen durch Nachgiebigkeit gegen einen sehr gefährlichen Menschen das Unangenehme erspart bleiben, was Sie befürchten.« Damit verneigte sich der Kommissär und verließ das Gemach.

18

Der Geheimrath starrte vor sich hin, mehr noch als die Worte hatte der Ton des Beamten ihn befremdet, es war ihm, als ob plötzlich ein Nebel vor seinen Augen schwinde und ihm in entsetzlicher Weise klar werde, worauf der Kommissär gezielt, aber er vermochte es nicht, denselben zurückzurufen, er erbebte vor dem Gedanken, sich Gewißheit darüber zu verschaffen, ob seine Ahnung ihn recht leite – Huck that recht, gewisse Dinge lieber nicht auszusprechen, denn wo der Kriminalbeamte einmal einen Argwohn äußert, da ist auch schon die Anklage erhoben.

Es war unmöglich, daß er sich täuschte, wenn er es jetzt zu errathen glaubte, worauf der Beamte hingezielt. Huck hatte gebeten, er solle dem Prozeß seinen Lauf lassen, dahin wirken, daß Agathe v. Stolzenhain Kleber's Drohungen oder Bitten trotze. Er hatte von einem Komplott gegen Margareth gesprochen, in welches Agathe »hineingezogen« worden sei! Der Beamte strebte dahin, den Prozeß Margareth's revidiren zu lassen, er hoffte den Schuldigen noch zu entlarven und es ging fast klar aus seinen Schlußworten hervor, daß Agathe dabei stark kompromittirt werden könne, mehr, als wenn man sich durch Kleber's Herausforderung einschüchtern lasse. –

Die Befürchtungen des Geheimraths sollten sehr bald eine Bestätigung erhalten. Das Fräulein kam persönlich nach Breslau, ihrem Vetter auf dessen Brief zu antworten. Sie spielte anfänglich die Unbefangene und sagte, sie begreife gar nicht, wie Sorben schwanken könne, sich mit Kleber gütlich zu arrangiren. Die Billigkeit erfordere, daß man dem alten treuen Diener des Verstorbenen das gebe, was der General ihm versprochen, ehe eine Fremde ihn bethört; Kleber sei von der Anklage, welche die Freunde der Trotten, besonders der verliebte Staatsanwalt gegen ihn geschmiedet, freigesprochen, man sei ihm also eher noch Ersatz für die Haft schuldig, die er erlitten, weil er allzu eifrig gewesen, die Schuldige anzuklagen; Sorben solle ihn doch aus den Geldern befriedigen, welche er der Trotten habe schenken wollen.

»War Kleber bei Dir?« fragte der Geheimrath, als sie geendet; und ihr heftiges Erröthen bei dieser plötzlichen, ihr völlig unerwartet kommenden Frage verrieth nichts Gutes.

»Weshalb?« stotterte sie. »Was soll die Frage?«

»Deine Verwirrung sagt mir, daß Du ihre Bedeutung würdigst. Er hat Dich also veranlaßt, mich persönlich aufzusuchen und mir diese Vorstellung zu machen?«

Agathens Verwirrung wuchs immer mehr. »Veranlaßt,« sagte sie, »das ist ein komischer Ausdruck. Er hat mich darum gebeten.«

»Nur gebeten? Hat er nicht etwa auch gedroht?«

Sie ward sichtlich betroffen. »Woher weißt Du das?«

»Er hat also gedroht?«

»Deine Fragen werden peinlich. Doch da Du sehr gut unterrichtet zu sein scheinst, will ich es nicht leugnen, daß Kleber, als ich die Befürchtung aussprach, Du werdest bei Deinem Vorurtheil gegen ihn schwerlich seinen Wunsch erfüllen, erklärte, er werde alsdann klagen müssen.«

»Das ist keine Drohung, das ist sein Recht.«

»Ich dächte, es wäre Drohung genug. Willst Du den Schimpf auf unsere Familie laden, daß wir einem Diener unseres gemordeten Onkels gerechte Forderungen streitig machen?«

»Wer sagt, daß seine Forderungen gerecht sind? Wären sie das, so würde ich sie gewiß erfüllen.«

»Karl, ich verstehe Dich wirklich nicht. Entweder ist das Testament ungiltig, welches die Trotten zur Erbin einsetzte, oder nicht. Haben wir geerbt, so muß auch Kleber erben.«

»Nein. In dem Briefe an den Notar hat der Onkel Kleber ausdrücklich enterbt –«

»Weil die Trotten Kleber verleumdet hatte!«

»Der Onkel hat es mir selbst gesagt, er werde Kleber diesmal wirklich entlassen –«

»Das war der Einfluß der Trotten,« rief Agathe, Sorben unterbrechend. »Ich weiß es besser. In den furchtbarsten Schmerzen hatte der Kranke noch Besinnung genug, wenn er auch unfähig war, einen letzten Willen niederzuschreiben. Er wies die Trotten von sich, er drückte die Hand Kleber's, als sehe er es zu spät ein, daß er ihm Unrecht gethan.«

»Agathe!« rief der Geheimrath und sein Auge heftete sich so durchbohrend auf sie, daß sie diesen Blick nicht zu ertragen vermochte und das Auge niederschlug, »ich warne Dich! Lasse Dich nicht verleiten, Dich jetzt auf Dinge zu besinnen, welche Du zur richtigen Zeit nicht erwähnt hast.«

»Ich habe damals nicht davon gesprochen, weil man mir vorwarf, daß der Haß gegen die Trotten meine Aussagen färbe, ich wollte ihr nicht schaden.«

»Agathe, durch welche Drohung konnte ein elender Schurke Dich dahin bringen, mir diese Unwahrheit in's Gesicht zu sagen?«

Agathe spielte die Empörte, sie erhob sich. »Dein Interesse für eine elende Heuchlerin,« sagte sie, »veranlaßt Dich, Deine Verwandte zu beschimpfen, unter solchen Umständen ziehe ich es vor, die Verhandlung abzubrechen.«

»Auf Deine Gefahr!« rief Sorben. »Aber ich sage Dir, sei auf Deiner Hut. Bis jetzt glaubt die Polizei nur, daß Kleber Dich in sein nichtswürdiges Komplott hineingezogen, hüte Dich, daß man nicht untersucht, ob Du mit ihm im Komplott gestanden. Hüte Dich, daß man nicht sagt, wer ein größeres Interesse an der Erbschaft gezeigt – Margareth, welche dieselbe verschmähte, oder Du, die Du mit Kleber korrespondirtest, seine Intriguen duldetest und Dich jetzt zu falschem Zeugniß für ihn hergeben willst!«

Agathe war roth und blaß geworden, es war sichtlich, wie jedes Wort sie gleich einem niederschmetternden Schlage traf, ihre Augen starrten den Geheimrath mit Entsetzen an, ihr Antlitz wurde aschfahl.

»Die Wahrheit!« herrschte er, als ihr Anblick ihm den letzten Zweifel an ihrer Schuld nahm, »die Wahrheit! Noch kann ich Dich vielleicht retten. Ich sage Dir, daß die Polizei Dich schon lange beobachtet hat, gehe nicht in Dein Verderben.«

Sie bedeckte sich das Antlitz mit den Händen, aus ihren Augen brach ein Strom von Thränen.

»O, das ist zu viel,« stöhnte sie. »Was habe ich denn gethan! Und auch Du hältst mich für schuldig!«

»Agathe, sage mir Alles und ich werde Dir, so gut ich es vermag, zur Seite stehen. Du bist in den Schlingen eines sehr gefährlichen Menschen. Vertraue mir, ich bin ja Dein nächster Verwandter.«

Sie schöpfte Athem, die Worte Sorben's schienen ihr wieder Muth zu geben. »Ich will Dir Alles bekennen,« sagte sie, »Du wirst mir gerecht werden und nicht meine Schande wollen. Ja – Kleber ist ein entsetzlicher Mensch, aber wer hätte das früher von ihm gedacht! Sieh, als ich noch Gesellschaftsdame auf Seebach war, hoffte ich bestimmt, daß der Onkel für meine Zukunft sorgen werde. Kleber war mit mir in gleicher Lage, der Onkel hatte furchtbare Launen, bald ließ er sie gegen mich, bald gegen ihn los und Kleber trat mir dadurch gewissermaßen nahe, daß er der Zeuge von Demüthigungen wurde, die ich erlitt; ich glaubte, daß er Theilnahme für mich empfinde und durch diese erklärte ich es mir, daß er, als ich Seebach längst verlassen hatte, an mich schrieb. In dem Wahne, er sei empört darüber, daß eine intriguante Heuchlerin sich bei dem Onkel einschmeichle und denselben veranlasse, seine Verwandten zu enterben, war ich so unvorsichtig, seine Briefe zu beantworten, ich glaubte, das Interesse an seinem Herrn und an der Familie desselben mache ihm allein die Erbschleicherin verhaßt und ich ermuthigte ihn, mir weitere Berichte zu senden, ich versprach ihm, ihn belohnen zu wollen, wenn er es zu verhindern verstehe, daß der Onkel die Abenteurerin heirathe. – Ich hätte Dir das Alles früher gesagt,« fuhr Agathe fort, »wenn Du Dich weniger eingenommen für die Trotten gezeigt hättest; Du warst mit der Absicht, den Onkel über sie aufzuklären, mit mir nach Seebach gekommen, und wenige Stunden später machtest Du ihr den Hof, da waret Ihr die besten Freunde. Das steigerte meinen Haß gegen die Heuchlerin und ich glaubte nur zu gern den Worten Kleber's, der mir zuflüsterte, er wette darauf, die Trotten werde, noch ehe der Notar komme, Mittel zu finden wissen, unseren Onkel wieder anderen Sinnes zu machen, sie habe ihn gefragt, an wen der General geschrieben, sie wisse genau, was im Werke sei.

Man weckte mich in der Nacht, Kleber flüsterte mir zu, als ich mit Entsetzen sah, in welchem Zustand der Onkel sich befinde, das gehe nicht mit rechten Dingen zu, das sehe aus wie Mord, wahrscheinlich habe die Trotten ihm heimlich Essig gegeben.

Ich traute der Person das Schlechteste zu. »Sorgen Sie dafür,« sagte ich zu Kleber, »daß, wenn hier ein Verbrechen versucht ist, die Spuren desselben nicht verwischt werden, lassen Sie die Trotten nicht aus den Augen.«

Alles Uebrige weißt Du. Ich konnte die Elende nicht mit ihrer scheinheiligen Miene am Bette des Kranken sehen, aber der Onkel ließ sich auch von mir und Kleber Alles reichen, er fragte nicht nach ihr. Ich war unfähig, Beobachtungen anzustellen, ob er völlig bei Besinnung war oder nicht, Kleber behauptet es, er will sogar gesehen haben, daß der Kranke Margareth zurückgestoßen habe.«

»Wann sagte er das zuerst,« forschte der Geheimrath, »vor Gericht wagte er es nicht, diese Aussage zu machen!«

»Er fragte mich neulich danach, als er in Berlin mich aufsuchte, ob ich mich nicht dieses Umstandes erinnere, ich müsse ihm doch bezeugen können, daß der General seine Pflege angenommen und gern gesehen, daß er ihm auch die Hand gedrückt habe.«

»Er *forderte* dieses Zeugniß von Dir?«

»Ja,« antwortete Agathe erröthend. »Da Du einmal so viel weißt, will ich Dir meine Schwäche gestehen. Er war unverschämt und drohte, ich zitterte vor skandalöser Nachrede, ich lernte den Menschen erst jetzt völlig kennen.«

»Womit drohte er? Scheue Dich nicht, mir Alles zu sagen.«

»O, ich erröthe vor Scham, daß ich diesem Schurken mein Vertrauen geschenkt. Ich glaube es jetzt selbst, daß er die Trotten falsch angeklagt hat – er drohte, daß er auch mich auf die Anklagebank bringen könne, der Mörder sei noch nicht entdeckt, auch ich hätte ein Interesse am Tode des Generals gehabt, auch mir könne man es zutrauen, daß ich den Giftkasten geöffnet und dem General Arsenik in den Trank gemischt habe, er wolle nicht allein leer ausgehen, während ich von der Erbschaft profitirt hätte.«

»Unselige!« rief Sorben, »und anstatt den Buben, der Dir solches zu sagen wagte, sofort der Polizei zu überliefern, ließest Du Dich einschüchtern? Sieht das nicht aus wie böses Gewissen? Du wolltest das Zeugniß abgeben, das der Elende Dir also erpreßt?«

»Ich zitterte vor dem Skandal.«

»Du hast einen schlimmeren heraufbeschworen. Der Elende hat gesehen, daß Du Furcht hast, und darauf baut er sicherlich. Du hast entsetzlich thöricht gehandelt.«

»Ich dachte,« versetzte Agathe, die immer mehr kleinlaut wurde, »es sei besser, den Mann zu befriedigen, als ihn zu reizen, lieber ein Opfer Zu bringen, als sich den Bosheiten und der Rachsucht dieses Elenden auszusetzen.«

»Das war eben sehr unüberlegt. Einer Bitte kann man allenfalls nachgeben, wenn sie auch unverschämt ist, man kann, um sich einen Prozeß zu ersparen, ein Opfer bringen, niemals aber darf man frechen Drohungen nachgeben, denn die Folge davon ist, daß man den Drohenden nie los wird, daß derselbe immer mehr fordert und daß Jeder in unserer Nachgiebigkeit den Beweis einer Schuld erblickt. Hier aber tritt noch der Umstand hinzu, daß die Polizei Ursache hat, Kleber zu beobachten und naturgemäß ihre Schlüsse daraus zieht, wenn eine Verwandte des Ermordeten ihn empfängt und Beziehungen zu ihm unterhält.«

Der Stolz Agathens war gebrochen, sie verbarg es nicht mehr, daß sie ihre ganze Handlungsweise schon längst bereue, kein Gedanke konnte ihr entsetzlicher sein als der, ihren Namen möglicher Weise ähnlichen Verleumdungen preisgegeben zu sehen, wie die es waren, welche sie gegen Margareth geschleudert. Sie gestand es jetzt ein, daß Neid und Haß sie zu ihrem Auftreten gegen Margareth verleitet; es wäre ihr eine bittere Beschämung gewesen, daß der General, sobald er Margareth gesehen, die Aufforderung an sie, wieder nach Seebach zu kommen, widerrufen, daß ihre Prophezeiung, es werde Niemand beim General lange aushalten, sich nicht erfüllt und Margareth dadurch gezeigt habe, wie sie es besser verstehe, den alten Herrn zu behandeln. Sie habe sich bloßgestellt gefühlt vor ihren Freundinnen und Bekannten, sie habe

keine andere Waffe gegen den Vorwurf, daß ihr Onkel eine Fremde zu seiner Pflege habe engagiren müssen, gehabt, als die Verdächtigung Margareth's, und Kleber sei ihr dabei zuvorgekom-
men, dieselbe als eine intriguante Heuchlerin und Erbschleicherin darzustellen – ihr Haß gegen
Margareth habe sie derart eingenommen, daß sie derselben schließlich ein gemeines Verbrechen
zugetraut habe, ohne zu prüfen, ob ein solcher Vorwurf vernunftgemäß zu begründen sei.

Der Geheimrath erfuhr durch Auslassungen Agathens, welche freilich nicht direkt gemacht
wurden, sondern in Folge ihrer weichen Stimmung, ihrer Reue und Angst aus ihren Antworten
und Schilderungen herauszulesen waren, daß nicht allein Kleber sie während des Ganges der
Voruntersuchung von allen Verdachtsmomenten unterrichtet, die gegen Margareth auftauchten,
sondern daß sie auch in Gesprächen mit Minna durch ihren Argwohn die Zofe ermuntert hatte,
in ihren Aussagen gegen Margareth furchtlos zu sein. Es ward Sorben immer klarer, daß die
Anklagen gegen Margareth nicht so dreist aufgetreten wären, als es geschehen, wenn die Ankläger nicht einen Rückhalt an Agathe gehabt, ihres Schutzes sicher gewesen wären, und daß also
Huck ganz Recht gehabt, wenn er von einem Komplott gesprochen. Es folgte aber auch hieraus,
wie gefährlich die Situation für den Ruf Agathens werden konnte, wenn jetzt Kleber und Minna und vielleicht noch andere Mitglieder der Dienerschaft sich zusammenthaten und die Frage
aufwarfen, warum man den Verdacht nicht auch gegen Agathe erhebe, nachdem Kleber und
Margareth freigesprochen, da der Tod des Generals doch auch in ihrem Interesse gelegen. Hatte Agathe es selbst ausgesprochen, daß sie den Einfluß Margareth's auf den General gefürchtet,
so konnte man den Argwohn aufstellen, sie habe es verhindern wollen, daß Margareth Muße
gefunden, denselben geltend zu machen und den General abzuhalten, seine Befehle an den Notar zu widerrufen. Die Sache war sehr ernst. Kleber hatte Agathe direkt zu bedrohen gewagt, er
hatte seine Klage gegen die Erben anhängig gemacht – er hatte bei diesem Prozesse die Trümpfe
in der Hand, denn er konnte, da ihn das Gericht einmal freigesprochen, nichts verlieren, wohl
aber lag es in seiner Hand, einen skandalösen Prozeß gegen Agathe heraufzubeschwören und
die Erben des Generals der übelsten Nachrede preiszugeben.

Sorben entschloß sich nach kurzer Ueberlegung zu energischem, rücksichtslosem Vorgehen.
Er reichte dem Gericht eine Denunziation wegen versuchter Erpressung gegen Kleber ein und
schrieb Huck, daß er in Folge der Nachricht, daß Kleber Fräulein v. Stolzenhain zu bedrohen
gewagt habe, die erwähnte Anzeige gemacht und sich mit seiner Verwandten dahin geeinigt
habe, Kleber's Forderung rundweg zu ignoriren. –

Wir versetzen den Leser nach ***, dem kleinen Städtchen, in dessen Nähe Schloß Seebach
liegt. Hier wohnen Doktor Manders, der Oberförster v. Morchem und mehrere von den alten Freunden des Generals, welche mit dem Verstorbenen in vertrautem Verkehr gestanden,
die so manchen Rehbock, manches Klafter Holz durch Kleber's Vermittelung und mit einem
Gruße vom Herrn General erhielten und diese Sendungen jetzt sehr vermissen, denn der jetzige
Verwalter von Seebach führt strengen Haushalt und hat keine Instruktionen vom Geheimrath,
derartige Grüße mit Beilage nach *** zu schicken. Die Erwartungen aller Freunde des Generals
sind sehr getäuscht, statt bedeutender Legate sind kaum Andenken gekommen, selbst Doktor
Manders klagt über das geringe Honorar, welches die Erben gezahlt haben, obwohl der Geheim-
rath nach gewöhnlichen Begriffen sich dabei keineswegs geizig gezeigt hatte, aber man schob
alle Schuld auf Margareth, die ja keinem Menschen etwas gegönnt habe. Lange Zeit bildete der
Prozeß, den man ihr und Kleber gemacht, das Hauptthema der Unterhaltung, und wenn es auch
Viele gab – darunter meist Personen, welche dem General ferne gestanden – die von vorneherein
Margareth's Schuld bezweifelt und ihre Partei ergriffen, so brach sich doch die Ansicht, daß der
Verdacht gegen Kleber näher liege als der gegen sie, erst Bahn, als die Prozeßverhandlungen,
welche in den Zeitungen gebracht wurden, immer günstiger für Margareth lauteten. Die Dar-
stellung der Schlußverhandlung ließ das Gefühl der Theilnahme für die Angeklagte fast überall
Wurzel schlagen, und nur besondere Freunde Kleber's, wie der Barbier und Andere, sprachen
achselzuckend davon, daß sie die Freisprechung vorhergesehen, Margareth v. Trotten sei ja eine
Adelige, und so weiter.

Im Hause des Riemermeisters Brinkmann interessirte man sich natürlich sehr lebhaft für den Gang des Prozesses, da Brinkmann's einzige Tochter Minna ja als Hauptzeugin fungirte.

Meister Brinkmann war ein ziemlich wohlhabender, biederer, einfacher Mann, der sein Kind nur ungern auf's Schloß gegeben und lieber gesehen hätte, wenn Minna sich bei einer bürgerlichen Herrschaft vermiethet und dort bürgerliches Hauswesen gelernt hätte, aber seine Frau wollte höher hinaus, wollte, daß ihre Tochter feine Manieren und dergleichen lerne; sie war es auch, welche die Neigung ihrer Tochter zu Kleber heimlich begünstigte, während man es Brinkmann noch nicht zu sagen gewagt, daß ein Kammerdiener nach der Hand seiner Tochter trachte.

Es war für den biederen Handwerker ein furchtbarer Schlag, als er hörte, daß seine Tochter verhaftet worden sei. Minna kehrte zwar schon nach vierundzwanzig Stunden als »vorläufig entlassen« heim, aber er duldete es nicht, daß sie wieder auf's Schloß ging und dort Dienste verrichtete; er nahm sie scharf in's Verhör und mußte da freilich entdecken, daß Minna sich heimlich mit Kleber versprochen und welche Konsequenzen das vertraute Verhältniß zu Kleber für sie gehabt habe – sie gestand, daß sie Kleber zu Liebe anfänglich Unwahres gesagt und deshalb verhaftet worden wäre.

Noch wußte man nicht, daß auch gegen Kleber eine schwere Anklage erhoben sei, noch konnte Frau Brinkmann ihren Gatten damit trösten, daß der General Kleber zehntausend Thaler versprochen habe, Kleber also eine sehr gute Parthie für Minna sei, aber Brinkmann wollte schon jetzt nichts von einem Schwiegersohn hören, der ihm persönlich nie gefallen hatte, geschweige denn, als sich das Gerücht verbreitete, auch Kleber stehe unter Anklage des Mordes.

So beeiferte sich denn Brinkmann, seine Tochter auf die ernsteste Weise zu ermahnen, daß sie ohne jede Rücksicht auf Kleber bei der Schlußverhandlung vor Gericht die strenge Wahrheit sage, er bedrohte sie mit Verstoßung und Fluch, wenn sie ihm Schande mache – die Mutter tröstete sie heimlich, rieth ihr, klug zu sein und das Vertrauen Kleber's nicht zu täuschen, sich nicht selber Lügen zu strafen. So kam es, daß Minna, deren Verstand sehr beschränkt war, in Angst und Zweifel, bald in der Furcht, der Lüge überführt zu werden, dann wieder in der Angst, Kleber zu schaden, vor Gericht den Eindruck machte, als wisse sie selber nicht mehr das, was ihr von Anderen eingeredet worden, von dem, was sie wirklich gesehen und gehört, zu unterscheiden. Sie verwickelte sich in Widersprüche, sie weinte, wenn ihr solche mit Strenge vorgehalten wurden, und das Gericht nahm schließlich Anstand, auf ihre Aussage irgend ein Gewicht zu legen, obwohl sie bei der Voruntersuchung ihre ersten Angaben beschworen hatte.

Der alte Brinkmann trug seinen Kummer still, er machte der heimkehrenden Tochter keine Vorwürfe, aber er erklärte, daß er sie aus seinem Hause verstoßen werde, wenn er erfahre, daß sie den Verkehr mit Kleber fortsetze. Frau Brinkmann schien sich dem Befehle des Gatten diesmal fügen zu wollen. Die Leute erzählten, daß Kleber in Folge des Verdachtes, der auf ihm geruht und der keineswegs widerlegt sei, wohl von den Erben des Generals nichts erhalten werde, sie hatte daher keine Ursache mehr, für diesen Bewerber um ihre Tochter Partei zu ergreifen. Minna ergab sich dem Anschein nach gleichfalls in ihr Schicksal, aber – war ihr nun die Sache willkommen oder nicht – Kleber sandte ihr ein Billet, ans dem sie ersah, daß er festhielt, was er einmal mit seinem Netze umsponnen. Er schrieb, daß er zwar genug erspart habe, um als wohlhabender Mann leben zu können, aber doch nicht gesonnen sei, sich eines wohlverdienten, ihm heilig versprochenen Erbes berauben zu lassen, und wenn Diejenigen, denen er geholfen, ihr Erbe zu vertheidigen, ihn im Stiche ließen, so werde er denselben zeigen, daß er nicht der Dumme sei, für den sie ihn hielten. »Sollte Fräulein v. Stolzenhain noch auf Seebach wohnen,« so schrieb er, »dann gehe zu ihr, sonst aber schreibe ihr, daß Du auch einen Schadenersatz für all' die Unannehmlichkeiten beanspruchst, welche Dir daraus entstanden sind, daß Du ihr zu Gefallen Dich bemüht hast, dem Kriminalkommissär Material zur Anklage gegen die Trotten zu verschaffen. Ich bin vorläufig durch wichtige Geschäfte abgehalten, Dich aufzusuchen, komme aber, sobald ich irgend kann, nach ***.«

Minna zeigte diesen Brief ihrer Mutter. Die zuversichtliche Art, mit der Kleber von seinen Hoffnungen sprach, stimmten Frau Brinkmann um so leichter für Kleber wieder günstig, als ihr Gatte sich in Folge einer starken Erkältung zu Bett gelegt hatte und Doktor Manders die Befürchtung ausgesprochen, Brinkmann könne leicht seinem Leiden erliegen, die Krankheit zeige bedenkliche Symptome; für's Erste rieth sie jedoch ihrer Tochter, Kleber nicht zu antworten und abzuwarten, welche Erfolge er habe. Brinkmann werde gewiß milder über ihn denken, wenn die Erben des Generals ihm wirklich ein Legat zuwenden sollten.

19.

Brinkmann lag schon krank darnieder, als Kleber in *** eintraf, aber gerade dieser Umstand, der es Minna erleichterte, ihren Verlobten heimlich zu sprechen, veranlaßte es, daß sie nur zögernd und mit widerstrebendem Herzen Kleber das erbetene Rendez-vous bewilligte. Minna war keine so verdorbene Natur, daß ihre Leidenschaften und Begierden das Gefühl in ihr hätten ersticken können, aber es bedurfte freilich einer ganz besonderen Anregung desselben, um ihm die nöthige Kraft zu geben, der Versuchung zu widerstehen. So hatte es auch auf ihre Aussage eingewirkt, daß sie das Fräulein v. Trotten, welches Kleber ihr als eine anmaßende Abenteurerin hingestellt, vom Unglück gebrochen, in Thränen der Verzweiflung gesehen. Sie hatte sich nicht gescheut, unwahre Behauptungen gegen Margareth aufzustellen, so lange dieselbe die Rolle der vornehmen Dame gespielt, welche Margareth, wie Kleber gesagt, sich nur anmaße, die sie nur durch ihre Koketterie mit dem alten schwachen General, wirklich vornehmen Damen zum Trotze einnehmen könne. Agathens Haltung hatte sie in dieser Annahme bestärkt, sie hatte wirklich geglaubt, kaum etwas Unrechtes zu thun, wenn sie dazu helfe, die Erbschleicherin und Mörderin zu entlarven – als sie aber die Folgen der Anklage gesehen, da hatte sie Mitleid gefühlt. Ganz ebenso hatte sie es nicht für eine Sünde gehalten, dem Willen des Vaters heimlich zu trotzen, erschien ihr doch dessen Verachtung Kleber's als ein Vorurtheil, welches auch ihre Mutter mißbilligte. Jetzt aber rang ihr Vater mit dem Tode und da erbebte sie davor, ihn zu betrügen, da mahnte sie das Gewissen, nicht so zu handeln, daß er ihr fluche und im Jenseits ihr Ankläger werde.

In dem Augenblicke aber, wo das erste Bedenken kam, ob sie keine Sünde begehe, Kleber's Ruf zu folgen – da kamen deren auch andere, da war es ihr, als müsse sie zittern, daß Kleber sie nicht zu neuer Sünde verführe, wieder eine falsche Aussage von ihr fordere; da fragte sie sich, ob denn Kleber ihr wirklich so theuer sei, daß sie um seinetwillen sich so viel Ungemach bereite, und sie fand, daß sie nicht daran sterben werde, wenn sie ihm entsage. Der Gedanke, die Frau des feinen Herrn Kammerdieners, dem vornehme Herren aus *** die Hand schüttelten, zu werden, hatte ihrer Eitelkeit geschmeichelt, es war ihr Stolz gewesen, wenn Kleber, dem alle anderen Diener des Schlosses gehorchten, ihr Schmeicheleien gesagt, aber so recht lieb hatte sie ihn wohl nie gehabt, er hatte ihr mehr imponirt, als daß er ihrem Herzen besonders theuer gewesen wäre.

Befand sich hienach Minna in keiner besonders glücklichen Stimmung für das Rendez-vous, so war das bei Kleber noch weniger der Fall. Kleber hatte mit Minna seit länger als zwei Jahren geliebäugelt, er hatte dem hübschen Mädchen Artigkeiten gesagt, aber er hatte wohl deshalb kaum im Ernste daran gedacht, ihr einmal die Würde seiner Erwählten zu geben. Es war ihm bequem, das leichtgläubige, arglose Mädchen bei kleinen Intriguen zu benützen, durch sie Allerlei über die Gesellschaftsdamen seines Herrn zu erfahren und sich durch verliebtes Getändel zu amüsiren, aber sein Ehrgeiz strebte nach Höherem als eine Kammerjungfer zu freien, Minna's Eltern waren ihm auch wohl nicht vermögend genug, um zu verdienen, daß er den Widerwillen des alten Brinkmann bekämpfte. Erst in der letzten Zeit, als Margareth's Einfluß im Schlosse seine Stellung mehr und mehr gefährdete, hatte Kleber Minna bestimmtere Hoffnungen gemacht, die Zofe fester an sich zu ketten und es war ihm denn auch gelungen, Minna ganz zu seinem Werkzeuge zu machen, sie hatte bei der Intrigue gegen Margareth seine Instruktionen blind befolgt. In Einem aber hatte er sich doch verrechnet: Minna verstand es nicht, hartnäckig bei einer Lüge zu beharren und das um so weniger, als sie keine Ursache hatte, Margareth in Wahrheit zu hassen und ihr Verderben zu wünschen, sondern nur von Kleber dazu verleitet worden war, Margareth für eine ehrgeizige Abenteurerin zu halten. So hatte sie denn aus Angst beim Verhör und später auch aus Theilnahme für Margareth ihre Aussagen geändert und damit den ganzen Plan Kleber's vernichtet, ja, Kleber selbst bloßgestellt. Es war naturgemäß, daß Kleber, selbst wenn er einer tieferen Neigung für Minna fähig gewesen wäre, ihr die Vernichtung seiner Intrigue nicht hätte verzeihen können, denn sein ganzes Hoffen war ja auf das Gelingen derselben gebaut gewesen, so aber empfand er beinahe Haß gegen die unzuverlässige und ungeschickte Dirne, die sein Vertrauen getäuscht. Er hatte in *** fast nirgends eine freundliche Aufnahme gefunden, alle die vornehmen Herren, welche früher den einflußreichen Diener des Generals ihren »guten Freund Kleber« genannt hatten, verhielten sich jetzt sehr kühl und wenn sie ihm auch auf seine Bitte, ihm bei seinem Prozeß durch ihr Zeugniß zu helfen, dies versprachen, so fühlte er doch, daß sie ihm die Zusage nur ungern und nur um ihn los zu werden gegeben. Seine Bekannten zeigten sich mißtrauisch und zurückhaltend, man schien stark zu bezweifeln, daß er seinen Prozeß, von dem er so zuversichtlich sprach, gewinnen werde, und beeiferte sich nicht, ihm Hilfe und Rath anzubieten – er sah jetzt, daß er keine wahren Freunde habe, und erbittert, mißmuthig begab er sich zu dem Orte, wohin er Minna bestellt hatte. Es war das ein lauschiges Plätzchen in einem Birkenhain am Wege von *** nach Seebach, wo eine Rasenbank für den müden Wanderer oder auch für Pärchen errichtet war, die von ihren Hoffnungen und Gefühlen verstohlen zu plaudern hatten.

Wäre ein Beobachter zugegen gewesen, so hätte er gezweifelt, ob es ein lange von einander getrenntes Liebespaar sein könne, welches sich so zögernd, so wenig herzlich begrüßte wie diese Beiden, und doch war die Abendluft mild, es dämmerte bereits, es war die Stunde, in der Liebende so gern kosen.

»Du zitterst ja!« sagte Kleber, als er Minna umarmte, »ich sollte Dir freilich harte Vorwürfe machen, denn Du hast mir sehr geschadet, aber ich weiß, daß Du es nicht böse gemeint hast.«

Sie erzählte ihm, daß ihr Vater schwer krank sei, daß sie sich nur von Hause fortgestohlen habe und bald wieder heimkehren müsse.

Diese Eröffnung stimmte ihn nicht gerade günstiger. »Ich habe Wichtiges mit Dir zu sprechen,« sagte er, »Dinge, von denen unsere ganze Zukunft abhängt, da mußt Du schon Zeit haben, mich mit Ruhe anzuhören, sonst verdirbst Du wieder Alles. Es gilt ein Kapital von mindestens zehntausend Thalern, das mir die Erben des Generals herauszahlen müssen. Ich bedarf Deiner Hilfe, und wie ich Dir schon geschrieben, kannst Du auch einen Schadenersatz fordern, die Leute haben genug geerbt, um etwas abgeben zu können. Mein Plan ist sehr einfach –«

Minna unterbrach ihn, sie machte eine abwehrende Geste. »Sage mir nichts,« rief sie, »es ist besser, ich weiß nichts davon. Ich will nichts fordern, nichts haben. Ich möchte um keinen Preis wieder vor's Gericht. Ich habe, weil Du es gewünscht, an Fräulein v. Stolzenhain geschrieben, aber sie hat mir nicht geantwortet.«

»Ah – nicht geantwortet! Und Du willst Dir das gefallen lassen? Ich sage Dir, diese hochnäsige Dame soll Dich noch bitten, von ihr so ein- bis zweitausend Thaler anzunehmen, wenn wir nicht mehr fordern. Sie ist in unserer Hand, wir können ihren Ruf an den Pranger stellen.«

»Thue was Du willst,« versetzte Minna, »aber fordere nicht, daß ich mich darein mische. Rechne nicht auf mich –«

»Bist Du närrisch? Wer hat Dir diese Grillen in den Kopf gesetzt? Du mußt mir helfen –«

»Niemals,« erwiederte sie, alle ihre Kraft zusammennehmend, »ich wollte, ich hätte nie auf Dich gehört.«

»Ah, steht es so?« knirschte er und sein Auge erhielt etwas Stechendes, »pfeifen wir aus *dem* Ton? Dann werde ich auch einen anderen Ton anschlagen. Du bist schuld daran, daß man mich unter Anklage gestellt, daß man mich verhaftet und eingesperrt hat, Du allein. Ich habe geglaubt, daß es nur Dummheit und Schwäche von Dir war, dem Richter zu gestehen, daß ich Dir gesagt, was Du angeben sollst, jetzt merke ich, daß Dir an mir nichts liegt, daß es Dir gleichgiltig gewesen, ob ich eingesperrt und angeklagt wurde, und Du willst mir jetzt nicht helfen, mein Recht durchzusetzen. Gut, wie Du willst, ich werde dann aber auch Dich nicht schonen. Ich werde mich, ob Du willst oder nicht, auf Dein Zeugniß berufen und, wenn Du wider mich redest, sagen, daß Du schon einmal falsch geschworen.«

»Franz –« schrie sie auf, vor Schrecken erbebend.

»Hast Du nicht falsch geschworen? Hast Du nicht geschworen, Du habest dem Richter nichts verschwiegen und hast Du es ihm nicht verschwiegen, daß das Kleid der Trotten rein gewesen, als sie es auszog, daß Du mir das selbst gesagt, daß Du sie also wissentlich falsch angeklagt hast?«

»Du hast mich dazu überredet, Du!«

»Beweise das,« lachte er höhnisch. »Ich weiß nichts davon. Vielleicht irrst Du Dich. Vielleicht hat Dich das Fräulein v. Stolzenhain dazu überredet oder Du bist es vielleicht selbst gewesen, die das Arsenik in das Kleid der Trotten gethan.«

»Franz, das kannst Du nicht vor Gott verantworten. Es ist schändlich, daß Du so sprichst.«

»Ich finde das nicht. Jeder ist sich selbst der Nächste. Wer mich im Stiche läßt, der darf von mir keine Schonung erwarten. Irgend Jemand muß der Mörder des Generals gewesen sein, ich bin's nicht, die Trotten ist freigesprochen, weil Du zu ihren Gunsten ausgesagt hast – da war's vielleicht die Stolzenhain oder Du –«

»Willst Du mich wahnsinnig machen? O, Du bist schlechter als der Böse selbst.«

»Ich bin nicht schlecht, aber auch kein Narr, der mit sich spielen läßt. Wer mir einmal die Hand gereicht, muß auch weiter mit mir gehen. Hättest Du mir damals nicht versprochen, der Trotten einen Streich zu spielen, so würde ich sie niemals angeklagt haben und nicht selber in Verdacht gekommen sein. Warum ziertest Du Dich nicht damals? Ich dachte, daß Du von der Schuld der Trotten überzeugt wärest, Du kanntest ihre Schliche ja besser als ich. Du hast mich zuerst überredet –«

»Du lügst, ersticke an der Lüge, Du Schurke –« rief sie in unbeschreiblicher Erregung, aber er lachte.

»Erhitze Dich nicht,« spottete er, »ich wollte Dir nur zeigen, daß Du Dich meinem Willen fügen mußt, daß ich Dich zwingen kann –«

»Du bist ein Schurke und jetzt gehe ich auf's Gericht und klage Dich an, mögen sie mich bestrafen, das ist besser als Dir gehorchen!«

Sie wollte sich entfernen, er packte sie, da riß sie sich los und stürzte davon, er wollte ihr nacheilen, aber er stolperte über eine Baumwurzel und fiel. Er mußte sich am Knie stark beschädigt haben, denn der Schmerz entlockte ihm einen Schrei, mit Mühe richtete er sich auf, aber die Entflohene war weit davon, sie hörte auf sein Rufen nicht und er war nicht im Stande, ihr nachzueilen, aber er hätte das auch aus anderer Ursache unterlassen müssen, er hörte Männerstimmen im Busche und ein kalter Schauer durchrieselte seine Glieder – hatte Jemand ihn belauscht?!

20.

Es gelang Kleber nicht, Minna noch einmal sprechen zu können, wie dringend er sie auch schriftlich darum bat und selbst den Versuch machte, sie in ihrem elterlichen Hause aufzusuchen – er wurde kurz abgewiesen und verließ mit dem schwachen Troste, Minna werde ihre Drohung nicht ausführen, wenn er sie ferner unbelästigt lasse. Der Doktor Manders hatte ihm ein Pflaster für sein verletztes Knie gegeben und ihm Schonung desselben dringend angerathen, aber er achtete nicht darauf, er begab sich nach Breslau, um seinen Prozeß gegen die Erben des Generals anhängig zu machen und einen dortigen Winkel-Konsulenten, der ihm persönlich bekannt war, deshalb zu sprechen. Er konnte um so sicherer auf Erfolg seiner Schritte bauen, weil er überzeugt war, daß man ihn sicherlich befriedigen werde, wenn er Ernst zeige; allen Verwandten des Generals, besonders aber dem Fräulein v. Stolzenhain und dem Geheimrath Sorben mußte ja daran liegen, den Skandal eines Prozesses zu vermeiden, in welchem es zur Sprache kommen mußte, wie Agathe dahin intriguirt, das Testament umzuwerfen, welches die Trotten zur Universalerbin einsetzte, und Jedem mußte es unbillig erscheinen, daß er von der Ungiltigkeitserklärung des Testamentes allein nicht profitiren solle. Er hatte geglaubt, daß Agathe durch seine Drohungen eingeschüchtert worden sei, daran hatte er nicht gedacht, daß sie ihrem Vetter Alles gestehen könne, und am wenigsten hatte er geahnt, daß Huck nach seiner Freisprechung jeden seiner Schritte beobachtet habe. So wiegte er sich denn in angenehmen Träumen. Der Spruch des Schwurgerichts war unumstößlich – was sollte er fürchten? Wenn etwas seine Hoffnungen trübte, so waren es die Schmerzen am verwundeten Knie, aber er hatte sich an einen Charlatan gewandt, der ihm sichere und rasche Heilung versprochen, und so achtete er der immer heftiger werdenden Entzündung nicht – wenn er seinen Prozeß gewann, war er reich und konnte sich pflegen.

Da trat eines Tages Huck in sein Zimmer, der Kommissär war von einem Beamten begleitet – Kleber wechselte die Farbe, denn er ahnte, daß es nichts Gutes bedeute.

Die böse Vorahnung sollte sich bestätigen. Huck war ihm nach gefolgt, hatte, so weit er es vermochte, sein Gespräch mit Minna belauscht und später das Mädchen verhört, die ihm jetzt ein offenes Geständniß abgelegt; Huck hatte in Erfahrung gebracht, daß Kleber gegen achttausend Thaler in Papieren bei einem Bankhause deponirt hatte, er trug den Verhaftsbefehl gegen Kleber wegen versuchter Erpressung in der Tasche, er war also gut ausgerüstet, Kleber in's Gebet zu nehmen.

Er schonte ihn denn auch nicht. Er begann mit der Eröffnung, daß Herr v. Sorben im Namen des Fräuleins v. Stolzenhain seine Bestrafung wegen Erpressungsversuches durch Drohungen beantragt habe und daß er daher Kleber verhaften müsse.

»Das ist wider das Gesetz,« rief Kleber vor Schrecken und Wuth erbleichend »man verhaftet keinen unbescholtenen Mann auf eine Klage hin, die doch sichtlich nur ein Akt der Rache oder der Furcht ist. Ich habe nicht gedroht, um Geld zu erpressen, sondern nur gesagt, wenn man mir mein gutes Recht verkümmere, würde ich nicht länger über Dinge schweigen, die anderen Leuten gefährlich werden können.«

»Sie sind erstens kein unbescholtener Mann,« versetzte Huck mit großer Ruhe, »sondern stehen im Verdacht des Mordes, wenn Sie auch wegen mangelnder Beweise freigesprochen sind. Sie wurden bestraft wegen Anreizung zu falscher Aussage, man hat Ihnen die Untersuchungshaft als Strafzeit angerechnet, die Strafe war aber diktirt.«

»Ich war unschuldig, ich habe für die Schwäche gebüßt, daß ich meine Braut schonen wollte. Sie log. Nicht ich, sondern die Stolzenhain hat sie verführt.«

»Das wird sich finden, Herr Kleber. Es spricht aber sehr gegen Sie, daß Sie die falsche Angabe gemacht haben, im Dienste des Generals arm geblieben zu sein, Sie haben bei Levy u. Comp., achttausend Thaler Ersparnisse deponirt und die Erben des Generals können fordern, daß Sie nachweisen, woher Sie das Geld haben.«

»Ah!« rief Kleber, »es heißt wohl jetzt gar, ich hätte gestohlen? Immer besser. Das Geld ist ein Lotteriegewinn.«

»Den Sie nachweisen werden – doch darum handelt es sich jetzt nicht. Sie haben auch Minna Brinkmann bedroht, von Neuem falsche Aussagen zu Ihren Gunsten zu machen.«

»Das ist eine Lüge der Meineidigen.«

»Herr Kleber, ich war im Busch, als Sie mit ihr sprachen, ich habe Alles gehört.«

Kleber wurde leichenblaß. Einen Augenblick schien er jede Fassung verloren zu haben, aber er sammelte sich bald. »Um so besser,« sagte er. »Dann haben Sie es gehört, daß ich das Fräulein v. Stolzenhain für die Mörderin des Generals und Minna Brinkmann für ihre Mitschuldige halte. Minna hat vor Gericht falsch geschworen, soll sie etwa jetzt gegen mich zeugen?«

»Das ist gar nicht nöthig,« versetzte Huck kalt, indem er den Blick durchbohrend auf Kleber heftete, »ich habe jetzt die Beweise dafür, daß Sie der Mörder sind. Kennen Sie dies Papier?«

Damit hielt er Kleber ein Stück vergilbtes Papier vor die Augen. »Das ist das andere Stück der Arsenikdüte,« rief er dem Bestürzten zu, »ein Stück haben Sie dem Fräulein v. Trotten in's Kleid gesteckt, gestehen Sie?«

Kleber's Antlitz war aschfahl, seine Augen starrten bald das Papier, bald den Kommissär an.

»Ist es das Papier oder nicht?« herrschte Huck. »Wagen Sie es noch zu leugnen?«

»Es ist das Papier,« versetzte Kleber, während ein höhnisches Lächeln über sein Antlitz zuckte, »ich sah es in der Hand des Fräuleins v. Stolzenhain – sie knitterte es zusammen, als ich in's Krankenzimmer trat –«

Huck machte eine Bewegung der Ungeduld, der Wuth. Zum ersten Male verließ ihn die Selbstbeherrschung – er hatte Kleber überlisten wollen und dieser überlistete ihn. Er hatte auf gut Glück Kleber ein Stück alten Papiers gezeigt, jetzt klagte dieser das Freifräulein an!

»Warum haben Sie das nicht vor Gericht gesagt,« rief er. »Sie lügen.«

Kleber lächelte höhnisch. »Konnte ich wissen,« fragte er, »welche Bedeutung das Papier habe? Sie machen mich jetzt darauf aufmerksam und da erinnere ich mich der Sache.«

»Sie kennen das Papier genau wieder?«

»Nein,« lächelte Kleber, »woher soll ich es genau kennen? Ich erinnere mich nur, daß das Fräulein ein altes Stück Papier in der Hand hatte und in die Tasche steckte.«

»Ihre Erinnerungen werden lebendig, sobald man Sie dazu verleitet,« erwiederte Huck, »das ist sehr seltsam. Sind Sie im Stande, das Bett zu verlassen oder muß ich eine Tragbahre bestellen, Sie in Untersuchungshaft zu bringen?«

Kleber hatte schon triumphirt, daß er sein Spiel gewonnen, diese Frage Huck's bewies ihm, wie eitel seine Hoffnung gewesen. »Schleppen Sie mich fort,« rief er, »wie Sie das vermögen, ich bin krank. Brauchen Sie Gewalt, ich protestire. Das vornehme Fräulein wird natürlich nicht verhaftet, aber so wahr ich lebe, sie soll mich nicht einschüchtern, jetzt klage ich sie des Mordes an. Sie hat mich bestochen zu falscher Anklage, sie hat Minna dazu verführt, sie ist die Schuldige, keine Andere!«

Huck beachtete die Worte des Elenden nicht. Er ließ eine Tragbahre kommen, ihn fortzuschaffen, als aber der Gefängnißarzt den Kranken untersuchte, befahl er ihn in's Spital zu bringen, es sei Gefahr für sein Leben, wenn er nicht mit äußerster Sorgfalt behandelt werde.

Die Worte des Arztes machten einen unerwarteten Eindruck auf Kleber, ihn packte furchtbare Angst, er fragte, ob er sterben müsse, wenn es nicht besser werde.

Der Arzt erklärte ihm, daß er seine Wunde auf unverantwortliche Weise vernachlässigt habe, der Charlatan, der ihn behandelt, müsse bestraft werden, denn es sei bei ihm nur durch Amputation des Beines Rettung zu hoffen, sicher könne er dieselbe überhaupt nicht versprechen.

Der Starrsinn des Elenden war gebrochen, die Todesangst machte ihn vor dem ewigen Richter erbeben; der Geistliche, der gerufen worden, ermahnte ihn, vor der gefährlichen Operation die Wahrheit zu bekennen, dann könne er hoffen, daß Gott ihm helfe. Da gestand er denn, daß er den General ermordet habe, daß er an dem Abend vor dem Tode des Generals erst nur Essig in eine Speise gemischt, dann aber, in der Angst, damit sein Ziel nicht zu erreichen und, wenn der General geheilt werde, in Untersuchung zu kommen, demselben Arsenik in den Nachttrunk gemischt habe. Er berichtete, daß er den größten Theil des Papiers der Düte verbrannt, einen Rest mit etwas Arsenik aber in das im Schranke hängende Kleid Margareth's gesteckt habe, als diese ihr Zimmer verlassen und am Krankenbette geweilt. Die heutige Frage Huck's habe ihm bewiesen, daß Agathe ihn verdächtigen wolle, deshalb habe er gesagt, daß er das Papier in ihrer Hand gesehen.

Das Geständniß wurde zu Protokoll genommen; Kleber bezeichnete überdem noch die Stelle, wo das Vorlegeschloß des Blechkastens zu finden sei, er hatte dasselbe, als er über den Hof geeilt, den Wagen zu bestellen, der den Arzt holen sollte, zwischen Deckel und Mauerwerk der Aschengrube in eine Ritze gesteckt, wo dasselbe beim Ausräumen der Asche unbemerkt geblieben war. Hätte man Kleber nicht gleichzeitig mit Margareth verhaftet fortgeführt, so würde er veranlaßt haben, daß ein Dritter das Schloß in seinem Versteck bemerkt und es wäre dann angenommen worden, Margareth habe es unter die Asche geworfen, welche aus der Küche nach der Aschengrube geschafft worden war.

Das Geständniß Kleber's konstatirte nur, was der Staatsanwalt Berg dem Gericht als beinahe erwiesene Wahrscheinlichkeit hingestellt hatte – daß Kleber der Mörder sei und eine Andere seiner That verdächtigt habe, aber es erklärte auch den Punkt, welcher die Geschworenen veranlaßt hatte, ihn lieber freizusprechen als eine so unglaubliche Gehässigkeit ohne sichere Beweise anzunehmen. »Der Angeklagte,« so hatte der Vertheidiger gesprochen, »würde, wenn er den Mord begangen, den Blechkasten mit Gift wieder an Ort und Stelle gesetzt, aber nicht die Büchse, in der sich die Düte Arsenik befunden, in den Bibliothekschrank gestellt haben; das letztere kann nur Jemand gethan haben, der ihn in Verdacht der That bringen wollte, der da glaubte, der Argwohn müsse auf den alten Diener fallen, welcher allein noch von der Existenz und dem Inhalt des seit Jahren nicht gebrauchten Kastens Kenntniß hatte. Glaubt Jemand, daß der Angeklagte so dumm gewesen, sich selber dem Verdachte preiszugeben, daß er sich etwa eingebildet habe, man werde Fräulein v. Trotten deshalb für die Schuldige halten, weil die leere Giftbüchse gerade hinter Schiller's Werken sich gefunden, von denen sie sich einen Band geholt?! Ich gebe zu, daß er im Eifer, die Person, die er für die Mörderin hielt, zu entlarven, Minna Brinkmann zu Aussagen verleitet hat, welche dieselbe nicht vertreten kann, aber ich halte es für unmöglich, daß ein Mörder sich selber gefährden sollte, nur um Jemand zu schaden, der ihm sonst ziemlich ferne steht.«

Und doch war Kleber »so dumm gewesen«, die Büchse in den Bibliothekschrank zu stellen, denn nächst dem Tode des Generals richtete sich vor Allem sein Bestreben darauf, Margareth als Schuldige hinzustellen. Er war in seinem Hasse gegen die Trotten so befangen, daß er im Widerspruch gegen seine sonstige Schlauheit und Ueberlegung blind das ihm im Augenblicke am passendsten scheinende Mittel zum Verderben des Fräuleins ergriff, ohne an die Möglichkeit zu denken, daß die im Bibliothekschrank gefundene Büchse vielleicht auch gegen ihn selber Verdacht erwecken könne. »Ich haßte sie,« sagte er, »weil ihr ganzes Streben dahin ging, sich unentbehrlich und mich überflüssig zu machen, mich um mein gutes Brod zu bringen. Das hatte ich freilich nicht geahnt, daß die Stolzenhain, noch schlechter als sie, mich im Stiche lassen könne, nachdem ich ihr geholfen.«

Das Protokoll dieser Aussage, welche als Geständniß angesichts des Todes die vollste Glaubwürdigkeit hatte, wurde dem Gericht zugeschickt. Kleber erlag der Amputation und starb, sein Verbrechen bereuend, nachdem er die Tröstungen der Religion erhalten. Der Staatsanwalt a. D. Otto Berg, der nach Breslau zurückgekehrt war, beantragte auf Grund dieses Protokolls die Revision des Prozesses gegen Margareth v. Trotten und ward dabei vom Geheimrath v. Sorben unterstützt.

Es war für Agathe v. Stolzenhain eine furchtbare Demüthigung, von ihrem Vetter hören zu müssen, wie nahe ihr die Gefahr gewesen, von Kleber des Mordes angeklagt zu werden – mochte die Verdächtigung auch unhaltbar gewesen sein, so hätte doch die Verhandlung vor Gericht sie für immer gebrandmarkt, denn sie hätte nicht leugnen können, daß sie, die vornehme Dame, mit dem Kammerdiener ihres Onkels gegen dessen Gesellschafterin intriguirt, und zwar um selber das zu thun, was sie Margareth vorgeworfen: sich eine Erbschaft zu erschleichen. Sie war bereit, dem Rathe Sorben's zu folgen und in einem Schreiben an Margareth – sobald man deren jetzige Adresse erforscht – dieselbe um Verzeihung ob des Verdachtes zu bitten, mit welchem sie dieselbe verfolgt, und sie zu ersuchen, jetzt aus der Erbschaft des Generals eine Summe anzunehmen, welche ihr ebenso rechtmäßig gebühre, als es moralische Pflicht der Erben sei, sie ihr zu offeriren, gebührte ihr doch eine Entschädigung, selbst wenn der Verstorbene ihr nicht solche ausdrücklich vermacht hätte!

Egbert v. Holm hatte vom Geheimrath Sorben kaum die Neuigkeit erfahren, daß der Mörder des Generals entdeckt worden und seine Schuld gestanden habe, daß also Margareth's Unschuld völlig erwiesen sei, als er diese Kunde seiner Schwester mittheilte. Klara erhielt den Brief aber kurze Zeit nachdem ihr Herr v. Hosten erzählt, welchen vortrefflichen Eindruck die Geschwister Trotten auf ihn gemacht hätten. Jetzt ließ sie sich nicht länger halten, Margareth persönlich aufzusuchen und ihr die frohe Botschaft zu bringen.

Ein Unglück kommt selten allein, sagt das Sprichwort; wenn aber das helle Sonnenlicht einmal das düstere Gewölk, das ein Menschendasein umnachtete, siegreich durchbrochen, dann klärt sich auch bald der ganze Himmel auf. Der heutige Tag war für Margareth ein Erwachen des Frühlings glücklicher Tage, die Schrecken des letzten bitteren Schicksalsschlages waren der Abschluß trüber Noth. Die Unschuld ihres Bruders war anerkannt, jetzt vermochte sie ihm jubelnd zu melden, daß auch ihr Dasein von dem Fluche entehrenden Argwohns befreit, daß sie gerechtfertigt dastehe, nicht nur vor Gott, sondern auch vor den Menschen.

Eduard wähnte, ein Fiebertraum umfange seine Sinne, denn sein Auge schaute hinter Margareth ein liebliches Frauenbild, das ihm oft in seinen Träumen vorgeschwebt, wenn ihm Margareth von dem Tage erzählt, wo Guido Ebeling sie auf Seebach verleumdet und wie damals Klara v. Holm sich ihrer so freundlich angenommen.

War es möglich, daß sie selber es war, die dort verschämt in der Thüre stand – sie, deren Vertrauen ihm auf Schloß Wildenfels so wohl gethan, sie, die seiner Schwester auf Seebach eine Freundin geworden und die endlich – wie durch ein Wunder des Himmels – das Werkzeug seiner Rettung von schmählichem Verdachte war, der er es dankte, daß man ihn nicht für einen Spitzbuben halten durfte?

»Was ist das?« rief er, kaum die Worte Margareth's hörend, »sehe ich recht oder bin ich im Fieber – ist das nicht Fräulein v. Holm?«

»Sie ist's!« rief Margareth und zog die erröthende Freundin an das Bett des Kranken, »sie brachte mir selbst die frohe Kunde.«

Eduard war keines Wortes mächtig, aber der Blick seines Auges sprach mehr als er mit Worten hätte sagen können, er drang ihr in's innerste Herz.

Ihre Augen füllten sich mit Thränen; sie sah die Armuth der Geschwister in Allem, was dieselben umgab, ausgeprägt, sie wußte, was dieselben unschuldig erlitten und getragen – das Herz ward ihr übervoll.

»Wir haben auf Gott vertraut,« sagte Eduard, als er sich gesammelt, mit bewegter Stimme, »und unsere Hoffnung ist nicht zu Schanden geworden, aber schöner konnte uns nicht die Hilfe kommen, als durch Sie! Wir haben Beide die Stunden nicht vergessen, in denen Ihr Vertrauen unseren Lebensmuth gehoben, und nun müssen Sie es sein, die uns verkündet, daß die schwere Prüfung vorüber ist, unter der wir schon fast zusammenbrachen!«

Klara verweilte lange bei den Geschwistern; es war ihr, als ob ein unzerreißbares Band sie an dieselben fessele, als gehöre sie als Dritte in diesen trauten Kreis.

21.

Wir können unserer Erzählung den Abschluß geben. Eduard genas sehr rasch von seinen Leiden; frischer Lebensmuth und selige Hoffnung belebten die Kräfte, welche harte Schicksalsschläge erschöpft hatten. Es bedurfte keiner Verwendung Hosten's für den jungen Arzt; alle Welt sprach von dem Schicksal der Geschwister, und schon aus Neugierde riefen viele den Arzt Trotten, um den Mann kennen zu lernen; er hatte bald mehr Patienten als er bedienen konnte. Die Eltern Klara's gaben ihre Tochter aber mit Freuden einem Manne, der in harten Stürmen des Lebens als ehrenhafter Charakter sich erprobt und dessen Wissen, Eifer und Geschick ihm jetzt, wo man ihn suchte, ebenso rasch einen berühmten Namen verschaffte, als es ehedem ihm schwer geworden, sich nur das tägliche Brod zu verdienen. – Margareth aber reichte jetzt dem Manne die Hand, der an ihrer Ehrenrettung gearbeitet, als Alle sie anklagten, der ihr seine Liebe gestanden, als die Meinung der Welt sie gebrandmarkt, und überließ es ihrem Verlobten Otto Berg, den Erben des Generals v. Sorben nochmals zu erklären, daß sie nichts von ihnen annehmen könne und wolle, sich aber freuen werde, wenn der Geheimrath v. Sorben ihr seine bewährte Freundschaft erhalte.

Guido Ebeling wurde von seinem Regimentskommandeur veranlaßt, den Abschied aus der Armee nachzusuchen, um einer unfreiwilligen Entlassung vorzubeugen; er hatte schon mehrfach Mangel an ehrenhafter Gesinnung gezeigt, und die Infamie, mit der er wider bessere Ueberzeugung den Bruder Margareth's hatte öffentlich bloßstellen wollen, um der Schwester zu zeigen, wie er sich an ihr rächen könne, machte das Maß überfließen, da Hosten sich überdem nicht scheute zu erwähnen, daß Guido um seine Tochter geworben, während er einer Anderen nachgestellt, der er ebenfalls seine Hand angetragen. Jetzt meldeten sich aber auch zahllose Gläubiger des leichtsinnigen Offiziers, und der alte Ebeling, obwohl er die Mittel besaß, Guido's Schulden zu bezahlen, zog es vor, ihn einen Betrüger schelten zu lassen und das Geld zu sparen – er sagte, daß er nur Wechsel bezahle, die er acceptirt habe. Guido ging in österreichische Dienste und wurde bei Solferino erschossen.

Im Jahre 1873, als der Schwindel des Gründerthums zusammenbrach und eine der früher so übermüthigen Firmen nach der anderen bankerottirte, kam Eduard v. Trotten eines Tages eben von einer Operation, die er in dem von ihm verwalteten Krankenhause vollzogen, als man einen Menschen brachte, der sich in einer Droschke das Leben zu nehmen versucht hatte. Der Mann hatte während der Fahrt sich einen Revolver an die Schläfe gesetzt, um sich eine Kugel durch's Hirn zu jagen, aber beim Abdrücken mit der Hand gezittert; die Kugel war in die Mundhöhlung gegangen und hatte ihm auf der anderen Seite den Kinnbacken zerschmettert.

Eduard ließ sofort den Selbstmörder im Krankenhause betten, entfernte die Knochensplitter und legte den Verband an, er verließ ihn erst dann, als er mit der Hoffnung gehen konnte, den Verwundeten am Leben zu erhalten. Als er am anderen Tage wieder das Krankenhaus besuchte, meldete ihm der Unterarzt, daß es mit dem Verletzten, der Apel heiße, schlecht stehe; derselbe habe sich in der Nacht den Verband abgerissen, er habe Gift gefordert, er könne die Schmerzen nicht aushalten – jetzt sei er ruhiger, man habe ihm Morphium eingespritzt, augenblicklich wäre seine Frau bei ihm.

»Apel!« murmelte Eduard – er hatte den Mann nicht wieder erkannt, den er gestern verbunden, sich auch um den Namen desselben nicht bekümmert – jetzt kam ihm der Gedanke, ob es wohl möglich sei, daß der reiche, hartherzige Mann, der ihn einst als Dieb angeklagt, zum Selbstmörder geworden sein könne.

Er trat in das Krankenzimmer, und zum ersten Male, seit er den Ring seiner ersten Verlobten zurückerhalten, sah er Marie wieder! Aber wie sah das Weib aus, das er einst geliebt und das ihm so schnöde die Treue gebrochen? Aufgedunsen, siech, mit hohlen Wangen, Gram im Auge, den Kopf gesenkt, so saß sie da in schwerseidener Robe, aber doch ohne jede Eleganz, man sah, daß sie das erste beste Gewand ergriffen, sich zu bekleiden, aber die Toilette ohne Spiegel gemacht habe. Welke Fülle, müde Augen, Putz ohne Eleganz – sie trug den Stempel des Unglückes, welches über Nacht den hohlen Kern des Hochmuthes zertrümmert.

Sie erkannte Eduard nicht sogleich wieder. »Ich muß meinen Mann von hier fort haben,« sagte sie, »kann er denn noch nicht transportirt werden? Ich habe zu Hause ein krankes Kind.«

»Es ist nicht gut, den Kranken zu transportiren,« antwortete Eduard tief erschüttert, »er bedarf auch besonderer Pflege, aber wenn es so steht, so will ich die Fortschaffung selber leiten und Ihnen den besten Wärter mitgeben. Was fehlt Ihrem Kinde? Haben Sie einen guten Arzt?«

»Meinem Kinde kann Niemand helfen – aber wer sind Sie? Heiliger Gott, ahne ich recht – Edu – Herr v. Trotten?!«

»Sie irren sich nicht, ich bin Vorstand dieses Krankenhauses und ich freue mich, daß ich Herrn Apel Hilfe leisten konnte, aber er muß scharf bewacht werden, daß er nicht wieder seinen Verband antastet.«

»Ich werde ihn hüten, aber ich muß bei meinem Kinde sein, es verlangt nach mir, wenn ich auch nicht helfen kann. Gott lohne es Ihnen, daß Sie meinem Manne Gutes gethan.«

Eduard sorgte für Beschaffung einer Tragbahre. Er begleitete den Transport des Kranken in dessen Behausung. Aber welcher Anblick sollte ihm hier werden! Ein Theil der Möbel der großen eleganten Wohnung war schon fortgebracht, Alles war unter Siegel gelegt, man hatte Marie nur das Nothdürftigste zur Benutzung gelassen, die Zimmer, die sie mit ihrem kranken Kinde bewohnte, waren fast leer und kahl, von den kostbaren Tapeten der Wände aber glitzerte Gold!

»Der Jammer hat meinen Mann zum Selbstmord getrieben,« schluchzte Marie, »er hing am Golde, das Gold war ihm Alles, galt ihm mehr als Weib und Kind – Sie sind gerächt, Herr v. Trotten!«

»So wahr Gott lebt, ich wollte keine Rache und gönnte ihm den Stolz des Reichthums,« versetzte Eduard und trat an das Bett des Kindes. Das kleine, etwa zehnjährige Mädchen hatte, seit es geboren worden, die Mutter in steter Sorge erhalten, ob ein so schwächlicher skrophulöser Körper nicht hinsiechen werde; die berühmtesten Aerzte der Residenz hatten an ihm ihre Kunst versucht, aber sie hatten entweder nicht helfen können oder die Wärterinnen des Kindes hatten gesündigt und nicht für die rechte Diät gesorgt. Die Mutter hatte erst Muße gefunden, selbst die Sorge für ihr Kind zu übernehmen, seit der Verlust des Reichthums sie gemahnt, sich den Schatz zu erhalten, den Gott ihr auch noch nehmen konnte, nachdem die Gläubiger alles Andere fortgeschleppt.

Eduard durfte sich dagegen verwahren, daß er Rache gewünscht, denn hätte er nach solcher getrachtet, so hätte es ihn doch erschrecken müssen, in welchem Maße sie ihm geworden – wahrlich, er hätte befriedigt sein können! Marie sagte ihm, daß auch ihr Vater Bankerott gemacht habe und durch sein Fallissement die Firma Apel in's Verderben gezogen. An fürstlichen Luxus gewöhnt, sollte Marie jetzt die Armuth kennen lernen, die Armuth, welche als etwas Verächtliches anzusehen man sie von Kindheit an gelehrt; hatte doch auch der Hochmuth Apel's einem gebildeten Manne ein Verbrechen zugetraut, weil dieser arm geworden!

Jetzt war alle Herrlichkeit zertrümmert, die Reichthum geschaffen, und es fehlte Marie nicht nur das Gold, das sie früher besessen, sondern alles das, was sie im Glanze des Reichthums versäumt, sich zu beschaffen, weil es eben nicht für Geld zu haben: der innere Halt, wahre Freunde, der Trost, eine Häuslichkeit zu besitzen. Der Gatte war ihr fast ein Fremder, er hatte sich das Leben nehmen wollen, weil er sein Geld verloren; daran aber hatte er nicht gedacht, daß er noch Weib und Kind besitze, deren Ernährer und Stütze er sein solle. Im Unglück schließen sich die Herzen, die einander lieben, fester an einander, da lernt man den Werth der Liebe erfahren – im Unglück verlassen uns aber auch die falschen Freunde, da bricht eine Ehe aus einander, deren Kitt nicht Liebe, Achtung und Vertrauen gewesen, da lernen wir, daß Alles, was uns der Reichthum verschaffen kann, nur eitler Flitter ist, der in den Stürmen des Lebens nicht besteht.

Es gelang Eduard nicht, Apel zu retten. Am Grab des Bankiers aber stützte er die gebrochene Frau und tröstete sie mit der gewissen Hoffnung, ihr die Tochter erhalten zu können, und der Himmel lohnte sein Bestreben. Marie Ebeling heirathete nicht wieder; sie widmete sich ganz der Pflege und Erziehung ihres Kindes und fühlte sich bald zufriedener, glücklicher als je; ihr

Vater, der ein neues Geschäft gegründet und sich wieder mit vielem Glück emporgearbeitet hat, zahlt eine bescheidene Summe zur Bestreitung ihrer Existenz, sie hat eine größere anzunehmen verweigert.

Ada v. Hosten hat den Bruder ihrer Freundin, Egbert v. Holm, geheirathet; das innigste Band der Freundschaft vereint dieses Ehepaar mit den Familien Berg und Trotten.